KB116221

마음이 저린 날,
영혼을 치유하는 책

세상
사는
이치

|허경태 산문집|

청어

세상 사는 이치

허경태 지음

발행처·도서출판 **청어**
발행인·이영철
영 업·이동호
홍 보·최윤영
기 획·천성래 | 이용희
편 집·방세화
디자인·김바라 | 서경아
제작부장·공병한
인 쇄·두리터

등 록·1999년 5월 3일
(제321-3210002510019990000063호)

1판 1쇄 인쇄·2016년 11월 20일
1판 1쇄 발행·2016년 11월 30일

주소·서울특별시 서초구 효령로55길 45-8
대표전화·586-0477
팩시밀리·586-0478

홈페이지·www.chungeobook.com
E-mail·ppi20@hanmail.net
ISBN·979-11-5860-430-1(03810)

이 도서의 국립중앙도서관 출판시도서목록(CIP)은 서지정보유통지원시스템 홈페이지
(http://seoji.nl.go.kr)와 국가자료공동목록시스템(http://www.nl.go.kr/kolisnet)에서
이용하실 수 있습니다.(CIP제어번호: CIP2016023518)

세상
사는
이치

독자의 키다리 아저씨가 되어 행복을 가꾸고 싶다

사람들은 누구나 자신만의 키다리 아저씨를 갖고 싶어 한다.

젊은 시절 나에게도 키다리 아저씨가 있었으면 좋겠다는 생각을 한 적이 있었다. 삶의 길잡이가 되어주면서, 나의 숨겨진 잠재성을 일깨워주며, 내 삶을 온전히 이해해 주는 그런 키다리 아저씨. 그런 키다리 아저씨를 내 마음속에서 오랫동안 간절히 원했는지도 모른다.

나이가 들면서 키다리 아저씨의 존재는 내 곁에서 멀리 떠났다는 생각을 가졌다.

만약에 키다리 아저씨가 내게 있었다면 주디처럼 마음의 편지라도 편안히 쓸 수 있었을 텐데 하는 아쉬움도 있었다.

길가에 앉아 작은 행복을 주워 모아 산처럼 쌓을 거라고 말하는 주디를 볼 때면 부러웠다. 주디에게 키다리 아저씨의 존재는 얼마나 희망과 기쁨을 주는 존재였던가?

그러나 가만히 생각해 보면 나의 키다리 아저씨는 멀리 가기는커녕, 늘 내 곁에 있었던 것 같다. 다만 빨리 깨닫지 못해서 마음의 편지를 보내지 못 했을 뿐이었다.

어렸을 때는 부모님이 나의 키다리 아저씨였고, 지금은 나의 가족이, 나에게 힘을 주는 독자가, 내가 믿는 하느님이 키다리 아저씨였다는 것을 비로소 깨달았다.

키다리 아저씨를 갈망했던 젊은 시절은 순식간에 지나가고, 내가 누군가의 키다리 아저씨가 되어 주는 일만 몫으로 남았다.

이제는 작가로서 독자의 키다리 아저씨가 되어 마음이 저린 날, 희망과 용기를 주고 영혼을 치유하는 글을 쓰겠다는 믿음을 실천하며 살 것이다. 키다리 아저씨에 대한 기대는 지금도 유효하지만, 그보다는 독자가 나를 믿고 기댈 수 있는 튼튼한 나무, 아낌없이 주는 그런 키다리 아저씨가 되고 싶다.

첫 산문집 『세상 사는 이치』는 시를 쓰면서 틈틈이 썼던 글로, 가끔씩 일간지에 발표하면서 독자의 사랑을 많이 받았다. 부족한 글을 과분한 격려와 칭찬으로 보답해준 독자들의 성원에 고마움과 감사의 인사를 드린다.

이번 책 출간을 계기로 지금의 부족함을 좀 더 나은 충만으로 이끌 수 있도록 글쓰기에 몰두하고자 한다. 아울러 내 자신을 독자 앞에 더 많이 드러낼 것이다.

세상을 살아가는 데에는 두 부류의 사람이 있다. 실패 앞에 주저앉는 사람과 실패에 주눅 들지 않는 사람이다. 필자는 후자의 사람이 되도록 항상 노력하며 살 것이다. 우리에게 주어진 시간, 머뭇거리기엔 너무 짧다. 비록 더딘 걸음이라도 키다리 아저씨가 되기 위해 어려운 길을 마다하지 않고 꾸준히 뚜벅뚜벅 걸어갈 것이다.

허 경 태

프롤로그 • 4

제1장
화진리 바다 · 바람 · 풍경

이십 대의 이른 새벽 • 10
소중했던 시절의 추억 • 12
주산지, 그 연초록의 물빛 • 15
봄밤, 향수에 빠지다 • 20
조용한 절망의 삶 • 25
울음을 잃어버린 사람들 • 29
우리 동네 목욕탕 • 32
옛 추억을 찾아 • 36
오늘의 운세에서 얻은 가족의 소중함 • 40
지명의 나이 • 43
스티비 원더를 추억함 • 46
세월이 가고, 사람은 떠나도 • 50
화진리 바다 · 바람 · 풍경 • 54

제2장
고통, 그 소중한 선물

내 인생에 가장 빛났던 시절 • 60
아버지 생각 · 하나 • 63
아버지 생각 · 둘 • 66
아버지의 존재 • 70
진정, 자식을 위하는 것 • 74
오어사 둘레길에서 실천적 지식을 생각하다 • 78
나이 듦과 깨달음 • 82
깊은 밤, 친구의 죽음을 애도함 • 86
혈연보다 소중한 인연 • 91
세상 사는 이치 • 94
나의 존재, 그 흔적 남기기 • 98
연자음을 읽으며 • 101
고통, 그 소중한 선물 • 104

제3장
고수가 된다는 것

청년들아, 꿈을 갖고 준비하라 • 108

빵과 독서 • 111

공부와 책 읽기 • 115

베이비부머 세대를 위한 제언 • 119

중년들이여, 끝없이 욕망하라 • 122

포기하지 않은 사람들 • 126

성공한 사람들의 삶 • 129

시간에 대한 단상 • 132

행복한 삶을 사는 사람 • 135

일을 사랑하며 사는 삶 • 138

만족한 미소 • 141

믿음으로 사는 삶 • 144

고수가 된다는 것 • 147

제4장
사랑은 드러냄이다

글쓰기의 효과 • 154

입춘대길 • 158

비전 선언문 • 161

올봄의 꽃들 • 164

봄꽃보다 여름신록보다 아름다운 • 168

비가 오는 밤 • 171

가을, 형산강 하구에서 • 174

장수 하는 법 • 178

행복해지는 법·1 • 182

행복해지는 법·2 • 186

성실, 근면, 신뢰의 지혜 • 189

한해를 보내면서 • 193

사랑은 드러냄이다 • 196

제5장
진정 그리운 것은

나의 행복 점수 • 200
할미꽃 생각 • 204
소울메이트 • 208
느린 일상에서 행복 찾기 • 212
봄밤, 옛 친구를 만나다 • 216
그해 여름 • 220
어느 휴일 오후의 상념 • 226
경주 하늘 아래서 • 231
사회초년생의 길 • 235
나 자신도 궁금하다 • 238
부활의 표상, 사랑의 십자가 • 242
작은 것의 소중함 • 245
진정 그리운 것들 • 248

제6장
시간은 계속 흐르지만,
인생은 한 번이다

하지 못한 말 한 마디 • 254
사소한 것에 목숨을 걸어야 산다 • 258
중산 화백의 옛이야기 • 261
봄비가 그리운 날 • 265
금정산 농원의 아침 • 268
세월 앞에서 • 271
겨울, 구룡포에서 • 275
첫눈 • 278
비구니 스님의 첫사랑 이야기 • 281
고속도로를 달리면서 • 285
봄비에 관한 단상 • 289
뜨거운 여름밤에 • 293
시간은 계속 흐르지만, 인생은 한 번이다 • 297

에필로그 • 301

제1장

화진리 바다·바람·풍경

하얀 물결 위에 새겨진 물새 발자국처럼 지워진 정든 이의 얼굴이 활짝 피어나는 곳, 고기잡이 늙은 어부가 어머니만큼 사랑하던 그 바다, 그 바다는 어디에 있을까. 항상 우리를 유혹의 도가니에서 몸부림치게 하는 신비의 바다를 영원히 만나고 싶다.

이십 대의 이른 새벽

바다와 잇닿은 곳에서 몇 년을 보낸 시절이 있었다. 눈만 뻗으면 주위는 항상 파도가 출렁거렸다. 특히 칠흑의 겨울 밤바다에서 솟아오르던 포말들은 뭍 위에 사는 모든 것들을 삼키려는 듯이, 우레와 같은 소리로 달려들었다. 하지만 백사장의 부드러운 가슴을 할퀴기는커녕 제대로 된 저항 한 번 없이 번번이 물러나고 말았다.

밤새토록 일렬횡대로 쫓아오는 파도와 그 함성을 듣다보면 어느새 내 귀는 파도에 흠뻑 젖어 있었고, 이어서 새벽이 찾아왔다. 밤새 그렇게 아우성치며 달려들던 파도는 뿌연 해무(海霧)만을 초병처럼 남겨두고는 언제 그랬느냐는 듯이 소리를 낮추고 평화롭게 엎드려 있었다.

이른 새벽, 뿌연 해무에 싸여 사방을 분간할 수 없는 바다 한가운데서, 형체만을 겨우 드러내고서 외롭게 떠있는 배 한 척을 보고 있으면, 치열한 삶의 일상 뒤에 얻게 되는 충만함이 이런 것이 아닐까 하는 생각이 들기도 했다. 새벽바다는 계절과는 무관하게 늘 내 마음을 충만하게 해주었다. 겨울 바다의 처절함을 느껴본 사람이라면 새벽에 일어날 일이다. 새벽은 충만함을 주기도 하지만 소망할 것을 너무도 많이 할애해 주는 관용의 시간이기도 하다.

또한 하루를 진정으로 사랑하며 살도록 영혼의 기도를 드릴 시간이기도 하고, 사유의 시간으로 새날을 열 수 있는 기회의 순간이기도 하다.

바다를 껴안고 몇 년 간을 함께 살았던 젊은 시절, 그때의 이른 새벽바다는 나에게 생의 희망과 위안과 사유할 줄 아는 시간을 주었고, 가늘어진 파도소리가 가끔씩 나에게 시를 가져다주기도 했다. 그때 나는 파도가 부르는 대로 시를 받아 적기도 했다.

노을 지는 수평선에서 / 까닭도 없이 밀려오는 / 너를 대하면 / 여린 어깨를 짓누르는 / 남루한 나의 일상은 / 이제, 서럽지 않다 // 애당초 줄 것도 / 가진 것도 없이 태어난 / 가난한 마음과 / 하얗게 부서져야 할 / 나의 일상이지만 // 펴지지 않고 / 자꾸만 늘어가는 / 주름진 너의 이마를 보면 / 이제는 / 조용히 쉬게 하고 싶다 //

－ 졸시 「너를 대하면 〈파도에게〉」 전문

바다와 파도소리만을 들으며 보냈던 나의 청춘 시절은 사랑과 사유의 전성기였다. 그때 사랑하는 여인을 만나서 미치도록 사랑했고, 둘도 없이 절친했던 친구를 저 세상으로 먼저 떠나보냈다. 그때부터 시를 끼적였고, 삶의 열정과 함께 세상의 허무를 알았다. 지금도 이십여 년 전 새벽바다의 해무 속에서 홀로 떠있던 작은 배 한 척이 내게 보여준 충만을 어찌 잊으며 살 수 있겠는가? 내 젊음의 호연지기를 키워주고 세상을 향해 힘차게 나아갈 수 있도록 일깨워준 힘의 원천 뒤에는 바로 파도소리를 들으면서 삶의 의미를 생각했던 사유의 시간, 이십 대의 이른 새벽이 있었다.

소중했던 시절의 추억

창을 열면 동해 바다가 한 눈에 내려다보이는 시골에서 10여 년 넘게 산 적이 있었다.

그 당시는 일선 행정관서에서 매일 많은 사람들을 대하다 보니, 몸과 마음이 지쳐서 조용히 지내고 싶어서였다. 고향에서의 공직생활은 대추나무에 연 걸리듯이 복잡한 관계로 얽히게 된다. 특히 사정이 딱한 지인(知人)의 부탁을 받으면 쉽게 거절하지 못하는 나의 천성 때문에 친구들에게 상처를 많이 받았기에 주변 사람들과 약간의 거리를 두고 살고 싶었던 것이다.

그때는 다행히 아이들이 어려서 교육에 대한 걱정은 크게 문제가 되지 않았다. 두 아들은 마당에서 공을 차거나 야구를 하며 마음껏 뛰어 놀았고, 휴일이면 시골 아이들과 집 근처의 산과 바다를 찾으며 자연과 더불어 즐거운 시간을 마음껏 보낼 수 있었다.

봄이 되면 청기와 대문 옆에는 보랏빛 자태를 뽐내며 진한 향기를 멀리까지 풍기는 라일락과 긴 담장을 따라 붉디붉은 장미들이 환하게 피어 있었다. 마당 한 가운데는 백목련과 자목련 두 그루가 나란히 청순미를 자랑하고, 화단에는 아내가 정성껏 심어놓은 채송화, 금잔화 등을 비롯한 갖가

12

지 예쁜 꽃들이 소담하게 피었다. 또한 마당가에는 석류, 앵두, 무화과 등이 가을이면 우리 가족에게 먹을거리를 풍성하게 해주었다. 질긴 생명력으로 벽을 타고 줄기차게 오르던 등나무들과 2층 창문에 닿을 정도의 높다란 후박나무 그늘 아래에서는 차를 마시며, 가족들과 동네사람들이 수시로 삼겹살과 조개를 맛있게 구워 먹던 아름다운 추억을 만들었다. 마당 입구의 작은 연못가에는 개나리가 노란별을 수없이 달고 제일 먼저 봄소식을 알려 주었다.

방문만 열면 사계절의 변화를 오감(五感)으로 느낄 수 있었고, 밤하늘의 별과 밝은 달을 보면서 늘 자연과 교감할 수 있었다. 특히 가을이 되면 가을들판에서 들려오는 경운기의 여음과 함께 보름날이면 거실 유리창에는 늘 쟁반 같은 보름달이 붙어 있었다.

안채와 따로 떨어져 있는 작은 서재 건물은 나만의 은밀한 장소로, 한여름에는 낮잠을 즐기면서 휴식을 취할 수 있었고, 밤에는 책을 읽고 글을 쓸 수 있는 창작의 공간이었다.

아이들이 자라서 공부할 시기가 되자 어쩔 수 없이 도시로 이사를 나올 수밖에 없었지만, 10여 년 그 소중했던 시절의 추억을 반추하는 것만으로도 충분히 행복한 요즈음이다. 여름 장맛비에 감나무와 목련 잎에서 궁구는 빗방울 소리, 서재의 추녀에서 떨어지던 그 낙숫물 소리, 목련 지는 소리와 감 떨어지는 소리, 이른 새벽부터 감나무와 후박나무에 날아와 잠을 깨우던 이름 모를 새들의 아름다운 노랫소리를 지금도 잊지 못한다. 하늘에 구멍이 뚫린 듯 쏟아붓던 장대비가 지나가고 여름 햇볕이 쨍쨍 내리쬐면, 금세 마당 전체가 풀밭이 되어 버리던 그곳에서의 한때는 내 젊음과 가족들의 추억 만들기 장소였다.

출퇴근 시에는 7번 국도를 달리면서 사계절의 변화를 온몸으로 느끼며 시상(詩想)을 떠올릴 수 있었고, 그 길을 따라 오가면서 어렴풋이 인생의 길을 깨달을 수 있었던 지난 시절이 오늘따라 많이 그리워진다.

작년 이맘 때 / 꽃 피었다 진 그 자리에 / 다시 산벚이 핀다 // 두 눈 껌벅이며 / 졸고 있는 숫고양이 / 졸음만치나 / 사월은 더디게 지나가고 // 아이들 키만큼이나 / 부쩍 커 버린 / 가슴속의 옹이에는 / 언제쯤 연한 꽃물이 들까 // 7번 국도 위에 / 산벚이 백설로 분분히 / 날리우는 나른한 / 봄날 오후 // 아득하게 / 보이지 않던 / 인생의 내 그림자는 / 절망을 닮아 있다 / 피었다 시들고 / 사는 만큼 사위어 가는 / 부끄럽구나, 사는 것은 //

– 졸시 「7번 국도를 지나며」 전문

주산지, 그 연초록의 물빛

주산지는 원래 많이 알려져 있지 않았다. 주왕산 중턱에 이런 못이 있다는 것을 그곳에 사는 사람을 빼고는 누가 알았겠는가. 사진작가들이나 입소문을 통해 주로 찾았다. 하지만 김기덕 감독의 영화 〈봄, 여름, 가을, 겨울, 그리고 봄〉의 촬영지로 소문이 나면서 사람들이 몰리고 있다. 주산지가 가장 아름다울 때는 왕버들에 연둣빛 새순이 올라오는 봄과 주왕산 단풍이 흐드러져 흘러내리는 가을의 물빛이라고 한다. 이미 영화를 통해서 주산지를 접한 사람들은 사계절의 절경에 모두 넋을 빼앗겼을 것이다.

작년 유월 초에 한학자 목천 선생님과 함께 방문했던 청송 주왕산 주산지에 올해는 사진 찍기가 취미인 절친한 형과 늦은 사월에 찾았다. 입구에서부터 조금 굽은 언덕 숲길을 계곡의 물소리를 들으면서 천천히 걷다보면 길가에 핀 온갖 봄꽃들이 눈을 즐겁게 한다. 거기다가 피부에 와 닿는 연한 산들바람의 감촉과 계곡의 청아한 물소리까지 더해져 귀가 순해지고, 마음이 깨끗해진다. 시 「注山池에 가면」은 작년 유월 초에 갔다가 쓴 시다.

눈부신 햇살이 / 나뭇잎 사이로 내려와 / 나그네의 얼굴을 / 가만히

쓰다듬어 줍니다 // 한줄기 산들바람이 / 초록 내음을 담아와 / 나그네
의 코끝을 / 가만히 간질여 줍니다 // 순수한 햇살 / 뭇새들의 지저귐
이 / 나그네의 심신을 / 가만히 씻어 줍니다 // 마침내는 모두가 / 숲이
되고 / 길이 되고 / 호수가 됩니다 //

– 졸시 「注山池에 가면」 전문

주산지는 6,000평이 조금 넘는 크기의 연못이다. 길이가 약 100미터,
너비가 50미터, 수심이 7~8미터밖에 안 되지만 못에 담긴 신비는 큰 호
수에 비해 부족함이 없어 보인다. 조선 숙종 때(1720년) 조성된 주산지(注山
池)는 아랫마을의 농업용수 확보를 위한 용도로 만들어졌다. 아직도 주산
지 아랫마을의 60여 가구는 이 못 물로 농사를 짓는다. 주산지가 만들어진
이래 아무리 심한 가뭄이 들어도 바닥을 완전히 드러낸 적이 없다고 한다.

주산지 못 둑에 올라서서 주산지를 바라보면 사방이 주산지를 에워싸고
있다. 삼태기 형상을 하고 있어 포근한 느낌을 준다. 못 둑에 선 연인들과
상춘객들, 출사 나온 작가들이 저마다의 아름다운 풍경을 담기위해 부지
런히 렌즈를 돌리고 셔터를 누른다.

지난 해 유월의 주산지는 바닥을 절반 이상 드러내고 있었다. 시기적으
로 보았을 때 모심기를 하기 위해 농수로 빠져 나갔기 때문이었을 것이다.
하지만 올해는 모심기 전이어서 물이 가득 채워져 있었다. 좌측 산길을 따
라 못 끝까지 가면서 볼 수 있는 주산지의 정경은 참 아름답다.

좀처럼 볼 수 없는 기이한 풍경, 다름 아닌 물속에 뿌리를 박고 자라는 왕버들이다. 왕버들이 좋게는 30여 그루 정도 되어 보인다. 수령 300년에서 500년 된 왕버들도 10여 그루가 된다고 한다. 물속에 비친 왕버들의 모습에 많은 사람들이 입을 다물지 못한다. 못 물은 주왕산의 연푸른 모습을 담아 한 폭의 수채화를 연출한다. 잔잔히 흔들리는 물속에는 하늘에 떠가는 뭉게구름도 함께 흔들린다. 함께 간 형은 초록의 자연을 담고 있는 주산지와 왕버들의 아름다움에 취해 목 좋은 곳을 찾아 연신 셔터를 누른다.

주산지의 진정한 아름다움을 담으려면 이른 새벽에 가야 한다. 안개를 허리에 두르고 물속에 서 있는 왕버들의 자태, 그 모습을 담으려고 사진애호가들은 해뜨기 직전에 찾는다. 주산지의 이른 아침을 깨우는 것은 새 중에 가장 부지런한 딱따구리다. 딱따구리는 눈을 뜨자마자 쉬지 않고 '딱딱 따따딱' 숲의 아침을 알린다. 주산지에 서식하고 있는 새 중에는 황조롱이와 수리부엉이도 있다. 안개의 신비로움으로 가득한 주산지는 바로 우리가 찾고자 하는 무릉도원이 아닐까.

바람이 부는 대로 천천히 쓸려 다니는 가득한 안개 속에서 미명의 햇살을 타고 늙은 왕버들이 기지개를 켜고 팔을 드는 모습을 상상해본다. 못 물에 비친 왕버들과 못을 에워싸고 있는 대칭의 풍경은 한 마디로 환상적이다. 못 끝에 설치해 놓은 나무구조물 아래에는 크고 작은 잉어들이 수면에 잔잔한 파문을 일으킨다. 나는 가만히 눈을 감고 크게 숨을 들이킨다. 그때 주산지의 연한 바람이 얼굴을 부드럽게 어루만지며 지나갔다.

주산지를 걸어 나오면서 이름도 모르는 들꽃들의 아름다운 모습을 담느라고 형은 계속 부지런히 셔터를 눌렀다. 날씨가 너무 따뜻해서 졸음이 오는 나른한 오후, 우리는 주산지를 뒤로하고 귀갓길에 올랐다. 귀가 길에 누리는 호사로는 붉은 복사꽃, 사과나무에 가득 핀 흰꽃, 그 아래에 쏟아부어 놓은 듯한 노란민들레, 산중턱에 분홍으로 타오는 산벚들의 춤사위. 눈이 부시도록 아름다운 꽃 풍경을 마음껏 즐기면서 휴게실에 들러 때늦은 점심도 먹었다.

또 시골 할머니가 손수 만든 손두부와 막걸리도 샀다. 운전 때문에 꽃구경하면서 한 잔 하지는 못했지만 이미 봄 정취에 충분히 취할 만큼 취했다. 집에 도착해서 허교하는 형과 손두부와 김치에 막걸리 한 잔이 더해지면 오늘은 일생에서 두 번 다시 있지 못할 추억의 한 페이지로 남을 것이다. 산속에서 친구와 꽃 피는 모습을 감상하면서 한 잔씩 주고받는 이백(李白)의 풍류가 부럽지 않은 화사한 봄날이다.

兩人對酌山花開 (양인대작산화개)

一杯一杯復一杯 (일배일배부일배)

我醉欲眠君且去 (아취욕면군차거)

明朝有意抱琴來 (명조유의포금래)

둘이 앉아 술 마시는데 산에는 꽃이 피는구나

한 잔 한 잔 또 한 잔이라

나는 취해 잠이 오고 그대는 떠나려 하네

내일 아침 다시 술 생각나거든 거문고나 안고 오게나

　　　　　－ 이백(李白)의 시 「山中對酌(산중대작)」 전문

　쨍쨍한 한낮의 봄 날씨, 뭇새들의 노랫소리, 주산지의 연한 왕버들의 새
순들, 그리고 하루 종일 눈을 혹사시켜 준 봄꽃들을 떠올리면 한참은 행복
할 것 같다. 가을에는 단풍을 머금은 주산지의 물빛을 보기위해 또 한 번
걸음을 해야 할 것은 물론이다. 아름다운 봄날, 이 아름다운 봄 날씨와 함
께 주산지의 연한 왕버들과 물빛도 싱싱한 색으로 옷을 갈아입을 것이다.
나에게 주어진 삶의 시간도 그만큼 더 깊어지게 되리라.

봄밤, 향수에 빠지다

첫 봄비가 종일 내리던 날 강의를 끝내고 음악방송을 듣는데 어릴 적부터 허물없이 지내는 형이 전화를 했다. '있으라고 이슬비, 가라고 가랑비'라는 말이 있듯이 '오늘은 형과 같이 있으라고 이슬비가 오나' 하는 생각으로 형을 만나러 나갔다.

형과 나는 중·고교시절부터 허교(許交) 하는 사이다. 형은 중학생 때부터 지금까지 음악과 벗하며 살아왔고, 지금도 사만 명 이상 되는 회원을 위한 인터넷 음악방송을 십이 년 동안 운영자로 활동하고 있다.

괴테는 이런 말을 남겼다. '자기 집에서 자신의 세계를 가지고 있는 사람보다 더 행복한 사람은 없다'고. 그런 의미에서 형은 평생 집에서 음악과 함께 한 자신의 세계만을 지니고 있는 행복한 사람이다.

둘은 호프집에서 세상사는 얘기와 학창시절에 즐겨 들었던 음악 이야기, 거기다가 주흥이 곁들여져 어느 정도 분위기가 익어갈 무렵에 갑자기 호프집을 밝히던 실내등이 모두 꺼져 버렸다.

잠시 동안 기다렸지만 전기는 들어오지 않았고, 우리 외의 손님들도 모두 자리를 떴다. 형과 나도 호프집을 나와 술로 데워진 머리도 식힐 겸 근처의 노래방으로 향했다. 그런데 그곳에서 삼십 년 가까이 소식을 몰랐던 고향 후배를 만나게 되었다. 나에게는 일 년, 형에게는 삼 년 후배가 되는 아름다운 여성이 바로 그 주인공이었다.

우리가 고등학교 다니던 칠십 년대 후반에는 남학생과 여학생의 엄격한 구별이 있었고, 특히 나 같이 부끄럼을 많이 타는 사람은 여학생이 옆을 지나치기만 해도 부끄러워 얼굴을 똑바로 보지 못했다. 그나마 후배의 집이 구멍가게를 했기 때문에 부모님의 심부름으로 막걸리나 생필품을 사러갈 때 가끔씩 보았기에 후배의 모습만은 생생히 기억하고 있었다.

십 년이면 강산도 변한다는데 강산이 세 번이나 바뀐 지금, 나는 후배의 얼굴을 전혀 기억할 수가 없었다. 그런데 다행히도 후배가 먼저 형을 기억하고 곧 나를 기억해 주어서, 순식간에 타임머신을 타고 삼십여 년 전 추억의 세계로 되돌아가는 행운을 누렸다.

이야기를 나누면서 알고 보니 후배는 형의 여동생과 친한 친구였고, 나와는 일 년 후배였지만 학교에 늦게 입학을 해서 나이는 같은 동갑내기였다. '현대인들에게는 만남은 없고 스침만 있다'고 마르틴 부버가 말했던

가. 아마 예쁜 후배가 우리를 모른 체 했다면 그냥 지나가는 스침으로 끝났을 일이었다.

> 벗은 설움에서 반갑고 / 님은 사랑에서 좋아라 / 딸기꽃 피어 향기로운 때를 / 고추의 붉은 열매 익어가는 밤을 / 그대여 부르라, 나는 마시리 //
>
> — 김소월의 시 「님과 벗」 전문

우연히 후배를 만나 나눈 옛 이야기 몇 소절에, 짧은 순간이나마 망각의 강 저편으로 돌아가, 딸기꽃 피어 향기롭던 산과 고추의 붉은 열매 익어가는 달밤을 떠올리며 고향을 생각했다. 김소월의 시처럼 그대(형은)는 지난 학창시절의 노래를 구수하게 부르고, 나는 그 노래들을 귀로 가만히 마셨다. 노래는 천천히 나의 위벽을 타고 온몸에 젖어들었다.

그렇게 두어 시간이 순식간에 사라지고 우리는 옛날로 돌아가 십대의 청춘이 되어 있었다. 오늘이 지나면 이 아름다운 봄날의 밤을 언제 다시 맞이할 수 있을까.

세상의 모든 길은 고향으로 향한다는 말이 있다. 인생이라는 여행에서 우리가 도달할 길도 결국은 고향이 아닐까? 어느 곳에 살든지 누구나 고향이라는 말만 들어도 마음이 편안해지고, 그리움에 목이 메는 것은 유년의 아름다운 원형이 머릿속에 고스란히 흑백영화처럼 남아있기 때문이리라.

22

아이들은 그림책으로 집을 짓고 / 아내는 건넛방에서 낮잠을 자고 / 나는 라디오에서 흘러나오는 / 향수를 들으며 쉬는 휴일 / 고향 뒷산, 뻐꾸기 처량히 울고 / 밤꽃향기 온 동네 물들이던 / 어린 시절 고향을 가만히 떠올립니다 / 도시의 개발에 밀려 / 지금은 없어져 버린 고향 / 내 유년을 송두리째 덮어 버린 아파트의 / 그 육중한 무게에 눌려 한여름에도 / 겨울처럼 차가운 가슴으로 / 조각난 유년의 고향을 되새김질합니다 / 잊어야 한다, / 아스라한 한 때의 아름다웠던 기억들 / 지나가는 바람이 그때를 부추긴다 해도 / 다시 돌아올 고향은 아니다 / 장대로 줄을 받쳐 빨래를 말리고 / 바지랑대 끝에 앉은 고추잠자리를 / 조심스레 잡던 어릴 적 발자국 소리는 / 더더욱 바라볼 수 있는 고향은 아니다 / 내 영혼의 부끄러움과 열정이 / 묻어 있던 고향의 쑥대밭, / 이제는 아파트로 하늘같이 높아졌구나 / 앞산에 걸려있던 붉디붉은 노을, / 이제는 아파트 옥상에 걸려 있구나 //

– 졸시 「鄕愁(향수)를 들으며」 전문

아파트 숲으로 변한 내 고향을 떠올리며 이십 년 전에 쓴 시다. 지금은 도시개발로 본래의 모습이 모두 사라지고 없지만, 봄이 되면 소를 몰고 '이랴! 이랴!' 쟁기질 하던 어른들의 정겨운 소리. 참꽃과 삘기로 허기를 달래며 온 산천을 누비면서 놀다가 개구리 울음소리 들으며 잠들었던 고향. 여름이면 물총새 소리 들으며 삽을 매고 새벽이슬을 털며 논둑을 걸으며, 물꼬를 보던 아버지의 피땀이 서려 있던 곳.

가을이면 들판 여기저기서 왁자하게 들리던 탈곡기 소리. 발갛게 익어 가는 저녁노을 속으로 아련히 피어오르던 굴뚝 연기. 겨울이면 자치기와 스케이트를 타다가, 시린 손 호호 불며 논두렁에 불을 질러 추위를 쫓고, 부엉이 울음 들으며 겨울밤을 보냈던 그 시절들. 무지개처럼 아름다웠던 고향을 망각의 기억에서 건져 올려준 후배의 만남 때문에 형도 나도 꿈결 같이 보낸 행복한 하루였다. 살아가면서 이런 날을 우연히 만날 수 있다는 것은 진정 고마운 일이다.

조용한 절망의 삶

'태반의 사람이 조용한 절망의 삶을 이어 간다'는 말을 남긴 헨리 데이비드 소로의 명구는 현재 내 삶을 잘 대변해주고 있다. 이십 년 넘게 같이 산 아내와도 자유로운 소통이 막히고, 나이가 들수록 주변과의 벽이 더 견고해지는 것은 무슨 까닭일까?

내 머릿속은 지극히 인간답고, 소박하고, 진실하려고 애쓰지만 현실로 나타나는 행동은 늘 그렇지 못하다. 그나마 내가 할 수 있었던 것은 이십 대부터 지금까지 하루도 쉬지 않고 일을 하면서 살아온 것이 유일한 축복이랄까? 그동안 내 삶의 흔적은 쉬지 않고 일했다는 것, 나이가 들수록 좀 더 인간다운 품위를 지키기 위해 나름대로 끊임없이 노력했다는 것이다.

앞으로의 삶을 어떻게 살아야 할까? 그에 대한 답을 나는 이미 알고 있다. 할 일 하면서 사는 것이 정답이다. 비록 가까운 사람들과의 소통이 부재하더라도 할 일을 찾아 일하면서 산다면 앞으로의 삶도 무사히 살아갈 수 있을 것이다. 일을 하며 산다는 것이 반드시 나에게 행복을 가져다 줄 것이라 보장할 수는 없겠지만, 내가 가진 부족한 부분을 메우기 위해서라도 내가 할 일을 찾아서 묵묵히 걸어갈 생각이다.

지금 내게 당장 할 일이 있다는 것은 자랑스럽고 즐거운 일이다. 비록 현실이 마음에 들지 않더라도 잘못 끼워진 삶의 단추라고 자위하며 스스로 비범하다, 잘났다고 위로하면서 언제나 그렇게 살아가야 할 것 같다.

1월 한 달이 또 지나간다. 우물쭈물 하다 보니 내 인생도 어느덧 후반기에 접어들었다. 세월 앞에 인간은 한없이 나약하고 유한한 존재일 뿐이다. 그래도 각자에게 주어진 유한한 삶이 끝날 때까지는 노동을 쉬지 않고 하는 것이 유일한 즐거움이 아닐까?

우리에게는 기꺼이 해야 할 일이 있다 / 그것을 완수하고 죽겠다는 각오로 / 열심히 일하고 또 일해도 / 오히려 내 생활은 / 편안해지지 않고 / 물끄러미 손을 바라본다 //

– 이시카와 다쿠보쿠의 시 전문

대부분의 사람들은 노동에 관한 이 시를 읽고 공감할 것이다. 삶의 고통에 힘들어 하면서, 늘 일상에 쫓기며 살아간다. 하지만 일을 하면서 살아간다는 것은 그 자체로서 행복한 것이다. 자기가 가진 것을 잘 쓰고 가는 것, 일하면서 순간의 의미를 아는 것이 인생이다.

오십 세 이후, 부부로 함께 의미 있게 산다는 것의 기대. 그것은 최소한 나에게 있어서는 공허한 메아리 같은 것이다. 사람들은 저마다의 삶의 방식으로 살아왔고, 우리는 누구나 삶이라는 자기만의 꽃을 피우기 위해 각자의 방식대로 죽을 때까지 살아간다.

행복하게 사는 것도, 희망을 갖고 사는 것도, 불행하게 사는 것도, 절망하면서 사는 것도 모두 각자의 몫이다. 현재보다 더 나은 삶을 위해 노동을 하면서 끝없이 노력하는 오십 대들의 모습에서 아름다움을 보게 되고 동시에 나 스스로는 부끄러움을 느낀다. 희망이 보이지 않고 팽이처럼 쉼 없이 돌기만 하는 현실에 대해 나는 늘 불평을 하면서 바락바락 악을 쓰면서 살아간다. 팽이의 존재 이유가 살아서 오랫동안 도는데 있듯이 사람 또한 힘들게 살아가는데 있지 않을까, 하고 생각은 해보지만, 나 혼자서 일방적으로 내지르는 소리는 늘 내 주위를 떠나지 않고 맴돌기만 한다. 늘 제자리걸음만을 반복하면서 살아온 삶, 그동안의 변화 없는 내 삶에 대해 스스로 환멸을 느낀다.

'늙으면 벗님이 셋밖에 없는데 마누라, 늙은 개, 손에 쥔 현금이다'라고 벤저민 프랭클린은 말했지만, 지천명을 넘긴 나이에 현금도 없고, 늙은 개도 없고 마누라만 달랑 남아 매일 얼굴 맞대며 살아가는 사람들은 어떻게 해야 하나. 아무리 주어진 조건이 열악하게 돌아가더라도 노력과 정성만 기울인다면 역설적인 상황을 즐길 수 있는 기회가 온다는 말을 진리처럼 믿으며 살아야 할 것인가.

이는 가만히 생각해 보면 근거 없는 막연한 낙관일 뿐이다. 이제는 까닭 없이 밀려드는 조용한 절망의 삶을 집어 던져 버리고, 2월의 찬바람을 온몸으로 맞으며 마음껏 대자유를 노래하고 싶다. 비록 조용한 절망의 삶에서 완전하게 벗어나지 못하는 일시적인 절규라 하더라도.

울음을 잃어버린 사람들

부산에서 전통찻집을 운영하며 시를 쓰는 선배 시인이 있다. 그 시인은 예순이 지난 나이임에도 주변 이웃들의 슬프거나 아픈 삶의 이야기를 들을 때면 시간과 장소를 가리지 않고 눈물을 펑펑 흘린다.

정확히 얘기한다면 눈물을 쏟아낸다는 표현이 옳을 것이다. 그리고 나서는 오늘은 '재수좋은 날'이라고 말한다. 눈물을 쏟아내게 하는 슬프고, 아름다운 이야기가 차츰 사라져가는 요즘에는 하루에 겨우 한 번, 두 번 울 똥말똥 해서 안타깝고, 정말 가슴 아픈 일이라고 한다.

고희의 나이에도 불구하고 열정적으로 사서삼경을 가르치는 한문학자 목천 이희특 선생님도 혼자서 자주 우신다고 한다. 울 줄 모르는 사람들의 가슴은 사막과 같다며, 울 줄 모르는 사람들은 살면서, 도대체 무엇을 생각하고 느끼는지 알 수 없다고 하신다. 나이가 들수록, 삶이 팍팍해질수록 우리는 눈물 없이 산다.

여섯 해 전에 나를 낳아주신 아버님은 이승을 떠나 다른 세상으로 가셨다. 그런데 세상을 떠나신 아버지의 주검 앞에서도 나는 눈물이 나지 않고, 평소처럼 담담했다. 물론 머릿속에는 장례식을 어떻게 치룰까 하는 생각이 앞섰기는 하였지만, 대성통곡하는 아내의 눈에서 쏟아지는 눈물을 보면서도 왠지 눈물이 나지 않았다. 왜 그랬을까……. 평소에는 영화나 TV 드라마를 보면서도 찔끔찔끔 아내 몰래 눈물을 훔치는 내가 말이다.

재수가 좋았던 날엔 하루에도 몇 번씩 울었지 / 점점 메말라 가는 눈물 / 냉정한 놈이라 소문이 났지만 / 인간시대 / 우리들의 애절한 삶의 이야기를 / 보고 들을 때나 / 조건 없이 주고받는 아름다운 사랑 / 그들의 때 묻지 않은 정담을 지켜볼 땐 / 어디 숨었다 갑자기 쏟아지는지 / 나도 모르게 닭똥 같은 눈물을 흘리고 나면 / 후련한 가슴 기분이 상쾌하다 / 험악한 시대에 높이 둘러친 담장 / 좀처럼 찾아볼 수 없는 나눔의 얘기며 / 버려져 나뒹굴고 있는 진실과 양심 / 저 극도로 타락하고 만 슬픈 삶의 파편들과 / 절박한 세상에 독약과 같은 이기주의가 / 이빨을 갈게 하지만 / 아직도 처절한 삶의 모퉁이마다 / 따스한 가슴들이 주고받는 / 눈물 쏟아지게 하는 아름다운 이야기들 / 그러나 요즘 같은 암흑의 시대엔 / 재수가 아주 좋아야지만 / 하루에 겨우 한두 번 울똥말똥 하니 / 이 얼마나 슬픈 일이며 / 얼마나 안타깝고 가슴 아픈 일인가 / 눈물 쏟아지게 했던 아름다운 사연들은 / 하나둘 자꾸만 사라져 가고…… //

— 김석주의 「재수좋은 날」 전문

선배 시인의 시를 읽으면서, 울음을 잃어버리고 사는 나 같은 사람들은 참 불쌍하다는 생각이 든다. 그렇다고 웃을 일이 많지도 않은 날들. 습관적인 하루를 살면서 선배 시인이나 목천 선생님의 얘기를 듣고 있으면 한편으로는 우울한 생각이 들기도 하지만 느끼는 게 많다.

늘 남을 배려하라고 말은 하면서 살지만, 진정 가슴을 열고, 기쁘고 힘들었던 가족과 이웃의 얘기에 귀 기울였던 적이 얼마나 있었던가. 가족과 이웃을 진정으로 생각하는 마음을 나는 애초에 갖고 있기나 했었던가 하는 의문과 함께 나 자신을 향한 질책의 화살이 돌아온다.

아버님의 장례식이 끝나고 얼마간의 시간이 지난 어느 날, 아내는 나에게 '당신 아버지의 주검 앞에서도 눈물을 흘리지 않는 당신은 잘못되어도 한참 잘못 되었다'고 했다. 아내의 그 말을 떠올리며 나 자신과 울음에 대해 다시 생각해 보는 아침이다.

발 앞에서 물결처럼 출렁이던 억새들은 어느새 자취를 감추고, 세찬 바람이 가슴을 파고들며 속삭이는 이 계절에, 보다 뜨거운 눈물이 쏟아지는 슬프고도 훈훈한 아름다운 이야기가 많아졌으면 좋겠다. 그래서 선배 시인의 말처럼 내 눈에서도 눈물이 펑펑 쏟아져, 오늘은 '재수 좋은 날'이라는 말이 나올 수 있었으면 얼마나 행복할까 하는 생각에 잠겨 본다.

우리 동네 목욕탕

　벽시계의 초침 소리가 저벅저벅 걸어 나와서 내 귓속으로 들어온다. 혼곤한 꿈속에서 벌떡 깨어나서 거실의 불을 켠다. 이른 네 시다. 어제는 겨울햇살이 바람에 흔들리는 백양나무 잎사귀들을 금빛으로 반짝이게 했다. 그 모습을 보면서 왠지 행복하다는 생각을 했다. 우리가 새로운 날이라 부르는 오늘은 나에게 또 어떤 행복을 가져다줄까? 문득 동네 목욕탕에 가야겠다는 생각을 해본다. 그러고 나서 서울에 사는 선배의 시를 떠올렸다.

　　일요일 오후면 나는 동네 목욕탕에 간다 / 거기서 발가벗고 나는 행복하다 / 뜨거운 물속에 들어갔다 / 쑥탕에 들어가기도 하고 / 맨손체조도 하고 / 휴게실 의자에 길게 누워 / TV도 본다 // 돈도 펑펑 쓴다 / 진생업을 마시고 / 랜드로바 신발도 닦는다 / 수염 깎고 머리를 감고 / 얼굴에 콜드크림을 바르니 / 인물이 얼마나 훤한가 / 바깥에 나오면 / 공기도 예사롭지 않다 / 어느 누가 뭐라 해도 / 일요일 오후면 나는 / 동네 목욕탕에 간다 //

　　　　　　　　　　　　　　　- 우영창의 시 「나는 간다, 동네 목욕탕에」 전문

내가 사는 동네에는 최신 시설의 큰 목욕탕도 있고, 시설이 낡고 조금 오래된 작은 목욕탕도 있다. 대부분의 사람들은 크고 시설이 잘 되어있는 목욕탕을 선호한다. 하지만 나는 시설이 조금은 오래되고 낡았으나, 집에서 가장 가까이에 있는 작은 목욕탕에 즐거운 마음으로 간다. 주말에는 그렇지 않지만 평일에 목욕탕을 가보면 손님이 한두 명일 때도 있다.

이렇게 해서 목욕탕의 유지는 될까 싶은 생각이 들 때도 있다. 내가 최신 시설에 크게 지어진 목욕탕에 가지 않고, 동네의 작은 목욕탕을 찾는 데에는 내 나름의 그만한 이유가 있다.

우선, 주인 부부의 얼굴에는 늘 밝은 미소가 끊이질 않는다. 또 다른 이유는 목욕탕 주인의 손님을 위하는 작은 배려 때문이다. 몸을 편히 담글 수 있는 온탕의 타일 벽 한 쪽에는 당일 신문의 칼럼이나 사설, 시(詩) 등을 오려서 양면으로 빼곡히 코팅을 해서 붙여 놓았다.

온탕에 앉아서 글을 읽으며, 옆 사람과 신문에 난 글에 대해 서로 대화를 나눌 수도 있고, 가만히 앉아서 모두가 신문을 읽으므로 혼잡하지 않아서 좋다. 최근 베스트셀러가 된 『아프니까 청춘이다』, 『천 번을 흔들려야 어른이 된다』는 책으로 유명해진 서울대 김난도 교수는 동네 목욕탕에 갈 때는 시집을 꼭 챙겨가서 읽는다고 했다.

하루에 한두 편씩은 시를 읽으려고 애를 쓰는 편인데, 특히 동네 목욕탕

갈 때, 탕 안에서 시집을 읽으면, 중간 중간 끊어서 읽어도 지난번하고 연결되지 않고 또 시집은 대개 얇고, 크기가 작기 때문에 들고 갈 수도 있어서 좋다고 했다. 김난도 교수의 말을 들으면서 나는 또 한 번 우리 동네 목욕탕 주인에게 감사한 생각이 들었다. 굳이 시집을 챙겨 가지 않아도 욕조 벽면에는 최근의 시들과 사설, 칼럼 등을 미리 준비해 놓았기 때문이다.

그뿐만이 아니다. 목욕탕 내에는 손님이 불편하지 않게 곳곳에 신경을 쓴 자잘한 손길이 눈에 띈다. 이렇게 자상한 목욕탕 주인의 정성에 늘 고마움을 느끼며 매주 그곳에 가게 된다.

'세심한 배려는 모든 사업의 근본'이라는 말이 있다. 이 말을 깊이 생각해보면 배려를 할 줄 모르는 사람은 성공하기가 힘들다는 말로도 들린다. 사람이 살다보면 많은 사람을 만나기 마련이다. 나와는 각별한 사이도 아닌 목욕탕 주인과 손님의 관계로 알게 되었지만, 손님을 대하는 목욕탕 주인 부부의 작은 배려에 늘 감사하게 생각한다.

작고 사소한 것에 관심을 갖고, 세심한 배려를 하는 주인 부부의 성실함과 정성이 목욕탕의 온수보다 더 따뜻하기 때문이다. 이런 따뜻함이 전해져 손님이 계속 늘어나 시설이 좋고, 큰 목욕탕보다 오랫동안 번창하기를 기대해 보는 것이다.

큰 목욕탕에 가면 늘 만나는 온몸에 문신 있는 사람, 욕탕이 자기네 안

방인양 큰 소리로 노래를 하는 사람, 맨손체조를 하거나 욕탕 주위를 운동장처럼 뛰는 사람들의 풍경이 없는 조용한 우리 동네의 목욕탕을 누구보다도 나는 좋아한다. 따뜻한 탕에 몸을 맡기고 있으면, 흘러가는 시간 속에 방치되어 있던 막막한 고통의 날들도 겨울바람처럼 순식간에 지나가고, 목욕탕에서 보내는 더럽게 아름다운 나의 하루도 순식간에 지나간다. 다음 주에도 삶에 지친 육신과 일상의 묵은 때를 벗기기 위해 그 작은 목욕탕에 갈 것이다 돌아올 때는 기분 좋게 목욕탕 주인 부부의 밝은 미소도 덤으로 얻어서 말이다.

옛 추억을 찾아

내일은 눈이 많이 온다는 대설(大雪)이다. 하지만 이곳은 눈이 오지 않기로 유명하다. 올 겨울 들어 처음으로 마음이 통하는 동생과 함께 포항 지역의 특산물인 과메기 안주에다 소주 한 잔을 나누었다.

이명박 정부가 들어선 후에는 과메기가 청와대 오찬에 올랐다는 기사가 자주 등장하였다. 지역 토박이들만 알고 있던 전통 음식이 이제는 전국적으로 많이 알려진 것 같다. 전통의 과메기는, 겨울철에 갓 잡아 올린 싱싱한 청어를 싸리나무 등으로 눈을 관통시켜 처마 밑이나 부엌의 봉창 부근에 메달아 놓는다.

그러면 밤 동안 얼었던 청어가 아침에 밥을 하기 위해 불을 지필 때 따뜻해져 얼었던 것이 녹게 된다. 이 얼고 녹고 하는 행위가 반복되고 연기에 의한 훈증작용으로 반 건조 동결된 자연식품이 바로 과메기다. 과메기의 어원 또한 나무에 꿰었다는 뜻의 관목(貫目)에서 관메기, 과메기로 굳어진 것이다.

이 과메기는 1960년대 이후 청어의 어획량이 줄게 되자 꽁치로 대신하게 되었다. 요즘은 꽁치를 냉동시켰다가 덕장에서 얼리고, 꾸들꾸들하게 해풍에 말려서 내놓은 것이다. 소주 한 잔과 과메기를 초고추장에다 듬뿍 찍은 다음 배춧잎에다 올려놓고 미역, 마늘, 실파를 같이 싸서 먹으면 입속에 쫄깃쫄깃함과 구수한 맛이 배어난다.

고소하면서도 향긋하고 쫄깃하면서도 낙낙한 게 혀끝에 착착 감겨드는 감칠맛, 그리고 불과해지는 얼굴과 시끌벅적한 소줏집의 분위기는 술꾼들이 아니라도 금방 행복해진다. 포항 40년 전통의 해구주점은 과메기와 회 무침으로 유명한 선술집이다. 20대 청년시절부터 들락거리던 그 과메기 집은 수십 년이 지난 지금도 남빈동 골목 그 자리에서 주인도 바뀌지 않은 채 그대로 있다.

10여 년 만에 찾아간 해구주점에서 느낀 아주머니(이제는 주인 할머니)의 초고추장 맛은 예전이나 지금이나 그대로였다. 과메기와 소주 한 잔을 앞에 두고 모처럼 아끼는 동생과 한 잔 하다 보니 평소에 혐오식품으로 분류하고 있는 소주를 나 혼자서 한 병이나 비웠다. 술을 좋아하지 않는 내가 그 정도의 술을 마신 것은 내 스스로 생각해도 놀랄만한 일이었다.

그래서 소주 안주는 과메기가 최고란 말이 생긴 것 같다. 소주 한 잔을 기울이며 나눈 대화들이야 죄다 삶과 문학에 관한 이야기였지만, 과메기의 진미에 동생과의 이야기가 더욱 맛이 있었지 않았나 싶다. 과메기 한

접시에다 소주 두어 병을 비우고 나서, 2차로 근처의 왕대포집을 찾아 옛 추억을 찾아보려고 했지만, 없어진 지가 여러 해 되었다는 소리에 조금은 실망한 채 근처의 호프집에 들러 한 잔 더하고 헤어졌다.

해구주점과 없어진 왕대포집에는 젊었을 때의 추억이 고스란히 남아있는 곳이다. 이 지역의 문인들과 문학 지망생들이 모여 밤늦도록 토론을 하며 문학에 대한 열정을 쏟아 붓던 장소였다. 세월이 흐르면서 추억 어린 옛 건물들도 모두 사라지고, 지금은 그 자리에 찬바람만이 휑하니 도는 삭막한 빌딩만이 무덤처럼 서 있다.

> 찬 물과 더운 물 오가는 / 어느 물밑이었으랴 / 감지 않은 네 눈에 비치는 고향은 // 빽빽한 아파트 모퉁이에 매달린 우리 / 잠시 풀려 나와 앉은 / 희끗한 눈발 날려 젖은 목판 / 살얼음 녹아 질펀한 죽도시장 고깃발에 / 거꾸로 매달려 꾸는 네 꿈속을 / 흰 성에 깊이 배인 살을 씹으며 / 우리도 가고 있구나 // 죽어서도 푸른 서슬 / 빳빳이 세운 채 //
>   - 김정구의 시 「과메기」 전문

「과메기」 시를 쓴 김정구 시인은 포스코에 다니던 중 암 진단을 받고, 몇 년 간 투병생활을 하다가 2004년에 고인이 되었다. 생전에 나는 그를 정구 형이라고 불렀고, 그는 '포항문학' 회장으로 나는 감사로 활동한 적도 있었다.

또한 그의 첫 시집 『풀무바람 속에서』 출판기념회에서는 내가 그의 시 「감꽃」을 낭독하기도 했다. 그가 세상을 떠난 1주기에 맞춰 포항문학 회원들은 그의 유고 시집 『내 붉은 노래』를 출간했다. 나보다는 나이가 대여섯 살이나 많았지만 참으로 우직한 시인이었다.

과메기를 먹다 보니 형이 생각나서 눈물이 났다. 건천 공원 묘원에 안장된 그의 장례식에는 무슨 일 때문인지 참석하지도 못했다. 그가 평소에 술자리에서 구수하게 부르던 유행가 〈숨어 우는 바람 소리〉를 문득 떠올리며 한동안은 형 생각에 눈물이 많이 날 것 같다.

오늘의 운세에서 얻은 가족의 소중함

두어 해 전에 신문을 보다가 '오늘의 운세' 난에서 잊히지 않는 구절이 있어서 수첩에 메모를 해두었다. 오늘 수첩을 뒤적이다가 마침 그 내용을 발견하고서는, 아하 그때 이런 글을 적어두었던 적이 있었지 하는 생각과 함께 다시 읽어보니 명문이라는 생각이 들었다.

그 내용은 이렇다. '과거의 고초를 한탄 말고 현실에 충실 하는 것이 현명한 사람이다. 지난날을 거울삼아 더욱 더 충실히 산다면 세상 무엇이 또 부러울까? 사랑하는 가족을 위해서 성실하게 사는 것이 행복이다.'

'매사에 힘들게 생각하면 한없이 힘든 것이고 쉽게 생각하면 쉬운 것이다. 마음가짐을 편하게 생각하고 행동하면 어떠한 일이라도 원하는 방향으로 해결해 나갈 수 있을 것이다. 자신의 마음에 달린 것이니 마음 굳게 먹고 실천에 옮기도록 하자.'

가만히 생각해보니 나뿐만 아니라 모든 사람에게 해당되는 말이었다. 가족은 삶을 살아가는 힘이라고들 한다. 물리학에서는 외부의 힘없이 스스로 움직이는 힘을 모멘텀이라 한다. 최근 기업에서도 자주 인용하는 용어로써 기업성장이 내부에서 저절로 이뤄짐을 뜻한다. 가족도 외부의 힘없이 스스로 움직이게 하는 힘을 가지고 있다. 국가, 기업, 가정도 마찬가지로 지나간 고초를 한탄하기 보다는 현실에 충실해야 앞날의 번영도 있을 것이다.

어제는 절친한 형과 만나서 술집을 두루 주유하면서 기분 좋게 마시고 새벽에 집에 들어갔다. 오전 내내 술에 취해 자다가 비몽사몽간 일어나서 아침과 점심을 합한 아점을 먹는데 평소 늦게 들어가도 모른 척하던 아내가 밥상머리에서 칼을 빼내 들었다.

'자식은 커 가는데 당신은 지천명이 넘도록 벌어 놓은 돈도 없으면서 건강마저 생각하지 않는다면 어떡할 것이냐?'는 것이다. 가진 것이라고는 부모님께서 물려주신 육신뿐인데 여태까지 건강에 신경 쓰이지 않게 하더니 가로 늦게 신경 쓰이게 한다면서 칼을 강하게 휘두르는 바람에 덜 깬 술이 확 깼다.

입이 있어도 대꾸할 말이 없어서 동태국과 밥만 꾸역꾸역 삼키면서 짧은 시간이었지만 많은 생각을 하게 되었다. 가족은 좋을 때보다 힘들 때 더 소중하게 느껴진다. 그리고 힘들 때 언제나 편히 기댈 수 있고 상처받은 영혼을 위로받을 수 있는 안식처다.

또한 가족이란 서로에게 보이지 않는 모멘텀을 만들어내는 원동력이다. 살다보면 정말 어려울 때 옆에 있어줄 사람이 절실히 필요함을 느낀다. 진정 어려울 때 진짜 필요할 때 옆에 있어줄 사람이 바로 가족인 것이다. 김사인의 시처럼 너무 가까이 있어서 쉽게 대하고, 함부로 말하고 그래서 가장 큰 상처를 주기도 하고, 받기도 하는 사이지만 말없이 서로 이해하고 그냥 있는 것이 가족이 아니던가.

이도저도 마땅치 않은 저녁 / 철이든 낙엽 하나 슬며시 곁에 내린다 // 그냥 있어볼 길밖에 없는 내 곁에 / 저도 말없이 그냥 있는다 // 고맙다 / 실은 이런 것이 정말 고마운 것이다 //

– 김사인의 시 「조용한 일」 전문

남자는 나이가 적으나 많으나 죽을 때까지 철부지란 말이 있다. 나도 어쩌면 그럴지 모른다. 김사인의 시에서처럼 비록 나이는 나보다 적지만 철이든 낙엽 하나, 아내가 곁에 있어서 정말 고맙다. 너무 가까이에 있어서 소중함을 못 느끼는 공기처럼 나도 그렇게 무심하게 지내온 것은 아닌지 오랜만에 가만히 나 자신을 되돌아보면서 가족의 존재를 생각해본다.

지명의 나이

은행에 들러 아들의 등록금을 납부하는데 창구 직원이 등록금고지서를 보더니, "아들이 좋은 대학교를 다녀서 좋으시겠네요." 하고 말했다. 나는 엉겁결에 "감사합니다." 하고 답례를 했다. 은행 직원의 말 한 마디에 자식을 둔 아비로서의 기쁨을 잠시 느꼈다. 아들 때문에 내가 칭찬을 듣고 보니 자식에게 부끄러울 뿐이다. 아버지라고 해서 딱히 잘 해준 것도 없었는데, 내가 그런 칭찬을 듣고 보니 기분이 묘했다. 은행을 나와 횡단보도에서 신호가 바뀌기를 기다리고 있다가 활처럼 허리가 휜 백발의 두 할머니께서 주고받는 이야기를 엿듣게 되었다.

"늙으면 자식에게 져야지. 안 그러면 집안이 시끄러워 못 산다."

"부모가 자식 이기는 것 본 적 있나?"

서로 마주 보며 맞장구를 치셨다. 그 말을 듣고 있다가 나도 모르게 슬그머니 할머니의 대화에 끼어들었다.

"할머니, 나이가 드셨다고 무조건 양보하면 안 되지요. 자식도 부모의 뜻에 따르고, 부모도 자식을 조금씩 이해하며 서로 양보해야지요." 하고 말했더니, 내 말에 두 분께서 모두 인정을 하시듯 하시면서 하는 말이 "요즘 젊은이들 자식 한두 명 낳는 것 잘 했지, 여러 명 자식이 낳고 살면 평생 속 썩고 산다." 하시면서 횡단보도를 건너 가셨다.

두 할머니의 말씀을 들으면서, 권위로 인식되던 나이의 힘이 요즘에는 무용지물(無用之物)이 되었구나 하는 생각과 함께 늙으면 모든 것을 양보할 수밖에 없는 현 세태에 마음이 서글퍼졌다.

처음 느껴보는 이런 감정이 문득 내 나이를 되돌아보게 했다. 어느덧 지명(知命)의 나이, 적지 않은 나이이다. 자식 칭찬에 기쁨을 얻기도 하고, 자식의 무관심에 섭섭함을 느끼며 살아야 할 나이가 되어가고 있는 것이다.

　오늘은 책을 덮고 / 뜰을 한 번 거닐고 싶다 // 어쩌면 먼 추억의 당 신에게 / 긴 긴 편지를 쓰고 싶다 // 불 꺼진 창을 열고 / 나의 이 순정 을 이야기하고 싶다 // 젊은 날의 노트를 뒤적이며 / 당신의 고운 이름 을 불러주고 싶다 //

- 정민호의 시 「知命을 바라보며」 전문

'청년기의 하루하루는 짧고, 한해 한해는 길다. 노년기는 한해 한해가 짧고, 하루하루가 길다'라고 말한 페닌의 명언이 어느 때 보다 실감이 나 는 하루다.

불혹의 나이를 넘기고 지명(知命)의 나이가 되면 정민호 시인의 시에서 말한 것처럼, 뜰을 거닐며 자신의 지난 과거를 반추하게 된다. 때로는 먼 추억의 당신에게 긴 편지를 쓰고 싶기도 하고, 젊은 날의 노트를 뒤적이며 첫사랑 가시내의 고운 이름도 불러보고 싶은 것이다.

또한 남은 생의 그릇을 채우기 위해 끊임없이 노력하며, 남은 미래를 향해 부지런히 남은 씨앗도 파종해야 하며 세속적인 감정에서 벗어나기 위해 책도 많이 읽어야 한다.

어느 날, 삶의 마침표를 찍는 순간, 생의 흔적이라는 그릇에 담아 내놓을 수 있는 결실들이 알곡으로 채워지도록 하기 위해서, 더 나아가 자식들의 자랑이 되기 위해서는 일 분 일 초도 허투루 살 수가 없다. 죽음 앞에서 평생 살아온 날들이 즐거운 시간들이었다고, 후회 없이 살았다고 말할 수 있기 위해서는 남은 시간을 적당히 살 수가 없다.

그러기 위해서는 오직 자기희생만이 스스로 행복할 수 있으며, 힘들어도 넉넉하게 마음을 쓰며, 웃으면서 중년의 노래를 부를 수 있어야 성공한 인생이라고 말할 수 있다. 인생은 짧지만 그 속에는 아름다운 순간들이 있다. 그런 소중한 순간이 있었기에 인생은 의미가 있고, 살아가는 맛이 있다. 비록 주어진 현실이 어둡더라도 쾌청한 가을 하늘을 올려다보며, 내 안의 부정적인 마음을 털어버리고 더 아름답고, 소중한 순간들을 만날 수 있도록 마음의 준비를 단단하게 해야 하리라.

스티비 원더를 추억함

유월의 마지막 휴일, 모처럼 평온한 휴식을 취한다. 베리 고디가 창업한 음반사 모타운이 배출한 살아있는 전설, 평화의 메신저. 〈뉴스위크〉 표지 기사에 우리 시대의 가장 창의적인 팝 뮤지션으로 소개된 시각장애인 가수 스티비 원더. 그의 히트곡들을 들으면서 졸리면 조금씩 졸고 그러다가 눈이 떠지면 다시 눈을 감고서 천천히 그의 음악을 음미하면서 이 세상에서 가장 편한 자세로 의자에 기대어 그의 대표곡 〈Fingertips〉부터 내가 좋아하는 〈I Just Called To Say I Love You〉까지 전 세계인들의 사랑을 받은 명곡들을 반복해서 듣고 또 들으면서 그의 삶을 추억한다.

내가 좋아하는 팝 아티스트의 음악을 마음껏 들어본지가 얼마나 되었던가. 가만히 옛 기억을 되짚어가다 보니 이십여 년도 더 지난 것 같다. 이는 그만큼 내 자신이 일상의 노예가 되어 무기력하게 살아왔다는 말이 아니던가?

스티비 원더는 디트로이트 새기노에서 미숙아로 태어났다. 인큐베이터

46

에서 43일을 보냈고, 이 기간에 시력을 잃어버렸다. 시각장애인으로 환영받지 못한 채 세상에 나왔지만 그의 몸을 통해 느껴지는 음악적인 감각(청각)과 특유의 낙천적인 성격, 지칠 줄 모르는 예술적인 광기로 어려서부터 음악신동으로 인정받았다.

정치든, 학문이든 한 분야에서 최고가 되려면 어떤 장애가 가로 막든 끈기를 갖고서 성공할 때까지 멈추지 말아야 한다. 인생은 수많은 실패를 통해서 배운다. 내가 좋아하는 스티비 원더는 이를 모두 극복한 사람이다. 내가 그의 노래를 좋아하는 것은 수많은 좌절과 차별 속에서도 끝까지 분투하면서 역경을 이겨나가는 새로운 방법을 찾아내었다는 점이다.

'남이 나를 잘못 보는 것 따윈 전혀 두렵지 않다, 나는 여전히 나다'라고 난세의 영웅 조조는 말했다. 우리의 삶에서 모험을 하지 않는 사람은 아무 것도 하지 못하며 그리하여 아무 것도 아닌 존재이다. 스티비 원더 그의 삶은 순간순간이 도전이었다. 그래서 도전한 만큼 삶이 달라질 수 있었다. 그는 마틴 루터 킹을 정신적 스승으로 삼고 그의 삶을 닮으려고 꾸준히 노력했다.

결국 그는 세계 각국에서 자유와 평등을 구현하는 데 앞장 선 사람들을 기념하는 취지로 설치된 미국 애틀랜타 마틴 루터 킹 센터 내에 있는 '세계 인권 명예의 전당'에 이름이 새겨졌다. 가수로는 스티비 원더가 유일하다.

스티비 원더는 지난 2010년 60회의 생일을 맞았다. 그해 8월 10일 한국 팬을 위한 내한공연을 올림픽공원 체조경기장에서 가졌는데 뮤지션의 길을 같이 걷고 있는 첫째 딸 아이샤 자키아 모리스도 함께 했다. 그때 스티비 원더 공연을 보고 나온 관객들 대다수는 '이번 공연을 안 봤으면 평생 땅을 치고 후회했을 것'이라고 말했다.

태어날 때부터 시각장애를 가졌지만 그만의 특유한 음악적 천재성을 바탕으로 가수이자 작곡자, 음반 프로듀서 등으로 맹활약하며 전 세계 음악 팬들의 사랑을 한 몸에 받고 있는 스티비 원더. 그는 지금까지 7천 5백만 장 이상의 음반 판매고를 기록함과 동시에 30곡 이상을 빌보드 TOP 10에 올렸다. 25차례나 그래미상을 수상했으며, 1985년에는 아카데미 음악상을 받기도 했다.

1983년과 1989년에는 '작곡가 명예의 전당'과 '로큰롤 명예의 전당'에 헌액됐으며, 미국 대중음악계에서 최고 권위를 자랑하는 '거쉰(Gershwin) 공로상'을 수상했다. 버락 오바마 대통령의 취임식에서 비욘세, 보노 등과 함께 축하공연을 펼치는 등 나이가 들수록 더욱 성숙해진 음악성을 바탕으로 음악활동을 지금도 활발하게 전개하고 있으며 'UN 평화특사'로 임명되는 등 음악뿐만 아니라 사회운동에도 적극적으로 참여하고 있다.

내가 스티비 원더의 음악에 빠져드는 매력 중의 하나는 억눌린듯하면서 애절하고, 슬프게 느껴지면서도 편안하기 때문이다. 또한 듣는 사람에게

강한 호소력과 함께 모든 멜로디가 아름답다는 것이다.

나와 동시대를 살아가는 사람 중에서 스티비 원더와 같은 뮤지션이 있다는 것 자체가 하나의 축복이라고 생각한다. 아무튼 그가 건강하게 오래 살아서 감미로운 하모니카 소리와 매력적인 목소리을 많이 들려주기를 기대할 뿐이다.

세월이 가고, 사람은 떠나도

기쁠 때나 절망을 느낄 때나, 사랑이 무엇인가를 알고 있는 것은 여자뿐이다. 남자에게 있어서 사랑이란 일부는 공상이요 거만이며 탐욕이다.

— 오스카 와일드

사랑이란 많은 고통과 절망을 동반한다. 그럼에도 불구하고 남녀는 사랑을 갈구한다. 특히 여자에게서 사랑이란 남자가 생각하는 사랑보다 더 복잡하고 난해하다. 우리에게 친숙한 프랑스 가수 에디트 피아프(Edith Piaf)의 대표곡 〈사랑의 찬가〉는 미국에서 공연 중에 만나 사랑하게 된 복서 마르셀 세르당 때문에 만들어진 곡이다.

열애 도중에 비행기 사고로 그가 사망하게 되자 비탄의 와중에서 만들어 불렀다. 제2차 대전 후 20년 가까이 파리 샹송계의 여왕의 지위와 명성을 누렸던 탁월한 가수, 작사가, 작곡가였으며, 프랑스 대중 음악사에 가장 뛰어난 찬사를 받은 대가수. 평생을 노래와 사랑만을 갈구하다가 죽은 에디트 피아프의 기구한 인생은 눈물겹다 못해 사람을 숙연하게 한다.

한 시대를 앞서 살다간 예술가 중에는 행복했던 삶을 살다가 세상을 떠난 사람은 극히 드물다. 그렇기에 지금까지도 그 이름이 남아 호사가들의 이야기에 주인공이 되는 것은 아닐까.

푸른 하늘이 우리들 위로 무너져 내린다 해도 / 모든 대지가 허물어진다 해도 / 만약 당신이 나를 사랑한다면 / 그런 것은 아무래도 좋아요 / 매일 아침 사랑이 내 마음에 넘쳐흐르고 / 내 몸이 당신의 손아래서 떨고 있는 한 / 세상의 모든 일은 아무래도 좋아요 / 내겐 중요한 일도 대단한 문제도 아니에요 / 당신이 나를 사랑하는 한 //

— 에디트 피아프의 〈사랑의 찬가〉에서

시인 자크 프레베르의 시에 곡을 붙인 〈고엽〉으로 한 시대를 풍미했던 가수 이브 몽탕(Yves Montand)은 에디트 피아프를 만나 화려한 성공을 거둔다. 가을만 되면 지금도 '나는 잊을 수 없다오, 추억과 회한도 또한 고엽과 같다는 것을……'로 시작되는 〈고엽〉은 지나간 인생의 흔적을 순식간에 떠올리게 한다.

보잘 것 없었던 한 남자가 한 여인을 만나면서 화려한 명성을 얻게 되고, 그 성공을 발판으로 프랑스의 대통령 후보까지 거론되며 피아프를 배신한 이브 몽탕의 삶 또한 전설처럼 전해지고 있다.

샤를 아즈나부르 역시 피아프와 한때 동거 생활을 하며 그의 도움으로 인기 가수가 되었다. 사랑의 가객이라 불리며 프랑스를 대표하는 시인으로서도 명성이 높았던 그의 샹송 〈이자벨〉은 시인 특유의 감성을 담아, 사랑하는 여인의 이름을 눈물겹게 부르면서 절규한다.

이자벨, 나의 연인 / 그대는 빛 속에 살고 / 나는 어두운 한쪽 구석에 살고 있습니다 / 왜냐하면 그대는 살기 위해 죽을 것 같고 / 나는 사랑에 죽을 것 같기 때문입니다 / 만약 그대가 나에게 / 그대의 운명을 영원히 준다고 하면 / 나는 그대의 사랑을 애무하는 것으로도 만족하겠지요 / 이자벨, 이자벨, 이자벨, ……, 나의 연인 //

— 샤를 아즈나부르의 〈이자벨〉에서

한 시대를 음악으로 주름잡으며, 당대의 수많은 남자들과 평생 스캔들을 달고 다녔던 그녀는 한 남자에게 싫증이 나면 다른 남자를 봐 뒀다가 그 남자에게서 버림을 받기 전에 먼저 차버리는 유별난 남성 편력의 소유자, 살아생전 끝없는 사랑에의 열망을 불태우며 살았지만 사랑에는 항상 외로운 승냥이처럼 굶주렸고, 그렇게 살면서도 사랑의 순수성을 의심 받지 않았던 그녀의 삶은 아직까지 그를 추억하는 음악애호가들 사이에서 끝없이 전해지고 있다.

한 시대를 풍미한 여류 가수 피아프를 일컫는 장 콕도의 단 한 마디. '피아프는 천재다. 그녀 이전에 누구도 없었고, 그녀 다음에 누구도 없었다.'

피아프의 죽음에 충격을 받고 그녀의 조사(弔詞)를 낭독할 준비를 하다가 심장발작으로 세상을 떠난 장 콕토와의 묘한 인연.

　그를 애도하기 위해 미친 듯이 장례식에 몰려든 4만여 명의 사람들, 세상을 떠난 지 45년이 지난 지금도 그가 안치된 페르 라세즈의 묘소에는 단 하루라도 그녀에게 헌사 하는 꽃다발이 끊이지 않는다는 사실. 세월이 가고, 사람은 떠나도 영원히 색이 바래지지 않고 잊혀 지지 않는 노래. 사랑의 찬가! 고교시절 날만 새면 붙어 지내던 선배의 집, 2층 다락방에서 진공관 전축에 LP판을 올려놓고 셀 수 없을 만큼 듣고 따라 불렀던 고엽! 이자벨!
　그의 노래를 아직까지 들을 수 있다는 것만으로도 과분한 행운을 누리며 사는 것은 아닐까 싶다.

화진리 바다·바람·풍경

　포항 시내에서 나루끝을 지나 7번 국도로 따라 달리다 보면 곡강 사거리. 이명박 대통령 생가가 있는 덕실 마을 입구와 칠포해수욕장으로 들어가는 갈림길이 나타난다. 그곳에서 곧장 달려 월포해수욕장, 보경사에 이어 지경검문소에 도착하면 화진3리다. 국도변의 우측 입구에 세워진 이정표를 따라 대숲 길로 들어서면 일상에 지친 생활인을 위한 휴식공간이 있다.

　그곳이 바로 바다, 풍경, 바람과 어우러진 천혜의 힐링공간 화진리 바닷가다.

　화진리 바다는 처절하도록 애잔한 가락의 넋두리를 감추고, 사람을 키우고 아득한 산을 기른다. 고단한 나그네가 지쳐 잠시 쉬어가도 언제나 잔잔한 미소를 짓는다. 일상에서 얻은 말 못할 사연으로 가슴이 답답할 때도 푸른 노래와 대화를 들려준다.

　그림같이 조용한 수평선 위로 정든 벗의 얼굴을 떠올려주기도 하고, 쓸

쓸한 도시의 모퉁이에서 애타게 기다리는 먼 미래의 소망을 들어주기도 한다. 상처 입은 영혼을 위해 진혼곡도 불러준다.

화진리 앞바다는 밤마다 쓰러지지만 삶에 지친 사람들을 바라보며 영혼을 위로하고 쓰다듬어 주는 일이 좋아 아침이면 다시 불끈 일어선다. 밤마다 쓰러지지만 아침이면 다시 일어서는 바다. 저 푸른 바다를 빈 그릇에 하나 가득 담을 수는 없을까. 깨어지고 부서지면서 일어서는 화진리 바다를 내 마음에 모두 담을 수 없는 것은 너무나 많은 신비의 비밀을 가지고 있기 때문은 아닐까.

하얀 물결 위에 새겨진 물새 발자국처럼 지워진 정든 이의 얼굴이 활짝 피어나는 곳, 고기잡이 늙은 어부가 어머니만큼 사랑하던 그 바다, 그 바다는 어디에 있을까. 항상 우리를 유혹의 도가니에서 몸부림치게 하는 신비의 바다를 영원히 만나고 싶다.

해수욕장이 길게 늘어선 끝 쪽 나지막한 모래언덕에 조성된 소나무 산책로, 낯설고 먼 길을 쉬어가는 배의 휴식처 포구, 길 잃은 배를 안내하며 만선의 꿈을 기원하며 밤새 불을 밝히는 작은 등대, 작은 등대에 기대어 사랑의 밀어를 속삭이는 청춘남녀, 따개비처럼 낮게 옹기종기 엎드린 한적한 어촌, 대숲과 솔밭에서 부는 정다운 바람, 위안의 음악과 노래를 들려주는 파도, 나른한 오후의 햇살에 숨을 죽이며 졸고 있는 목선들, 펼쳐진 동해바다를 바라보며 벤치에 앉아 지난 삶을 관조하는 중년의 여행객, 금세 비취빛이었다가 순식간에 푸른 코발트빛으로 변하는 바다, 오후 햇빛에 반짝이는 늙은 모래의 함성, 동해의 바닷바람에 흔들리는 해송들, 가족과 연인과 즐기는 바다낚시, 바닷가 카페에서 흘러나오는 철지난 팝송, 7번 국도를 따라 뻗어있는 야트막한 산들, 아직도 남아있는 여름해수욕장의 함성들. 화진리에서는 바다가 말을 하고, 그 말을 듣는 사람은 모두 일상에 지친 사람들이다.

> 푸른 바다가 / 오선지로 변해 버린 / 시인의 밤은 아득했다 // 게으른 하늘에 / 낮달이 뜰 때면 / 누이의 바다가 / 장밋빛 눈물을 흘린다 // 하얀 박꽃 피는 밤에 / 먼 고향 마을은 / 전설 속에 조용히 잠들고 // 바닷가 / 조개 잡던 아이들의 / 따스한 손에는 / 부드러운 바람 한 줌 / 흩날리고 있었다 //
>
> － 졸시 「바다의 연가」 전문

바람, 어디에서 불어도 모두에게 꽃이 되게 하는 이름. 나는 바람을 사랑한다. 바람의 연륜은 헤아릴 길이 없다. 화진리의 바닷바람은 천만 년 전에도 불었고, 지금도 내 앞에서 불고 있고, 천만 년 후에도 불 것이다. 바람은 매섭고, 차갑고, 고난을 주지만 작은 일에도 슬기롭게 이겨나갈 수 있는 지혜를 준다.

살다보면 늘 우울한 날만 있는 것은 아니다. 고통은 사고하게 하고, 사고는 지혜를 준다. 혹독한 겨울바람을 겪어보지 못한 사람이 이른 봄 매화

향기를 맡을 자격이 있겠는가. 모래언덕에 서서 바다를 바라보면 파도의 말을 바람이 전한다. 그동안 '살면서 많이 힘들었느냐'고, '모든 시름 내려 놓고 편히 쉬라'고. 대숲과 솔밭에서 부는 바람도 위로를 한다. '사는 게 별 거냐고, 쉬어가면서 사는 게 삶'이라고.

포항시 북구 송라면 화진리. 그곳에 가면 백사장이 길게 늘어서 있고, 대 밭과 솔밭의 야산이 병풍처럼 둘러쳐진 곳. 드넓은 바다, 하늘, 일출과 일 몰, 자연을 계절의 변화에 따라 오감으로 느끼고, 즐길 수 있는 곳. 휴양 객 한 사람 한 사람이 바로 현존(Dasein)의 곳(Cape)에서 깨어있음을 즐거 움을 맛볼 수 있는 곳, 바다와 해변이 한 눈에 들어오는 탁 트인 전망과 파 도소리, 뱃고동의 여음과 수정같이 맑은 바다를 항시 볼 수 있는 곳, 동해 안 최고의 명소이자 휴식 공간. 이곳에서 진정한 자아를 찾을 수 있기를.

제2장

고통, 그 소중한 선물

행복에 가까울수록 힘이 들게 마련이다. 행복이나 불행을 느낄 수 있는 것은 자기만의 생각이지 지금 처한 환경은 결코 아니기 때문이다. 자신의 생각을 조종할 수 있다면 각자의 행복도 선택할 수 있는 것이다. 삶의 행복은 생각의 여부에 달려있다.

내 인생에 가장 빛났던 시절

비틀즈, 아바, 밀바, 비지스, 엘비스 프레슬리, 폴 앵카, 닐 다이아몬드, 톰 존스 등에 흠뻑 빠져 지냈던 중·고교 시절. 팝송이라는 말만 들어도 왠지 가슴이 설레고 마냥 행복했던, 슬픔과 절망까지도 모두 아름답게 느껴졌던 그 순간들.

그 시절에서 아득히 밀려난 지금 가만히 생각해 보니, 그때가 진정 나에게 있어서 청춘의 훈장을 온몸에 달고서 반짝반짝 빛났던 시절이었다는 생각이 든다.

음악이 내 삶의 전부라고 생각한 적은 없었지만, 처음으로 나를 달뜨게 하여 젊음을 송두리째 빼앗아 간 것이 음악이었다.

최근 사라 밴 브라스낙의 『혼자 사는 즐거움』이라는 책을 읽으면서 내 인생의 가장 빛났던 시절은 언제였는지를 생각해 보는 계기가 되었다. 작가는 '인생이란 여정은 가장 행복했던 시절로 돌아가는 길임을 깨닫는 순간, 비로소 당신은 전진하는 삶의 의미를 깨닫게 될 것'이라고 말한다.

60

내 삶의 지문을 여느 때보다도 꾹꾹 눌러 찍었던 그 시절. 음악이 있어서 아름다웠고, 음악을 함께 들어주는 친구 같은 형이 있어서 행복했고, 동시대를 같이했던 가수들이 있어서 황홀했다. 우리 집은 가정 형편이 어려워 전축도 없이 라디오 하나만 달랑 있었지만, 집에 있을 때는 라디오가 종일토록 친구였고, 집 밖을 나가면 우리보다 넉넉했던 이웃 형 집에서 전축을 마음껏 들을 수 있었던 공간이 있었다. 이제는 그 청춘의 세월에서 얼마나 멀리 떠내려 왔는지 기억조차 아득하다.

또래 친구들과는 달리, 질풍노도의 시기를 무사고로 통과의례를 치른 것도 어찌 보면 음악이 있었기에 가능한 것은 아니었을까? 먹구름이 끼고, 천둥이 치고, 소나기가 퍼붓던 청춘의 한 철을 뜨겁게 달궈 주었던 음악이 이제 생각하니 지난 내 삶에서 가장 값진 선물이었다.

인생의 가치를 알지 못하고 또래 세계에만 갇혀 있었던 사춘기 시절에 음악은 어른으로 성장하는데 정신적 성숙함을 느끼게 해주어, 낯선 세계로 진입하는 데에 대한 두려움을 없애 주었고, 세상에 대해 내뱉는 서툰 말보다는 먼저 남의 말을 들을 수 있는 삶의 겸허한 지혜도 가르쳐 주었다. 아울러 예술을 사랑하며 나 자신을 사랑하게 하도록 해주는데도 일조하였다. 내 인생에서 음악을 일찍 만난 것은 가장 큰 행운이자 축복이었다.

우리가 일생을 음악과 함께 한다는 것은 마음의 상처와 고통 없이 행복한 인생을 살다가 아름다운 삶을 마감하는 과정이라 감히 말할 수 있다. 음악을 듣다보면 어느 날 문득 깨닫게 될 것이다. 가슴이 무너진 날 공허함을 채워주고, 사랑하는 사람들을 더욱 사랑하게 해주고, 사랑하는 사람과 이별의 순간조차도 아름답게 마무리 할 수 있다는 것을……. 더 나아가 청춘의 여정에서 멀어진 삶의 종착역에 도달할 때까지도, 가장 눈부시게 빛났던 시절을 만들어 주는 추억이 될 수도 있음을 말이다.

아버지 생각 · 하나

무더운 여름. 버스에서 수다를 떨던 조그만 여학생 하나가 갑자기 창문 밖으로 손가락을 가리키며 친구들에게 자랑스럽다는 듯이, "아빠다! 우리 아빠야! 저기 봐!" 하며 법석을 떨었다.

순간 모든 이들이 시선이 밖을 향했다. 땀에 전 셔츠를 입고 검게 그을린 얼굴의 초라한 아저씨 한 분이 고물 잔뜩 실린 리어카를 끌고 가고 계셨다. 그 여학생은 숫제 머리를 내밀고 목청껏 '아빠'를 불러댔다.

기사 아저씨는 정류장도 아닌 곳인데 차 문을 열어 주셨다. 아빠에게 뛰어가는 여학생의 뒷모습은 3년이 지난 지금도 잊히지 않는다. 우리는 아버지를 얼마나 자랑스럽게 여기는가?

앞의 글은 MBC 라디오 청취자들의 짧은 엽서를 모아 놓은 『200자의 감동』이란 책에 실려 있는 우리 주변에서 일어나는 가슴 찡한 이야기다.

나에게도 오랫동안 잊히지 않고 머릿속에 남아 있는 이야기가 있다. 지금은 서로 만나지 못하고 지내지만 한동안 가깝게 지냈던 선배가 있었다. 선배는 20년 넘게 직장생활을 하다가 갑작스레 직장을 그만 두게 되었다.

선배가 실직을 하고부터 초등학교에 다니는 두 자식(남매)은 부모에게 용돈 달라는 소리가 끊겼다고 했다. 남매는 서로 약속이라도 한 듯이 다니던 학원도 그만두겠다고 했다고 한다.

부모가 학원에도 다니고 용돈도 그 전처럼 줄 테니 걱정하지 말라며 아이들을 불러놓고 한참이나 어르고 달랬다고 한다. 그러나 아이들은 끝내 학원에 다니지 않고 집에서 스스로 열심히 공부하겠다고 말하더란다. 아버지가 직장을 잃었으니 힘드실 거라고 생각해서 아버지의 고통을 들어주자는 순전히 저희들만의 생각이었던 것이다.

비록 실직은 했지만 선배의 집은 경제적으로 여유가 없거나 생계에 위협을 느낄 정도의 집안은 아니었다. 부모님께서 물려주신 재산도 있고 그동안 열심히 벌어 저축해 놓은 덕분에 비교적 부유하게 사는 편이었다.

아이들의 반응에 당황한 선배 부부가 궁여지책으로 생각해 낸 방법이 현관에다 소쿠리를 하나 얹어두고 용돈을 그 속에 넣어 두고 '각자 필요한 만큼 용돈은 언제든지 가져가라'고 써 놓았다고 한다. 하지만 아이들은 한두 달이 지나도 끝내 그 돈을 가져가지 않는다고 했다.

심지어 학교 수업이 파하면 놀지도 않고 곧장 집으로 와서 오빠와 동생이 서로 머리를 맞대고 학원에 다닐 때보다 더 열심히 공부를 한다는 것이었다.

나에게 심각한 표정으로 말하는 선배의 얼굴을 바라보면서 한편으로는 같은 부모의 입장에서 걱정도 되었지만, 어린 나이에 부모를 위하는 아이들의 착한 마음씨에 깊은 감동을 받았다. 아버지가 실직하자 부모의 고통을 덜어 드리겠다고 생각한 자식들(남매)의 이야기를 들은 지가 벌써 10여 년 가까이 된 것 같다.

일상에 쫓겨 오랫동안 서로 연락하지 못하고 지낸 선배의 자식들은 어떻게 되었을까 몹시 궁금하다. 지금쯤 의젓한 대학생이 되어 있지 않을까. 올해에는 그동안 소식 전하지 못하고 지냈던 선배도 만나보고, 남매들도 어떻게 변했는지 만나 보아야겠다.

나는 아버지를 위해 어떻게 했던가. 돌이켜 생각해보면 성인이 되고 나서도 선배의 어린 자식보다 부끄러운 행동을 많이 했던 내 자신이 왠지 부끄러워진다. 우리는 아버지를 얼마나 자랑스럽게 생각하는지, 8월의 첫 주를 시작하면서 지금은 곁에 계시지 않는 나의 아버지를 잠시 떠올려 본다.

아버지 생각 · 둘

지난 주말, 경주 반월성에 갔다. 성(城)을 따라 한 바퀴 걷는 동안 자연이 펼치는 봄의 향연에 동참할 수 있었다. 대숲에 서걱거리는 잎사귀의 부딪힘, 신록의 나뭇가지들이 연출하는 춤사위, 들판에 흐드러지게 핀 이름 모를 꽃들, 물오른 연한 나뭇잎의 속살거림, 무더기무더기 흐드러진 철쭉들……

성(城)을 돌아 나오면서 성 밖의 넓은 초원 사이에 펼쳐진 유채꽃 군락의 은밀한 수런거림과 클로버, 팬지, 민들레, 자주제비, 흰 제비, 노랑제비꽃의 미세한 떨림에 취해 나는 완전히 넋이 빠졌다.

살아있는 모든 것들은 말을 건다. 어떤 꽃은 가끔씩 소리를 지르기도 한다. 봄꽃의 말 걸기, 저들끼리 주고받는 소곤거림과 기쁨의 탄성을 들으면서 나에게도 진정 봄은 있었던가 하는 생각을 해본다. 내가 알아듣지 못하는 꽃말은 모두 소음이다. 하지만 꽃들의 말은 너무도 명징하여 날아가는 나비도, 봄바람도 알아듣고 꽃잎에 앉아 쉬었다 간다.

서라벌의 왕궁 밖 넓은 들에는 이름을 모르는 들꽃의 수만큼이나 모르는 연인들이 서로에게 사진을 찍어주며 행복해 했다. 아직 피지 않은 꽃도 순식간에 하늘을 밀치고 나와 환한 웃음을 터뜨리며 함께 즐거워 할 것 같다.

　세상의 모든 일에는 다 정해진 때가 있다. 봄이 되어 피는 꽃도 자연의 순리에 따라 때에 맞게 피었다 진다. 인생도, 사랑도, 죽음도 다 때에 따라 생겨났다가 사라지는 것이다. 인간도 언젠가는 죽는다는 것을 알면서도 삶의 고삐를 늦추지 않고 바쁘게 산다.

　반월성을 뒤로 하고 귀가길, 야산 허리에는 선홍색 진달래가 어느 해보다 수북이 피었다. 진달래를 보니 갑자기 아버지 생각이 났다. 진달래가 소리 없이 피고 지듯 아버지께서 이승을 떠난 지도 그렇게 몇 해가 지났다.

　누가 보거나 말거나 스스로 꽃 피운 진달래를 보니 문득 어릴 적 생각이 떠올랐다.
　내가 초등학교에 다닐 때까지만 해도 아버지께서는 봄이 되면 진달래를 꺾어 나뭇단 사이에 가득 얹어 오셨다. 나비도 몇 마리씩 지게에 얹혀 집까지 따라왔다. 진달래는 해가 바뀌고 봄이 되면 예나지나 피고 지지만, 꽃 나뭇단 지게를 지고 성큼성큼 산길을 내려오시던 아버지의 모습은 영원히 볼 수가 없다. 아버지를 보고 싶은 소망은 이제 나에게 꿈속에서나 가능한 일이 되었다.

살아 계셨을 때는 아버지의 존재가 왜 그렇게 아득하고 어렵게만 느껴졌을까. 힘들었던 시절, 가족의 생계를 책임지기 위해 온갖 궂은일을 도맡아 하시고도 힘든 내색 한 번 하지 않으셨던 아버지. 고통과 고뇌 없는 삶의 꽃밭이 어디에 있으랴만, 오늘은 생전에 가족을 위해 힘든 삶을 사신 아버지가 무척 보고 싶어진다. 세월은 지난 모든 것을 아름답게 만들어준다고 그랬던가.

그대 창가에 오랜만에 볕이 들거든 / 긴 밤 어둠 속에서 캄캄하게 띄워 보낸 / 내 그리움으로 여겨다오 // 사랑에 빠진 사람보다 더 행복한 사람은 / 그리움 하나로 무장무장 / 가슴이 타는 사람 아니냐 //

— 안도현의 시 「그대에게 가고 싶다」 중에서

그리움 하나로 가슴이 무장무장 타는 이 흘러가는 시간을 뒤로 하고 이제 얼마간의 세월이 지나야 다시 아버지를 다시 볼 수 있을까? 아버지 곁에 가기위해 주어진 시간도 그리 먼 세월은 아닐 것이다. 로버트 브라우닝은 '인생이란 쉬고 있는 것이 아니라 한 걸음 한 걸음씩 걸어가는 속에 있다'고 하지 않았던가.

살고, 사랑하고, 배우고, 자취를 남기면서, 한 걸음씩 걷다보면 아버지 계시는 곳에 어느 순간 닿게 될 것이다. 올해의 봄도 지나가면 다시 오지 않듯, 아버지 생각도 오늘이 지나가면 곧 잊힐 것이다.

봄비 오는 날, 가난보다 무거운 허무의 지게에 진달래 한 짐 가득 지고 연화언덕을 넘어 오시던 아버지의 모습을 꿈속에서 기대하면서, 봄꽃의 고향에 계시는 아버지 생각에 잠시 젖어본다. 이번 주말에는 아버지 산소를 찾아 한 묶음의 진달래를 놓아 드리고 싶다.

"아버지, 당신을 지금도 정말 많이 사랑합니다."

아버지의 존재

한 달이 또 훌쩍 지나가고 유월의 한 주가 지났다. 책을 읽고, 영화를 보고 와서 텔레비전에서 방영되는 뉴스를 보다가 컴퓨터를 켜고 블로그에 몇 줄의 글을 남긴다. 누가 나에게 글을 읽으라고 강요한 적도 없고, 누가 나에게 글을 쓰라고 말하는 사람도 없는데, 나도 모르게 습관적으로 긁적이게 되는 것을 무엇이라 말하랴. 이것도 조앤 디디온의 말처럼 자기 연민의 문제일까?

인생은 빨리 변한다 / 인생은 한순간에 변한다 / 인생이 끝날 줄 알면서도 / 저녁 식탁에 앉고 또 살아간다 / 자기 연민의 문제인 것을 //
– 조앤 디디온 〈상실〉

지금은 하늘에 계시지만 생전에 아버지께서는 내가 책을 많이 읽고 글을 쓰는 것을 원치 않으셨다. 감수성이 예민하던 사춘기 시절 나는 공부보다는 주로 책읽기에 온 힘을 쏟았다. 가난한 사람들이 모여 살던 조그만 동네에서 책을 많이 소장한 곳이 유일하게 한 집이 있었다.

책을 읽기 위해 구입했기 보다는 다른 집보다는 비교적 생활의 여유가 있어서 장식용으로 구입한 책으로 주로 세계명작 전집이었다. 지금 생각해 보면 300여 권은 족히 되었던 것 같다. 그 책을 하루에 한 권씩 빌려서 모두 읽었다.

그때 읽었던 느낌들과 가끔씩 보았던 흑백텔레비전의 명화극장을 본 후에 벅차오르는 감정을 주체하지 못해 일기에다 그 순간의 느낌을 모두 옮겨 놓았다. 그러던 어느 날 학교에 다녀온 나는 일기가 없어진 것을 알았다.

아버지께서는 저녁 군불을 때면서 일기를 태워버린 것 같았다. 마음이 여렸던 나는 일기가 없어진 것을 알면서도 아버지께 따져 묻지도 못했다. 아버지는 글을 쓰면 밥 빌어먹는다고, 가난하게 산다고 입버릇처럼 말씀하셨다. 농사를 지으면서 농투산이처럼 가난하게 살지 않는 길은 열심히 공부해서 공무원이 되는 거라고, 그게 최고라고 노래처럼 말씀하셨다.

그런 일이 있은 후 나는 마음속으로 아버지를 원망하며 책을 읽지 않고, 글도 쓰지 않았다. 그러다가 성인이 되어 아버지의 소원대로 공무원 생활을 하다가, 아내를 만나 연애를 시작하면서 가슴 저 깊은 곳에 가만히 똬리를 틀고 있었던 본능이 꿈틀대기 시작했다.

그때부터 다시 책을 읽고, 글을 쓰며 사색에 잠기면서 나의 존재를 찾기 위해 스스로 고독해지려고 노력했다. 예술은 고독해야 된다는 것을 중학생 시절 책을 통해 이미 알고 있었기 때문이었다.

아버지께서 돌아가신지 벌써 칠 년. 기일이 얼마 남지 않은 이 시점에서 아버지 생각이 간절한 것은 무엇 때문일까. 아버지께서 내 일기를 태워버린 것에 대한 불만은 세월이 지나는 동안 내 마음 한 켠에서 사라졌지만 일기를 쓸 때마다 아버지에 대한 그리움은 쉬지 않고 살아난다.

아내는 나에게 '세월이 갈수록 당신은 아버님을 닮아가는 것 같다'고 말한다. 자식들은 누구나 아버지를 닮는다고 한다. 그 이유는 늘 가까이에서 아버지의 모습을 보고 자랐기 때문이다.

예전의 아버지는 집안에서 왕이었지만 지금은 왕따가 아니면 다행이다. 가족들에게 아버지는 늘 부정적인 존재로 인식되고 있다. 늘 바쁘고 근엄한 모습만 그리고 강한 모습만 자식들에게 보여주려고 했기 때문은 아닐까? 절대로 무너지지 않을 것 같은 아버지의 모습에 자식들은 늘 아버지가 강철같이 강하리라 생각한다. 하지만 아버지도 세월 앞에서는 늙고 병들고 나약해져 쉽게 허물어질 수밖에 없는, 마치 벽 사이로 바람이 숭숭 드나드는 오래된 고가(古家)와 같은 존재일 뿐이다.

이 세상을 사는 아버지의 바람은 대부분 거창한 것이 아니다. 무뚝뚝하고 겉으로 내색하지는 않지만 오직 자식 잘되기만을 바라는 소망뿐이다. 그 소망을 죽기 전에 보는 것만으로 만족한다. 더 이상은 없다. 아버지의 푸르른 꿈은 자식의 성공으로 완성되는 것이다.

　돌아가신 아버지 생각과 함께 집을 떠나 객지에서 공부하고 있는 두 자식을 생각하니, 나를 자식으로 낳아 주신 아버지의 은혜와 함께 나를 아버지로 만들어 준 자식들에게도 진정 감사할 따름이다. 신록이 꽃보다 아름다운 유월, 세월은 자꾸 흘러가지만 돌아가신 아버지의 생각은 좀처럼 기억에서 떠나지 않는다. 오늘은 살아생전 아버지의 주름진 이마와 구릿빛 얼굴속의 너털웃음이 몹시 보고 싶어지는 날이다.

진정, 자식을 위하는 것

　국가의 미래는 청년의 교육에 달려 있다. 교육의 사회적 기능은 훗날 개인이 사회에서 감당하게 될 역할을 잘 수행할 수 있는 능력을 부여하기 위함이다. 이를 달리 말하면 각자의 특기와 적성을 계발하여 사회적 역할에 필요한 인재를 만든다는 말이다.

　영국의 황태자 찰스와 그의 친구 크롬웰의 일화는 자식을 너무 감싸면서 키우려고만 하는 부모의 자녀교육을 되돌아보게 한다.

　찰스 왕자에게는 같은 또래의 친구 크롬웰이 있었다. 둘은 다정하게 놀다가도 왕자가 오만하게 굴거나 얼토당토않은 잘못을 하면 크롬웰은 왕자의 코에서 피가 흐르도록 때렸다.

　"부왕 마마, 크롬웰은 왕자님의 친구로선 적당치 않습니다."

　신하들은 송구스럽게 여겨 부왕에게 왕자의 친구인 크롬웰을 내쫓으라는 제안을 했다. 그러자 제임스 부왕은 이렇게 말했다.

　"좋은 교육이다. 찰스 왕자가 후일 영국 국민에게 압정을 하려고 할 때는 코피를 흘린 과거를 되새겨 보아야 할 것이다."

우리는 과연 자식 교육을 제대로 시키고 있을까, 내가 만일 부왕이라면 어떻게 할까? 대부분의 부모들은 신하의 충언대로 친구를 쫓아내고 왕자의 말에 고분고분한 새 친구를 맞아들일 것이다. 그렇지 않으면 맞서서 때리고 싸우라고 가르칠 것이다.

잘못을 저지르는 아이들의 행동을 보고 나무라면 아이 기죽인다고 오히려 발끈하게 대드는 요즘의 부모들을 볼 때마다 부모의 그런 행동을 보면서 자란 자식이 장차 커서 어떻게 남을 배려하며 사회생활을 할 수 있을까 하는 의문이 들기도 한다.

필자의 둘째아들이 초등학교 5학년 때 있었던 일이다. 같은 반에 몸이 불편한 남자 아이가 있었다. 아이들이 그 애를 계속해서 놀리고 괴롭혔다. 마침 반장을 맡았던 터라 아들이 그렇게 하지 말라고 반 아이들에게 당부했는데도 더 심하게 해코지를 했다고 한다. 그래서 놀리는 아이를 운동장으로 데리고 나가서 혼을 내주었다고 했다. 그 당시에 아들은 태권도, 검도, 합기도 등의 운동을 할 때였다.

제 딴에는 반장으로서 책임을 다한다고 생각해서 저지른 행동이었다. 혼이 난 아이의 부모는 집으로 전화를 해서 아이를 깡패로 키웠느냐면서 거친 소리를 퍼부어댔다. 이어서 담임 선생님의 전화가 걸려오고, 아내는 학교로 호출되어 갔다. 그간에 있었던 일을 반 아이들에게 들어보고 나서, 항의를 했던 부모님의 화도 조금 가라앉고, 아내도 피해를 당한 아이의 부모에게 사과를 하면서 일은 마무리되었다.

아이들 잘못의 대부분은 부모의 잘못된 행동에서 비롯되는 경우가 많다. 부모는 자녀의 역할 모델이자 거울과 같은 존재이기 때문이다. 때로는 아이들의 잘못을 보고 꾸짖지 않으면 안 되겠다고 생각하면서도 주저하거나 그냥 지나치는 경우가 있다.

하지만 그것은 자녀를 진정으로 위하는 것이 아니다. 꾸중을 한 사람의 경우에는 쉽게 잊어버리지만 그것을 들은 사람은 언제까지 그것을 잊지 못한다. 그러나 그냥 지나칠 경우 똑같은 잘못을 되풀이할 가능성이 높다. 과감히 꾸짖고 충고해주는 것이 진정으로 자식을 위하는 것이다. 아이들에게 반성을 할 수 있는 기회가 있을 때 하지 않게 되면, 정작 충고를 하려고 할 때는 할 수 없게 된다.

한 번 기회를 놓치면 두 번 다시 기회가 오지 않을지도 모르기 때문이다. 맞벌이 부부가 늘어나고 날이 갈수록 학교 교육이 입시위주로 진행되면서 가정과 학교에서는 인성교육이 소홀해질 수밖에 없는 것이 현실이다.

생업이 아무리 바쁘더라도 부모들은 자식에 대한 조언자가 되어 아이들의 멘토 역할을 철저히 하는 것이 절대적으로 필요하다. 부모는 자식에 대해 미래의 비전을 제시하도록 하고, 자녀의 생활 습관을 관리하고, 자식이 무엇을 생각하고 있는지를 잘 알아야 한다.

그래야 자식에 대한 인생의 조언자로서의 역할을 다할 수 있다. 아이들과 오랫동안 생활하다 보니, 아이들의 행동만 봐도 부모의 인격이나 집안 분위기를 미루어 짐작할 수 있게 되었다. 부모들은 아이들에게 항상 모범을 보이고, 대화의 시간을 많이 가져야 하며, 잘못했을 때는 엄하게 하여 스스로 잘못을 깨닫게 할 때, 미래의 우리 사회가 제대로 된 밝은 사회가 되지 않을까 하는 바람을 가져본다.

오어사 둘레길에서 실천적 지식을 생각하다

평소 운동 부족으로 체중이 자꾸 늘어나 신경이 쓰이던 차에 시내와 가까운 운제산 오어사(吾魚寺)에 둘레길이 생겼다는 이야기를 듣고 토요일 오후가 되면 둘레길을 찾아 걸은 지 한 달이 되었다. 한 달이라고 해야 겨우 네 번이다. 하지만 2시간가량 걸으며, 쉬며, 노는 재미가 솔솔 했다. 처음 둘레길을 찾은 날은 오어지 아래 주차장에 차를 세워두고 원효교와 혜공교를 지나 오어사까지 걸어가 좌측 흔들다리를 건너 오어지를 따라 남생이바위, 메타세쿼이아 숲을 걸으면서 항사리로 나오는 코스였다.

두 번째도 같은 코스를 선택했다. 그러다가 세 번째부터는 오어지 아래 주차장까지 가지 않고 항사리 입구에 차를 대고 반대로 걸어서 오어사로 나오는 코스를 걸었다. 같은 코스를 다른 방향에서 걸었을 뿐인데 그 느낌은 다른 것 같았다.

오어사의 행정구역은 항사리다. 이런 지명이 붙여진 것은 오어사의 옛 이름이 항사사(恒沙寺)였기 때문이다. 항사는 불경에 수없이 등장하는 항하사(恒河沙)의 준말이다. 항사사가 오어사로 이름이 바뀐 것은 삼국유사의 '이혜동진(二惠同塵)' 편에 실려 있는 혜공과 원효의 일화를 보면 알 수 있다.

항사사에는 고승 혜공이 살고 있었는데, 젊은 원효가 그를 방문해 많은 가르침을 받았다. 혜공은 노비 출신이었지만 어린 시절부터 남다른 지혜를 발휘하면서 그를 살아있는 보살이라 여겼던 주인의 권고로 출가한 인물이다. 그는 행동에 거침이 없어 미친 듯이 취해 길거리에서 노래하고 춤추는가 하면 언제나 삼태기를 걸머지고 다니는 바람에 '부궤화상(負簣和尙)'으로 불리기도 했다. 한마디로 도통한 경지의 인물이다.

오어사에는 이름만 들어도 누구나 알 수 있는 신라 시대의 뛰어난 고승 원효와 혜공에 얽힌 이야기가 회자되고 있다. 두 사람은 세상의 진리를 찾아 전국을 헤매고 다녔다. 어느 날 걸식을 하면서 돌아다니던 그들이 몇 끼니를 거른 채 저녁이 되었다. 마침 지나가던 냇가에 큰 돌을 던져서 고기를 잡아먹기로 했다. 걸식의 경험이 많은 혜공과 달리 귀족으로 유복하게 자란 원효는 고기를 잡는 것이 익숙하지 않았기에 혜공만 고기를 잡았고 둘은 고기를 맛있게 나누어 먹었다.

허기진 배를 채우고 나자 갑자기 배가 아파진 두 사람은 같이 똥을 누었다. 똥을 다 눈 뒤 혜공은 느닷없이 원효의 똥을 보고 큰 소리를 질렀다.

"살아있는 물고기 잡아먹고 똥만 싸는 놈아!"

그 말을 듣고 원효는 화가 났다. 하지만 잠시 후 큰 깨우침을 얻었다고 한다. 원효가 혜공과 같이 걸식을 하면서 다닌 이유는 혜공한테서 배움을 얻기 위해서였다. 원효는 경전 해석에 매달렸는데, 경전 해석이 당시 유행했던 불교 연구 방법이었고, 경전 해석을 잘하는 사람이 귀족사회에서 높은 지위를 얻을 수 있었기 때문이었다.

하지만 경전을 해석하는 것만으로는 속세의 여러 문제들을 해결하기 힘들다는 사실을 스스로 느꼈고, 걸인들과 함께 다니면서 자유롭게 생활하는 혜공을 보면서 그의 생활에서 무엇인가를 배우려 했던 것이다. 그런 그에게 혜공은 살아있는 물고기를 먹고 똥만 싸는 놈이라고 핀잔을 주었다. 혜공은 경전에만 매달리는 귀족불교에 심취해서 배고픈 민중들의 삶을 외면하고 있는 원효의 현재를 일깨워 준 것이다. 혜공의 핀잔 덕분에 원효는 큰 깨우침을 얻었다.

변화란 어제와 같은 인생을 오늘도, 내일도 살지 않는 것이다. 책에 있는 지식으로는 자신을 변화시키기는 어렵다. 참된 앎이란 남의 지식을 가져오는 것이 아니라 몸으로 부딪쳐 체득한 것이어야 한다는 말이다. 책만 읽는 지식인들이 구체적인 현실을 알기 위해서는 직접 실천을 통해 현장의 경험을 쌓는 것이 중요하다.

혜공이 원효에게 내뱉은 일갈은 우리 사회에서 이론만 있고 실천이 없는 지식인 모두에게 가하는 호통일 것이다.

"살아있는 물고기 잡아먹고 똥만 싸는 놈들아!"

나이 듦과 깨달음

지난해 가을이었다. 따뜻한 가을 햇살을 받으며 잠시 시내버스를 기다렸다. 곧 버스가 도착했고 차에 올라탄 나는 서너 명의 여자 승객들이 앉아 있는 차내를 둘러보았다. 순간 '아니! 이렇게 멋진 여인이.' 나는 오랫동안 잊고 지냈던 여자에 대한 이끌림에 마음이 설레었다.

화장기 없는 얼굴, 오뚝한 코, 서글서글한 눈, 그러면서도 밝은 인상을 지닌……, 짧은 첫 대면이었지만 내 마음을 사로잡기에 충분했다. 30대에 갓 접어든 듯한 청순한 미모의 여인에게 내 마음은 순식간에 무너지고 심한 갈등이 왔다. 솔직히 그녀의 옆자리에 앉고 싶었다.

하지만 너무나 많이 비어있는 시내버스의 좌석을 두고 그 자리에 앉기에는 다른 승객들의 눈이 나를 그냥 둘 것 같지 않았다. 할 수 없이 뒷자리에 자리를 잡고 앉아 앞쪽에 앉은 미모의 여인을 탐색하기 시작했다. 갈색 머리카락이 어깨선보다 조금 더 길어보였고, 검은색 원피스에다 조금은 커 보이는 갈색 핸드백, 검은색 하이힐, 늘씬한 각선미가 눈에 잡혔다.

나는 긴 호흡을 했다가 밖으로 내뿜었다. '아, 내 나이가 얼마나 되었지? 10년만 더 젊었더라면' 하는 아쉬움이 나도 모르게 입에서 흘러나왔다. 이윽고 시청 앞에서 그 여자는 내렸다. 승객을 태우는 짧은 시간 동안 그 아름다운 여자의 걸어가는 뒷모습을 내내 지켜보았다.

역시 내 눈은 정확한 것 같았다. 걸어가는 뒷모습까지도 우아하고 아름다웠다. 균형 잡힌 몸매, 검은 색 원피스에 갈색 머리칼과 갈색 가방의 조화, 하이힐과 보폭이 어울리는 걸음 거리. 만일 내가 10년만 더 젊었더라면 당장 버스에서 내려 커피라도 한 잔 하자고 붙잡았을지도 모르겠다.

아쉬움을 뒤로하고 집에서 읽다가 만 책을 가방에서 꺼내 들었다. 하지만 버스에서 내리는 동안 그 아름다운 여자의 모습이 머릿속에서 지워지지 않고, 책 속에서 내내 어른거렸다.

나이가 든다는 것이 때로는 참 불편하다는 생각을 태어나서 처음으로 해 본 날이었다. 나이를 먹는 게 자연의 순리이듯이 아름다움을 좋아하는 것 또한 모든 이들의 본능일 것이다.

나이가 많다고 젊고 아름다운 연인을 좋아할 수 없다면 나이를 먹는 것은 분명 죄다. 나이 듦이 죄가 아니라면 노소에 관계없이 사랑의 아름다움에 누구나 관대해져야 한다. 사람을 사람이게 하는 것은 아름다운 대상을 사랑하는 마음이다.

지난 가을에 잠시 스쳐간 아름다운 여인의 모습은 자세히 기억하고 심지어 다시 만날 수 있는 행운을 시내버스를 탈 때마다 은근히 기대하면서도 하루 전에 보았던 책의 내용이나 약속은 잠자고 나면 언제 그랬느냐는 듯이 기억 속에서 사라진다. 그동안 '나'라고 생각했던 기억의 뿌리가 따스한 봄날에 물방울이 증발하듯 조금씩 사라지고 있는 것이다.

어제는 새벽에 잠을 깼다. 그런데 오후인 줄 알고 한바탕 해프닝이 벌어졌다. 모두가 단잠을 자는 미명의 시간에 나는 전화를 여기저기 해대다가 '아, 뭔가 잘못되었구나' 하는 생각에 서둘러 끊었다.

초등학교 5학년 때인가 낮잠을 자다가 오후의 석양이 방 안을 환하게 비추었을 때, 아침인 줄 알고 책가방을 들고 서둘러 집을 나선 적이 있었다. 어머님이 따라 나오시면서 "애야, 지금은 저녁 답이야." 하는 말을 듣고서야 아침이 아님을 깨달았지만. 그때의 기억이 현실과 오버랩 되면서 잠시 동안 무척 혼란스러웠다.

예나지나 봄날 오후에 세상을 비추는 햇살은 참 부드럽고 따스하다. 특히 오월의 오후 햇살을 온몸으로 느끼고 있으면 세상의 고통과 근심이 언제 있었는지 잊게 된다. 창문을 통해 실내를 비춰주는 햇살 아래서 그리운 사람에게 편지를 쓰면 글자 하나하나가 모두 그리움이 된다. 아무리 바쁘고 힘들더라도 오월 오후의 봄 햇살을 느껴보라. 그러면 세상에서 가장 행복한 시간이 될 것이다. 행복이란 결코 신기루가 아니다. 늘 가까운 곳에 있다.

얼마 전부터 낮과 밤이 뒤바뀐 생활 방식, 나이가 더 들기 전에 '뭔가 이루어야 한다'는 강박관념. 미래에 대한 불안감 등이 나를 정신없이 만들어 기억을 앗아가고 있다. 시간이 갈수록 기억의 퍼즐들이 제자리를 찾지 못하고 흩어져 점점 파편화 되어가고 있는 것이다. 나이가 든다는 것은 살면서 관계 맺었던 기억을 조금씩 버리면서 홀가분히 떠나야 하는 것임을, 오늘 아침에서야 문득 깨닫게 된다.

장자는 '태어나면 태어나서 좋고 죽으면 죽어서 좋다'고 했다. 얼마 남지 않은 시간, 인연을 소중히 여기고 주위 사람들과 좀 더 깊은 정을 나누며 살아야 한다. 우리의 삶은 한 번의 우연 안에 영원함이 존재하는 법이라고 그 누군가가 말했듯이 말이다. 아, 창밖은 저리도 환하고 따사로운 봄볕인데……. 깨달음은 이처럼 언제나 늦게 찾아온다.

깊은 밤, 친구의 죽음을 애도함

삼가 고인의 명복을 빕니다. 동기생 ○○○ 사망 ○○○병원
발인: 1월 10일 11시 화장장

예고도 없이 갑작스레 날아온 휴대전화의 문자메시지를 읽는 순간, 잠시였지만 친구와 함께 했던 젊은 날의 추억이 꿈결처럼 아련히 떠올랐다. 고교 2학년 때인지, 3학년 때인지 정확하지는 않지만 같은 반이 된 적이 있었다. 같은 반이 되고나서, 며칠 후 친구 집에 우연히 놀러가게 되었다.

친구의 방은 골방이었는데, 대낮인데도 방이 어두워서 불을 켜야만 물체를 식별 할 수 있었다. 방에 들어서서 불을 켜는 순간, 방바닥에 깔아놓은 담요 위에는 '날기가 두렵다'고 쓰인 제법 두꺼운 책이 한 권 놓여 있었다. 그 당시 내가 처음 보는 책이었다.

개인적으로 나는 집안 사정상 중학교를 졸업하고 곧바로 고등학교 진학을 하지 못하고, 집에서 1년 동안 쉬었다. 그때 참 많은 책들을 읽었다, 대

부분 소설이었지만 롱펠로우의 시집이나 김형석의 철학에세이 같은 책도 더러는 읽었던 것 같다.

책에 관심이 많았던 나는 친구에게 "이 책, 네가 지금 읽고 있는 거니?" 하고 물었다. 나의 물음에 그 친구는 그렇다고 했다. 30년이라는 세월이 흐른 지금, 그 기억이 지문자국처럼 머릿속에 고스란히 남아있는 건 왜일까? 친구는 그 당시 프랑스와즈 사강, 에리카 종 등의 외국 작가의 책을 주로 탐닉하고 있었다. 정확한 기억은 아니지만 나는 헤르만 헤세, 존 스타인 벡, 게오르규와 같은 세계명작에 대해 주로 이야기를 했고, 친구는 내가 접하지 못했던 그 당시에 번역된 외국 소설에 대해 주로 얘기했던 것 같다.

책 이야기가 시들해질 무렵 친구 집 근처에 있는 수도산에 올라, 시가지 너머 영일만 포구를 빠져나가는 화물선들의 기적 소리도 듣고, 푸른 하늘을 떠다니던 구름도 올려다보며, 그렇게 해가질 때까지 영일만 앞바다를 내려다보며, 미래를 향한 각자의 꿈들을 이야기 했다.

그 후 고교를 졸업하고 대학교 영문학과로 진학한 친구와 나는 오랫동안 소식이 끊겼다. 서로 간에 소식을 모르고 지내다가 30대가 된 어느 날, 의료보험조합에 볼 일을 보러 갔다가 친구를 만났다. 그 당시 나는 일선 행정관서에서 공무원으로 일하고 있었다.

그날 잠시 본 이후 각자의 생업에 바빠서, 오랫동안 만나지 못하다가 몇 년 전 우연히 길거리에서 다시 만나, 가볍게 소주 한 잔을 나누었던 기억이 난다. 그때 술자리를 함께하며 본 친구의 초췌해진 모습과 외로움이 묻어나는 말들 속에서 나는 마음이 아팠다.

술이 한 순배 돌자 내성적인 친구는 알코올 기운을 빌려, 그동안 살았던 삶에 대해 조금씩 털어 놓았다. 결혼 후 가정불화로 아내와 별거 생활을 한 지가 제법 되었다고 했고, 딸자식이 한 명이 있는데 대구에서 엄마와 같이 지낸다고 했다. 딸 이야기를 할 때에는 딸 생각에 눈가에 이슬이 방울방울 맺혔었다.

그랬던 그가 아파트에서 혼자서 외로운 죽음을 맞았다는 것이다. 사인은 알코올 중독에다 우울증, 음주 후 혈압으로 쓰러져, 가족도 없는 상태에서 쓸쓸히 세상을 떠난 것이었다.

화장장에서 그를 떠나보내면서 마지막으로 내가 할 수 있었던 것은 중학생이 된 딸이 들고 있던 영정 속의 얼굴, 표정 없이 나를 바라보는 친구의 사진만 쓰다듬으며 '부디 천국에서 편안히 쉬게'라고 말해준 한 마디 뿐이었다.

사람들은 누구나 살다보면 힘든 시기가 있고, 자기가 하고자 하는 일이 뜻대로 되지 않아 짜증스런 일도 생긴다. 그러다가 순간적으로 좋아지기도 하고, 우울해지기도 한다. 지천명의 나이도 되지 않은 세월을 살면서 친구는 힘든 삶을 살았던 것 같다.

그를 천국으로 보내고 와서, 처음 만났을 때 친구와 이야기를 나누었던 에리카 종의 '날기가 두렵다'를 꺼내 본다. 성에 대한 자유분방함과 페미니스트적 성향이 짙게 반영된 그녀의 책은 그 당시 22개 국어로 번역, 1500만 부의 경이적인 판매부수를 기록하는 세계적인 베스트셀러였다. 작가로서의 그녀 나이는 31세였다.

정말로 어려운 것은 고통을 얼마나 크게 느끼느냐 하는 것이 아니라 즐거움을 얼마나 크게 느끼느냐 하는 것이다. 고통은 바보라도 느낄 수 있다. 삶은 고통을 느끼는 데 대한 변명, 죽음을 선택하는데 대한 변명, 변명으로 가득 차 있다.

– 에리카 종

마음씨가 새색시처럼 여리고, 내성적이었던 친구는 세상을 향해 날기가 두려웠던 것일까? 삶이 주는 무게가 너무 가혹했었던 것일까? 에리카 종의 말처럼 삶의 고통을 느끼는 데 대한 변명을 하기 위해 죽음을 선택한 것일까? 깊은 밤, 친구의 죽음을 애도하며, 지난날을 회상하는 것으로 친구와의 이별을 조심스럽게 나눌 뿐이다. 사자(死者) 앞에서 산자(生者)가 해줄 수 있는 것이란 아무리 생각해도 없다.

친구여, 이승에서 힘들었던 고통의 짐 이제는 벗었으니, 평안히 지내시게. 그동안 자네에게 내색은 안 했지만, 나 혼자서 가만히 자네를 좋아한 것 같네. 회자정리, 거자필반이라는 말이 있듯이, 지금 헤어져도 언젠가는 만나는 것이 인생이라 하지 않던가. 그때 만나서 살아생전 못 나누었던 얘기 두고두고 나누세.

혈연보다 소중한 인연

그동안 적지 않은 삶을 살아오면서 나를 위해 도움을 주었던 분들을 생각해 본다. 내가 그들에게 해 줄 수 있는 일은 무엇일까? 가끔씩 전화로 안부 인사하기, 기도하기, 감사하는 마음 잊지 않기. 조금 더 추가한다면 생일날을 기억하고 내 마음을 담은 작은 선물과 편지 보내는 것 정도일 것이다. 올해는 나를 위해 크고 작은 도움을 주었던 분들께 진실로 보답하는 해를 만들고 싶다.

가족 외에 그동안 정신적, 물질적으로 도움을 주신 분들을 생각하면 너무 고맙다. 살아가면서 두고두고 그분들이 행복하도록 기도해야겠다. 힘들 때마다 내 곁에 이런 분들이 있어서 세상이 좀 더 따뜻했고, 내 영혼의 안식을 잠시라도 누렸던 것 같다.

살다보면 때로는 혈연보다 더 소중한 인연을 만나는 일이 있다. 그런 인연들로 하여 인생이 즐겁고 행복해진다. 세상의 법칙은 강자가 약자 앞에 군림하는 구도이다. 하지만 약자들도 그에 못지않은 강함이 있다. 강자로 인해 겪게 되는 약자의 고통도 나름의 의미가 있는 것이다. 고통을 많이 겪으면 겪을수록 행복도 더 많이 누리게 된다는 것, 힘든 고통을 견딜 줄 아는 사람은 그 뒤에 오는 달콤함에 대해서도 알게 된다는 것, 이는 바로 힘든 고통이 인생의 수업료가 되어 삶을 풍요롭게 하는 혜안을 갖게 해주기 때문이다.

바람에 흔들리지 않고 자라는 나무가 없듯, 시련의 고통 없이 얻을 수 있는 것은 없다. 니체는 '인생에 역경이 다가왔을 때 가슴이 뛴다'고 하지 않았던가?

플라톤이 쓴 『국가』에는 기게스의 반지 신화가 나온다. 청년 글라우콘이 소크라테스에게 들려주는 이야기로 양치기가 거인의 시신에서 빼낸 금반지를 손가락에 끼고서, 안쪽으로 돌리면 자신의 모습이 보이지 않게 되고 바깥쪽으로 돌리면 보이는 신비한 반지다.

만일 신화 속에 나오는 기게스의 반지가 나에게 주어진다면 혈연보다 더 소중한 인연들로 맺어진 사람들을 찾아가서 그들만이 안고 있는 고통을 몰래 해결해 주고 싶다.

소설 『인간시장』으로 우리나라 최초의 베스트셀러의 신화를 남긴 김홍신 작가의 산문집 『인생사용설명서』에는 인생을 잘 살려면 네 가지가 필요하다고 언급한다. 먼저, 지혜로운 스승을 만나야 하고 둘째, 어려울 때 함께 할 수 있는 벗을 사귀어야 하며 셋째는 다사로운 동반자를 두고, 넷째는 하고 싶은 일에 열정을 바쳐야 한다는 것이다.

나는 여기에다 하나를 더 보태고 싶다. 혈연보다 더 소중한 인연을 만나야 한다는 것을.

인연은 하루아침에 그저 얻어지는 것이 아니다. 평소에 늘 한결 같은 관심과 정성이 있어야 가능한 일이다. 사람들은 너나 할 것 없이 물질적, 정신적으로 알 듯, 모르 듯 얼마나 많은 주변 사람들의 도움을 받으며 살아가는가? 나는 짧지 않은 삶을 살면서 힘들 때마다 혈연보다 더 소중한 인연이 내 곁에 찾아왔고, 그들이 있어 행복한 인생을 살고 있다고 믿고 있다. 인생의 가장 큰 밑천은 사람이다.

스피노자는 『기쁨의 윤리학』에서 '삶에서 만날 수밖에 없는 타자와의 관계, 그리고 그로부터 발생하는 자신의 감정을 회피하지 말고 정면으로 응시해야 한다. 그리고 이런 삶의 현장에서 기쁨과 유쾌함을 지키기 위한 노력도 게을리 해서는 안 될 것'이라고 했다. 살다보면 누구나 한두 번은 어려운 일을 겪게 된다.

특히 가진 것 없고, 배경도 없는 사회적 약자들에게는 서로 돕고 의지할 수 있는 인연이 혈연보다 소중한 것이다. 짧은 인생이지만 인연의 소중함을 알고, 소중한 인연을 만들어가는 삶이야말로 멋지고 신나는 인생이 아닐까.

세상 사는 이치

내가 유년을 보낸 곳은 도시에서 조금 벗어난 변두리로 대부분이 논농사를 지으며 사는 마을이었다. 초등학교 때 살았던 곳은 삼면이 병풍처럼 산으로 에워싸고 있는 자그마한 과수원 속에 있는 초가로 집 한쪽에는 아버님께서 손수 흙벽돌을 쌓아 만든 마구간이 있었고, 빚을 내어 산 소 두 마리를 키우면서 복숭아와 논농사를 지으셨다. 복숭아나무 사이사이 빈터에는 제철에 맞는 보리, 감자, 배추, 대파, 상추, 메주콩, 옥수수, 수박, 참외 등을 심어 먹거리를 구했다.

인근 마을과 조금 떨어진 외딴 곳에 살았던 나는 친구들과 놀고 싶어도 많이 어울리지를 못했다. 집 근처에 제법 넓은 저수지(大安池)가 있었는데 언제나 외롭고 심심할 때면 나는 저수지 둑에 올라서서 목이 터지도록 웅변 연습을 했다. 그러다가 때로는 '사랑한다'고 외치거나 '외롭다'고 외쳤다. 그럴 때면 저수지를 둘러싸고 있던 산들은 어김없이 나를 향해 '사랑한다', '외롭다'고 응답을 해주었다.

나이가 조금 든 지금에 와서 가만히 생각을 해보면 세상사는 이치가 모두 이와 같다는 생각이 든다. 내가 어떻게 하느냐에 따라 상대방의 반응도 같아지기 때문이다. 내가 먼저 '사랑한다'고 말해야 메아리도 나에게 '사랑한다'는 대답을 들려준 것처럼 누구를 사랑한다는 것은 먼저 상대를 배려하고, 자존심을 버리고 손을 내밀 때만이 상대도 나에게 손을 내밀고 다가오기 때문이다.

우리는 사소한 일이나 큰일이나 항상 먼저 사과하고, 용서하고, 위로해야 한다. 얄팍한 자존심을 버리고 먼저 사랑의 말을 건넬 때 상대와 나는 비로소 하나가 될 수 있는 것이다. 우리의 인생에는 시작과 끝이 있다. 그리고 그 시작과 끝을 이어주는 것이 사랑이다. 사랑은 멈추지 않는 강물처럼 무한히 흐르지만, 우리의 인생은 끊겨진 철길처럼 유한하다.

대부분의 사람들은 영원히 살 것 같은 착각에 빠져 하루하루를 살아가고 있다. 착각의 꿈에서 빨리 벗어나, 지금 이 시간에 나누는 사랑을 소중히 해야 한다. 우리의 인생은 사랑만 하고도 살기에는 지극히 부족한 시간이다.

우리의 삶에서 사랑을 빼고서는 이야기 할 수 있는 것이란 결코 많지 않다. 그만큼 사랑은 모든 사람에게 절대적이라고 말할 수 있을 것이다. 사랑하는 사람의 아픔을 보면 나의 아픔처럼 느껴지는 것은 사랑이 내 몸 속에 깃들어 있기 때문이다.

비록 현실이 힘들더라도 모든 사람들이 서로의 가슴을 열어 보이며 아끼며 살아가는 삶을 살았으면 한다. 사랑이란 결코 거창한 것이 아니다. 사소한 것, 보잘 것 없는 것, 아주 작은 것부터 관심을 가져주는 것이 사랑이다. '인생의 행복은 무언가를 하고, 무언가를 사랑하며, 무언가를 희망하는데 있다'고 했다. 사랑이 돈보다 나으며 다정한 말 한 마디가 선물보다 더 큰 기쁨을 선사한다.

사랑은 아무 대가없이 그저 얻는 것이 아니다. 내가 '사랑한다'고 외쳤을 때 메아리가 나를 향해 '사랑한다'고 응답한 것처럼 먼저 사랑할 대상에게 손을 내밀어야 한다. 사랑은 먼저 주는 것이다. 이는 상대방에 대한 배려와 관심이 필요하다는 말이다. 에리히 프롬은 그의 저서 『사랑의 기술』에서 사랑을 배워야 할 것이라고 생각하지 않는 이유를 이렇게 말한다.

우선, 사랑하는 문제, 사랑할 줄 아는 문제로 생각하지 않고 사랑받는 문제로 생각하기 때문이라는 것. 그래서 여자는 용모를 예쁘게 하는 데에만 관심을 가지게 되고, 남자는 사회적 성공을 통해 인정받으려고만 한다는 것이다. 또 한 가지는 사랑에 빠지게 되는 최초의 경험과 지속적으로 사랑에 머물러 있는 상태를 혼동한다는 것. 이런 사랑은 순간적인 열중에 지나지 않기 때문에 오래 지속될 수 없는 것이다. 사랑은 성숙한 사람에게만 찾아볼 수 있는 것으로 지식과 훈련이 필요하다고 프롬은 역설한다.

『위대한 개츠비』의 작가 피처 제랄드도 '사랑받을 가치라는 것, 그것은 오직 사랑하는 이가 결정하는 것이다'라고 했다.

사랑은 머리로 하는 게 아닌 가슴으로 먼저 고백할 때만이 서로 사랑하게 된다. 세상 사는 이치는 먼 데 있는 것이 아니다. 내가 먼저 가까운 사람에게 사랑의 인사를 건네는 것이다.

나의 존재, 그 흔적 남기기

나의 존재를 무엇으로 설명할까? 그에 대한 대답은 이미 데카르트가 오래 전에 언급한 바 있다. '나는 생각한다, 고로 존재한다'고. 내가 존재한다는 것을 증명하는 것은 결국 사유하고 있다는 것인데 그런데 내가 생각하고 있는지, 그렇지 않은지에 대해 타인은 알지 못한다는 점이다. 이는 오직 나만이 알고 있는 사실일 뿐이다.

나의 존재를 드러내는 방법은 여러 가지가 있을 수 있겠지만, 나만의 생각을 언어로 드러내는 글쓰기가 가장 무난할 것이므로, 나의 존재를 타인들에게 알리고자 하는 행동이 곧 글 쓰는 행위를 통해 나타내 보이는 것이라 할 수 있다.

나의 존재 그 흔적을 남기기 위해 매일 독서하고, 대화하고, 사색하며, 글을 쓰면서 살아간다. 그동안 먹고 살기 바쁘다는 핑계로 한동안 책을 멀리한 적도 있었지만, 내 의식은 늘 책을 읽고 글을 써야한다는 강박관념에 시달렸다. 최근에 와서야 나를 드러내는 글쓰기에 너무 소홀했다는 생각이 든다. 내가 쓰는 글이 펌프의 물을 길어 올리는 한 바가지의 마중물이 되어야 한다는 각오로 글을 써왔지만 여전히 좋은 글을 쓰지 못하고 있어서 답답하다.

최근 고향에서 함께 컸던 형들을 만났다. 지천명을 넘긴 나이에 생맥주 한 잔을 앞에 두고 누가 먼저랄 것도 없이 유년 시절의 이야기를 봇물처럼 쏟아내자 모두 배꼽을 잡고 웃기도 하고, 때론 너무 우스워서 눈물을 찔끔 찔끔 흘려가면서 모두 하나 되는 공감을 나누었다.

구수한 고향 사투리를 40년의 세월 가까이 지나 다시 들을 수 있어 너무 행복한 시간이었다. 빠찌(딱지), 철개이(잠자리), 짜개(공기놀이), 소깝(생소나무), 깔비(마른솔잎), 수굼포(삽), 확대(대나무), 마때(자치기), 깡지리(깡통차기 술래놀이), 고상놀이(항복할 때까지 싸우기), 오줌 멀리누기, 개구리 잡아 뒷다리 구워 먹은 일, 마른 솔잎 말아 담배 피던 이야기, 수굼포(삽)에 올라서서 오래 뛰기, 논개구리와 부엉이 우는 소리, 이웃동네 애들과 맞짱 뜬 이야기, 오징어땅콩놀이, 논바닥에서 공차기, 수개또(설매)타기, 추운 겨울 모닥불에 옷과 양말 말리다가 태워 먹은 얘기, 비석치기, 땅따먹기, 아랫목에 엎드려 만화 삼매경에 빠진 일, 팬티 구멍 난 이야기, 벼 타작 후 이삭 줍기, 짚으로 아지트 짓기, 나무하러 다니던 일, 삘기 뽑아 먹던 일, 참꽃 따서 먹고, 송기 꺾어 먹기, 찔레 순 꺾어 먹은 일, 밀싸리, 사과서리 등 밑 빠진 독에 물 쏟아지듯이 흘러나오는 어린 시절의 이야기를 나누면서 서로 맞장구치다 보니 몇 시간이 순식간에 훌쩍 지났다.

강산이 서너 번이나 바뀐 시간 속에서도 내 기억의 깊은 퇴적층 속에는 유년의 힘들었던 삶의 추억이 사라지지 않고 고스란히 쌓여 있었다. 삶이 고통스러울수록 우리의 기억에 오래 살아남아 추억이라는 이름으로 현재에 큰 기쁨을 안겨주는 감동의 도가니가 되는 것은 또 무슨 까닭일까.

살아갈 시간의 두께가 얇아져 갈수록 어린 시절의 추억은 보석과 같이 소중한 것이다. 지나간 일들이 아무리 힘들고, 하찮은 것이었다고 할지라도 말이다. 나이가 들수록 뒷모습이 아름다운 사람은 자신의 매력을 스스로 가꾸면서 사는 사람이라 할 수 있다. 나이가 많아질수록 치명적인 매력을 가진 멋진 남자. 나의 뒷모습은 어떨까? 새삼스레 궁금해진다.

가끔씩 과거의 추억들을 돌아보며 지난 시간의 즐거움을 떠올려보는 것도 아름다울 것이다. 지나온 서투른 삶이, 짧았던 생각의 어린 시절이 비록 후회스럽더라도 지난 시간을 어쩌랴. 시간은 저 멀리 가버렸고 살아갈 시간은 얼마 남지 않은 중년의 나이인데. 서로 살아가기 바쁜 세상, 모처럼 고향의 형들을 만나서 어려웠던 시절 겪었던 추억을 함께하는 것만으로도 충분히 소중한 시간이 되었다.

올해는 어느 맹인가수의 노래처럼 진달래 먹고, 물장구 치고, 다람쥐 잡던 어린 시절의 이야기를 많이 남기는 것도 나의 존재 그 흔적을 남기는 방법이 아닐까 싶다.

연자음을 읽으며

해가 바뀌면 봄은 어김없이 찾아오지만 시대에 따라 봄을 맞이하는 사람의 감회는 많이 달랐던 것 같다. 생활수준이 나아진 최근 삼십여 년을 빼고서, 그동안 우리 민족의 삶에서 봄이란 늘 견디기 힘든 세월, 그 이상이었다.

봄이면 먹을 것이 없어서 소중한 목숨이 수도 없이 이승을 떠났고, 살아도 산송장이나 다름없이 그렇게 버텨야만 했던 인고의 계절이었다. 일제 강점기 이전의 세월까지 거슬러 올라가지 않더라도, 조국광복과 함께 겪은 한국전쟁의 상황은 이루 말할 수 없이 비참했다.

한국전쟁에서 가장 많은 우방국의 지원을 받았던 국가로 기네스북에 올라있는 우리나라. 그 당시 행정의 수반이었던 우남 이승만의 시 연자음(燕子吟)만 읽어 보더라도 그때의 모습을 생생하게 미루어 짐작해낼 수 있다.

燕子喃喃去復回 (연자남남거부회)

舊巢何去只寒灰 (구소하거지한회)

莫將萬語論是非 (막장만어논시비)

戰世如今孰不哀 (전세여금숙불애)

제비는 강남 갔다가 다시 돌아와서는

옛둥지는 어디가고 다만 차가운 재만 남았느냐고 재잘대지만

아무리 시비를 논하려 하지 아니 하여도

난리통에 이 모양이니 뉘라서 슬프지 아니 하리오

　　　　　　　　　　　　　　　　　　－ 우남의 시 「연자음(燕子吟)」 전문

「연자음(燕子吟)」은 공보처에서 발간한 우남 시선에 실린 시로써 한국전쟁을 겪은 직후(1951년, 봄)의 감회를 적은 것이다. 제비는 남쪽으로 갔다가 봄이 되어 옛집을 찾아 돌아왔지만, 전쟁의 참화로 인해 자기가 살던 집은 폐허가 되어 없어지고 잿더미만 남아 있다.

　제비는 옛집이 없어졌다고 슬프게 짹짹거리지만, 삶의 터전을 졸지에 잃고 갈 곳이 없는 우리 민족의 슬픔은 그보다 더하다는 심정을 몇 줄의 시로 남겨 놓은 것이다. 이 시는 전쟁으로 인한 시대의 아픔을 제비에게 답답함을 하소연 하면서 우리 민족의 슬픔과 애처로움을, 한 인간으로서 느낀 소회를 담담한 독백으로 읊조리고 있는 것이다. 땅을 치며 하늘을 보고 울부짖는다는 고지규천(叩地叫天). 풀 한 포기, 꽃 한 송이 피지 않는 전후의 황량한 폐허 더미 앞에서, 옛집을 찾아온 제비를 바라보며 시를 쓴 우

남 이승만의 마음이 아마 이런 심정이 아니었을까.

오랫동안 꽁꽁 얼었던 겨울의 추위를 견디고 난 지금의 봄은 어느 때보다도 따사롭다. 겨울이 매서우면 봄꽃은 한결 아름답게 피어나는 법이다. 올해의 모춘(暮春)은 36년 만에 최고 따뜻한 날씨를 기록하기도 했다.

꽃이 붉어 모든 사물들을 취하게 하는 봄날, 앞서 힘들게 살다간 선조들의 고통을 생각하며 그때의 마음으로 연자음(燕子吟)을 가만가만 소리 내어 읽다보면 모든 것이 풍족한 현재의 삶이 얼마나 행복한지를 깨닫게 된다.

고통, 그 소중한 선물

짧은 인생이지만 살다보면 많은 고난과 고통이 따른다. 빚에 시달리거나, 불의의 사고, 사기, 이혼, 취업, 질병, 불신, 학업, 유산상속, 보증, 자식문제 등의 수많은 어려움으로 인해 고통을 겪게 되는 것이다. 하지만 실망하거나 절망을 느낄 필요는 없다.

모든 일에는 반드시 끝이 있기 때문이다. 인간에 대한 사랑을 직접 보여주기 위해 이 땅에 오신 예수 그리스도는 골고다 언덕의 사형대까지 걸어가는 동안 십자가를 지고 세 번이나 넘어졌다가 다시 일어섰다. 두려움 앞에서도 하느님을 믿고, 인간의 죄를 모두 다 십자가에 얹어 짊어짐으로써 죽음과 고통의 허무로 여겨지던 십자가를 부활의 표상, 사랑의 십자가로 바꾸어 놓았다. 죄 많은 인간들이 십자가를 통하여 주님의 행복과 축복을 누릴 수 있는 영롱한 세상으로 만든 것이다.

사람도 누구나 자기만의 십자가가 있다. 하느님의 자식들인 인간도 각자에게 주어진 십자가를 지고 믿음으로 나아갈 때, 신의 은총과 함께 어려움이 해결될 것이다. 이는 그리스도인들뿐만 아니라 모든 사람들도 충분히 느낄 수 있는 소중한 선물이다. 모든 일에 끝이 있듯이 우리의 삶에도 반드시 끝이 있다. 고통과 고난을 극복하는 데에는 다만 시간이 걸릴 뿐이다.

인생의 목적은 끊임없는 전진과 도전에 있다. 인생을 항해하는 배가 풍파를 만나지 않고 조용히 갈 수는 없다. 험한 풍파와 고난 속에서 인생의 기쁨이 있는 것이다. 긍정적으로 생각하면 삶의 고난과 고통은 차라리 자기에게 주어진 행복일 수도 있다. 힘들다고 고민할 필요가 없다.

행복에 가까울수록 힘이 들게 마련이다. 행복이나 불행을 느낄 수 있는 것은 자기만의 생각이지 지금 처한 환경은 결코 아니기 때문이다. 자신의 생각을 조종할 수 있다면 각자의 행복도 선택할 수 있는 것이다. 삶의 행복은 생각의 여부에 달려있다.

세계문학사에 빛나는 소설 『돈키호테』를 쓴 세르반테스는 가난해서 교육도 못 받았고, 24살 때 전쟁에 참가하여 왼쪽 팔에 부상을 입어 불구가 되었다. 28살엔 적군의 포로가 되어 5년간이나 고생했으며, 그동안 네 번이나 탈주하다가 다 실패하고 보석금으로 겨우 풀려났다.

38살에 희곡을 썼으나 팔리지 않아 생활고로 세금 징수원이 되었지만, 영수증을 잘못 발행해 투옥되기까지 했다. 그런 그가 58살에 옥중에서 『돈키호테』를 썼다. 인생에서 실패밖에 없었지만 그 고통을 이겨내고 걸작을 쓴 것이다.

1906년 '드레퓌스 사건'에서 무죄 판결을 받은 드레퓌스도 아프리카 기아나의 적도 해안, 수형자들의 무덤이라고 불리던 디아블의 제일 꼭대기에 위치한 벤치에 홀로 앉아 사형선고를 받았음에도 새로 살아갈 희망과 용기를 다졌다.

그리고 보복과 복수가 아닌 진정한 나를 찾기 위한 탈출을 감행하였다. '인생을 낭비한 죄', '젊음을 방탕하게 흘려보낸 죄'를 속죄하기 위해 다시 시작할 자유를 찾은 것이다. 우리들 또한 '인생을 낭비한 죄', '젊음을 방탕하게 흘려보낸 죄'에서 예외일 수 있을까? 우리의 삶은 고통을 더 많이 겪을수록 행복도 더 많이 누리게 된다고 한다.

초봄에 비가 오지 않아야 식물들이 뿌리를 깊게 내려 여름의 태풍을 잘 견딜 수 있듯이 힘든 고통이 있을수록 고통 후에 느끼는 평화는 달콤하다. 삶의 고통은 곧 지나가게 마련이다. 자기에게 주어진 십자가를 말없이 받아들이고, 묵묵히 나아갈 수 있을 때 고통 넘어 진정한 삶의 평화가 있을 것이다. 하늘은 여전히 푸르고, 태양은 변함없이 다시 떠오른다. 세상에는 예전이나 지금이나 달라진 것은 없다. 신은 늘 인간에게 고통을 안겨주지만, 그 달콤한 고통을 통해 진정 행복이 무엇인지를 가르쳐 주기 때문이다.

제3장

고수가 된다는 것

우리는 누구나 삶이라는 자기만의 꽃을 피우며 살아간다. 인생이란 무대에서 배우로서의 역할을 수행하면서 말이다. 자기가 맡은 배역에 최선을 다해서 한 분야에 일가를 이루었을 때란 대부분 나이가 든 후이다. 그러나 그때야말로 타인에 의해 인정받게 되는, 자기 얼굴에 대해 스스로 책임을 지는 인간이 되는 것이다. 인생은 모두가 함께 늙어간다.

청년들아, 꿈을 갖고 준비하라

최근 우리나라 국민소득이 1인당 2만3천 달러 시대가 되었다는 언론의 보도를 보면서 많은 생각을 하게 된다. 고학력 청년실업자가 108만 명이 넘어선지 오래 되었고, 50대가 되면 명예퇴직을 강요당하는 현실에서 고용 없는 성장은 심각한 사회문제가 아닐 수 없다.

기업의 신입사원 채용이 줄고, 그나마 비정규직을 고용하는 경우도 경력자를 재고용하는 실정이고 보면 청년실업자의 취업은 갈수록 심각하다. 통계청 조사에서는 일자리가 늘었다고 하지만 대부분 비정규직으로, 열심히 일해도 좀처럼 가난에서 벗어나지 못하는 계층만 양산하고 있다. 이런 계층을 워킹 푸어(working poor)라고 한다.

이런 상황인데도 1인당 국민소득은 2만2천 달러를 넘어, 단군 이래로 가장 잘사는 나라가 되었다는 것인데, 여기서 우리 사회가 근본적으로 구조적인 문제가 있다는 것을 알 수 있다. 구체적으로 얘기하면 4인 가족 연간 소득이 1억 원 이상, 3인 가족의 경우는 연봉이 8천만 원 정도의 소득이 되어야 1인당 소득이 2만3천 달러가 된다. 2011년 우리나라 노동자 평균 연봉이 2천6백만 원 정도임을 감안한다면 이는 상상할 수 없는 계산이 나온다. 쉽게 말하면 상위계층의 소득과 하위계층의 소득수준 간의 엄청난 격차가 있다는 말이다.

1인당 국민소득이라는 것이 모두가 알고 있듯이 국민 전체의 합을 머리 숫자로 나눈 수치에 불과한 것이다. 더 늦기 전에 정부와 국민은 머리를 맞대고 저소득 계층의 삶에 적극적인 관심을 가지고 이를 해결할 수 있는 묘안을 찾아야 한다. 정치란 백성의 눈물을 닦아주는 것이라고 한다.

현 위정자들은 생계의 고통을 이기지 못해 원망하는 국민들의 소리를 귀마개로 막고 있지 않을까 하는 의심마저 든다. 치자(治者)는 국민을 먹여 살려야 하는 책임이 있다. 국민들에게 제일 중요한 것은 식의주다. 사마천은 『사기』에서 '국민은 먹을 것을 하늘로 삼는다'고 했다.

그럼에도 위정자들은 갈수록 자신의 잇속 채우기에만 급급하고, 자리보전에만 급급해 한다. 민생은 뒷전이 아니라 아예 관심조차 없어 보인다. 국민의 세금을 받아 살면서도 자기가 할 일이 무엇인지도 모르고 있다. 국민들은 모두 협력해야 한다. 개개인의 힘으로는 위정자들을 상대하기에는 너무 힘이 부친다. 모두 협력해서 국민의 힘으로 뜨거운 맛을 보여야 한다. 주인의 권리를 빌려 무소불위(無所不爲)로 날뛰는 위정자들을 정신 차리게 해서, 더 늦기 전에 국가의 백년대계인 청년들이 일자리를 갖고 자신의 능력을 발휘할 수 있도록 해야 한다.

  아울러 청년들은 의기소침해 있을 것이 아니라 꿈을 가져야 한다. 세상에는 쉬운 일은 하나도 없다. 하지만 안 되는 일도 없다. 내일이 없으면 삶도 없다. 꿈을 가지고 내일을 준비하는 자는 실수는 있어도 실패는 없을 것이다.

  『25시』의 작가 게오르규는 '어떤 공포도, 슬픔도, 끝이 있고 한계가 있다. 따라서 오래 슬퍼할 필요가 없다', '희망은 묘지의 틈바구니에도 자라는 잡초 같은 것'이라고 했다. 인류의 모든 구원이 끝난 시간이란 뜻의 『25시』의 시간에도 희망을 말한다. 죽지 않았다는 것이 유일한 희망이라고. 시기적으로 힘들고, 어렵더라도 시대를 좇기보다는, 자신의 능력을 멀티플레이어로 단련시키기 위해, 읽고 준비하고 기다리다 보면 결정적 타이밍은 올 것이다. 그때는 힘들었던 일들이 해결되고 더 좋은 날이 올 것이다. 내일은 또 내일의 태양이 떠오른다. 청년들아, 모두 꿈을 갖고 준비하라.

빵과 독서

　최근 통계청이 발표한 가구당 월 도서구입비는 2만570원, 빵 또는 떡 구입비는 2만979원으로 빵에 추월당한 도서구입비는 가구당 두 달에 책 3권 정도 구입한 가격이라고 한다. 그것도 참고서, 교재 등 학습용 책까지 포함한 수치라고 하니 가히 우리 국민의 독서 수준을 알만하다.

　'책보다 빵 사는 데 돈 더 썼다'는 이런 기사를 대하면 왠지 마음이 안타까워지는 것은 나만 느끼는 감정은 아닐 것이다.

　중국 북송시대의 정치가였던 왕안석은 '가난한 사람은 독서로 부자가 되고 부자는 독서로 귀하게 된다(貧者因書富 富者因書貴)'고 했다. 평소에 나는 사람은 독서에서 시작되고 독서로서 완성된다고 믿는 사람이다. 16세기 철학자 프란시스 베이컨은 자신의 저서 『신기관』에서 '인간의 지식이 인간의 힘'이라고 말했다.

　흔히 사람들은 책을 읽지 않는 국민은 그 나라의 미래가 어둡다는 말도 한다. 세계를 제패한 알렉산더 대왕은 서른세 살의 나이로 세상을 떠났을 때, 그의 손에는 『일리아스』가 들려 있었다고 하며, 얼마 전에 출간된 유민 홍진기(維民 洪璡基) 선생의 평전 『이 사람아 공부해』에서는 읽는 자만이 발전하고, 공부하는 자만이 살아남는다고 책의 가치를 언급한다.

책을 읽어 성현들과 벗한다는 독서상우(讀書尙友)는 어제오늘에 생긴 말이 아니다. 세상의 경쟁에서 살아남으려면 반드시 독서를 해야 하는 것이다.

일찍이 정약용 선생은 두뇌 속에 숨어있는 지혜의 문을 활짝 열게 하는 것을 목적으로 독서를 해야 한다는 '문심혜두'를 독서법으로 언급하기도 했다. 역사에 위대한 족적을 남긴 사람들은 하나같이 모두가 독서광이었다는 사실을 상기해야 한다.

공자는 『주역』을 반복해서 읽어 끈이 세 번 떨어졌다는 '위편삼절'이라는 고사성어를 남겼고, 세종대왕은 『구소수간』을 1100번 읽고 눈을 감고서도 암기했다고 전해진다. 영조 임금은 『소학』을 100번 반복 독서를 했다고 하며, 율곡 이이도 친구 성혼의 말에 의하면 『사서(四書)』를 각기 9번 반복해서 읽고 나서 『시경(詩經)』을 수없이 읽었다고 한다. 우암 송시열도 『맹자(孟子)』를 1000번 넘게 독서했으며 앞부분은 수천 번을 읽었다고 전해지며, 고봉 기대승은 『고문진보』를 수백 번 읽은 후 내용을 전부 외웠다고 한다. 책은 인간의 두뇌를 혁명적으로 바꾸어 준다.

그래서 책보다 좋은 친구가 없다고 하지 않는가? 책은 그냥 두면 종이 뭉치에 불과할지 모르지만 책 읽는 사람에게는 그 속에서 모든 것을 찾을 수 있는 신비한 요술램프와 같은 존재다. 가계가 어려워지면서 문화비, 그 중에서도 책값을 줄이는 것이 책 구입이 낮아지는 원인이라고 한다. 하지만 그럴수록 더 많은 책을 읽어야 어려움을 슬기롭게 극복할 수 있다. 컴퓨터 게임과 영상매체가 갈수록 늘어남으로써 책이 멀어지고 있는 현실에서, 삶의 강한 정신력을 키우는 것은 독서를 통해서만이 가능한 일이라고 우긴다면 지나친 주장일까.

『책, 열 권을 동시에 읽어라』의 저자 나루케 마코트는 '책을 읽지 않는 사람을 원숭이'라고 했다. 책을 읽지 않는 사람은 지식이 없고, 상상력이 빈곤한데다, 자기만의 철학이나 주장도 있을 리 없으므로 그저 남의 생각을 자기 생각인양 앵무새처럼 반복하거나 남의 행동을 따라하기 바쁘다는 것이다. 원숭이도 인간을 곧잘 따라한다고 말하면서 책 읽지 않는 사람을 심하게 힐난하고 있다.

프랑스의 유명한 미식가 브리야 시바랭은 '당신이 어떤 음식을 말해보라. 그러면 당신이 어떤 사람인지 맞혀보겠다'는 말을 남겼다. 베이컨도 독서를 음식에 비유했다. '어떤 책은 맛만 보고, 어떤 책은 삼켜버리고, 어떤 책은 잘 씹어서 소화시켜야 한다'고. 이는 책에도 그대로 적용되는 말로써 독서도 훈련이 필요하며, 어떤 책을 읽는지 알면 그가 어떤 사람인지 정확히 알 수 있다는 것이다.

사람이 살아있다는 하나의 증거는 달라지는 것이다. 자신을 변화시키는 최고의 즐거움을 누리는 길은 물질적인 빵이 아니라 뭐니 뭐니 해도 정신적인 독서만 한 것이 없다고 본다. 빵은 육체를 보존하는 양식이지만 책은 정신을 살찌우는 영양분이다. 우리의 삶은 육체보다 생각이 앞서야 인간답게 살 수 있다. 그것만이 인간이 금수와 다른 인간만의 고유한 특성이기 때문이다.

공부와 책 읽기

아내에게 선물할 장사익의 CD를 사기 위해 모처럼 대형서점에 들렀다. 몇 개의 CD 중에서 〈따뜻한 봄날 꽃구경〉을 골랐다. 2009년 세종문화회관 공연실황이 담긴 것이다. 아내가 좋아하는 〈꽃분네야〉 CD는 오정해의 것밖에 없었다. 재빨리 CD를 골라 놓고는 따뜻한 봄날, 꽃에 홀린 나비처럼 책에 빠졌다.

그동안 도서관 책만 빌려 보느라고 서점 나들이 할 기회가 거의 없었다. 구입할만한 책 대여섯 권을 골랐다가 신간인 박재희 교수의 『3분 고전』과 김열규 교수의 『공부』만 사기로 했다. 책을 고를 때 약간의 심적 갈등이 있었지만, 내가 좋아하는 책보다는 두 아들과 함께 읽을 수 있는 책이 무엇일까 하는 행복한 고민 때문이었다. 활자 냄새가 채 가시지 않은 따끈따끈한 책들을 만나는 두어 시간이 순식간에 사라졌다.

공부와 책 읽기는 사실 고통스러운 일이다. 하지만 악착같이 달라붙어 이겨내는 것이 공부와 책읽기의 묘미다. 힘든 고통을 견딜 줄 아는 사람은 그 뒤에 오는 달콤함에 대해서도 알게 되듯이, 책을 읽고 난 후에도 이와 마찬가지로 큰 기쁨과 즐거움을 주기 때문이다.

젊은 시절에 보았던 영화 한 편이 한 사람의 꿈을 이루어 주기도 하고, 삶을 변화시키기도 하듯 책도 마찬가지다. 책 한 권으로 삶이 송두리째 바뀌기도 하고, 꿈에 대한 열정이 깊어지기도 하는 것이다. 하지만 내가 공부하고 책을 읽는 이유는 그런 데 있지 않다.

매일 밥을 먹고 잠자고 운동하듯이 공부와 책은 내 생활의 일부이기 때문이다. 활기차고 분주한 일상을 늘 유지하는 것이 늙지 않고 건강을 유지하는 비결이듯이, 살아가면서 한 곳에 푹 빠질 수 있는 취미 하나쯤 있어야 외롭지 않게 살 수 있다. 근원적인 존재의 외로움은 어쩔 수 없겠지만, 일상의 소소한 외로움은 공부를 하거나 책을 읽음으로써 그런 순간을 느끼지 않고 지나갈 수가 있는 것이다.

책을 읽지 않는 오늘이란 내게는 없다. 삶에 대한 믿음이 서지 않을 때, 나 자신에 대한 믿음이 서지 않을 때 나는 책을 더 적극적으로 읽는다. 그래야만 내 심장의 피가 뜨거워지고, 그 순간만이 아름답게 심장이 뛰는 소리를 느낄 수 있다. 책 읽는 고통은 은총이라는 말이 있다. 아마 그 고통 뒤에는 행복이라는 선물이 숨어 있기 때문이리라. 칼 융은 '인간의 영혼 속에는 신이 내재해 있다, 그 신은 바로 창조의 힘이다'라고 말한 바 있다.

인간의 영혼을 움직이는 가장 중요한 수단 중의 하나가 책 읽는 것, 그것을 통해 창조라는 것이 이루어진다는 점을 생각해 볼 때, 개개인이 미래로 나아가기 위한 힘과 용기를 주는 것이 바로 책 읽기라 할 수 있을 것이다.

신간을 사면 왠지 빨리 읽고 싶어서 마음이 급해진다. 빨리 고통을 느끼고 싶고, 그 즐거운 고통을 아들에게도 전해주고 싶기 때문이다. 인생을 바꾸는 책읽기나 공부는 공짜도 없고, 배신도 하지 않는다. 깡으로 고통을 이겨내는 공부와 책읽기를 즐기는 기쁨을 나는 오래 전부터 경험을 통해 알고 있다.

김열규 교수는 공부를 '고통과 함께 살면서 자신의 가장 완성된 짓기를 하는 것'이라고 규정한다. 얼마 전 읽었던 책에서 부산대 강명관 교수도 '공부는 괴로운 노동이자 즐거운 창조'라고 했다. 평생을 책 속에 파묻혀 살아온 두 교수가 보여주는 경험적 일치다. 나도 공부와 책 읽기에 대해서는 같은 생각을 가지고 있다.

책 읽기를 통해 수많은 사람의 경험과 지적 산물을 향유하는 즐거움과 함께 자신만의 깨달음을 글로 남기는 과정이 진정한 공부인 것이다. 인간의 삶은 지속적인 배움이며, 지식은 항상 우리에게 지혜로운 삶을 살도록 도움을 준다.

짜증이 났던 순간도 책을 읽는 순간 잊힌다. 그래서 내게는 책이 곧 치료제다. 공부와 책 읽기는 각자의 불완전한 부분을 채워가는 것으로 죽어야 완성된다. 살아있는 동안 각자의 인생 모두는 완성되지 않은 한 권의 책이다. 죽는 날까지 공부와 책읽기가 안겨주는 고통을 즐기면서 인생 최고의 책을 쓰고 싶다.

베이비부머 세대를 위한 제언

　나는 최근 언론에 자주 오르내리는 한국전쟁 이후 출산율이 급증하면서 태어난 세대로서, 전체 인구의 14.6%(712만 명)에 달하는 베이비부머(baby boomer)다. 나보다 앞선 아버지세대는 일제강점기를 거쳐 한국전쟁과 4·19 의거 그리고 IMF의 힘든 고통을 모두 온몸으로 겪었고, 삼촌 세대는 일제강점기를 제외한 고통을 모두 겪은 세대다. 베이비부머 세대에서 이십 대까지는 IMF만을 겪은 세대이고, 십대는 IMF가 무엇인지도 모르는 세대이다.

　지금 우리 사회는 일제강점기, 한국전쟁, 4·19 의거, IMF 세대와 IMF 이후 세대가 함께 살고 있다. 일제강점기와 한국전쟁을 겪은 세대들은 베이비부머 세대를 행복한 세대라고, 전쟁의 고통도 모르고 세상 물정을 모르는 세대라고 말한다. 그래서 국가의 미래가 걱정된다고 한다.

　하지만 이런 말을 들을 때마다 한편으로는 그 말에 수긍이 가면서도 억울하다는 생각을 떨쳐버릴 수가 없다. 베이비부머 세대는 이도저도 아닌

낀 세대로서 그동안 자신의 목소리를 제대로 내어본 적이 없다. 어렸을 때는 보릿고개를 겪으면서 나름대로 힘든 시절을 보냈고, 젊어서는 경제개발에 동참하였으며, 한국적 민주주의를 부르짖는 정치체제에서는 인권의 억압을 받으면서도 숨 한 번 제대로 쉬지 못한 채 희생만 강요당했다. 그러다가 밥 먹고 살만하자, 공은 앞선 세대의 몫으로 돌아가고, 그동안 쌓인 스트레스를 여전히 간직한 채 어물 쩡하게 자식 세대에 밀려 양쪽의 눈치만 보다가, 제 역할과 권리를 모두 빼앗겨 버리고 말았다.

조국의 근대화를 위해 모든 인생을 바치고, 권리는커녕 아무런 대우조차 받지 못하는 불쌍한 세대가 된 것이다. 국가와 가족을 위해 돈 버는 기계로 전락해 버렸지만, 그럼에도 불구하고 어느 한 곳도 끼지 못하는 쉰 세대가 되었고, 국가에서는 숫자가 많다는 이유만으로 사회 복지에 소외되고, 가정에 소홀했다는 이유로 가족에게 외면당하고, 자식들의 눈에는 일과 돈밖에 모르는, 부패한 의식과 시대에 뒤떨어진 구닥다리 정신으로만 살아가는 모습으로 남았다.

국가의 어려움을 극복하기 위해 평생을 열심히 일하다 보니, 따로 자신을 계발할 시간도 갖지 못한 채 무능력자로 남아 세월의 뒤편으로 쓸쓸히 밀려나게 되었다. 태어나서 한 번도 자신의 삶에 지휘자가 되어보지도 못하고, 끌려만 다니다가 무용(無用)한 사람이 되어 용도 폐기처분 되는 신세로 전락한 것이다. 또한 베이비부머 세대는 우리 사회에서 효를 행한 마지막 세대이지만, 효를 기대할 수 없는 최초의 세대가 될 가능성이 높다고 한다.

빌게이츠의 말마따나 '인생은 원래 불공평한 것이니, 현실을 그대로 받아들일' 수밖에는 없는 것일까? 경제협력개발기구(OECD) 주요 회원국 중 한국만 유일하게 부모의 소득이 높을수록 자녀와 만나는 횟수가 늘어난다는 연구결과가 최근에 나온 것도 베이비부머 세대가 깊이 생각해 보아야 할 대목이다. '세상에서 가장 악성 보험은 자식'이라는 영국 속담도 있듯이 베이비부머 세대는 자식을 위해 희생만을 하다가 결국 자식에게 버림받고 자신의 인생은 송두리째 도둑맞은 채 삶의 무대 뒤편으로 쓸쓸히 사라지게 되는 것이다.

나는 베이비부머 세대에게 감히 제안한다. 우리는 그동안 열심히 살았고, 국가와 후대에게도 할 만큼 다했다. 그러니 타인의 칭찬이나 위로에 기대지 말고, 스스로 자축하며 살자고. 지금부터라도 자식들을 아름답게 놓아버리는 현명함과 동시에 가끔씩 자기에게 선물도 하면서, 자신에 대한 의미와 자아 존중감을 부여하며 순간순간 충실하게 살아왔음을 자랑스럽게 생각하자고. 그래야 지금이라도 즐거움을 찾으면서, 낀 세대의 억울함과 스트레스를 날려 보내고 자신의 소중함을 느낄 수 있을 게 아닌가.

중년들이여, 끝없이 욕망하라

현재 한국의 사회구조는 선진국에 비해 노인복지정책이 턱없이 부족해 정년퇴직 후에도 계속 경제 활동을 해야 살아갈 수 있다. 경제개발협력기구 회원국 중 정년 후에도 가장 오래 일하는 나라로 꼽힌 우리나라는 노후 생활을 준비할 수 없는 사회적 안전망이 문제의 원인이다. 우리보다 앞서 노령화 사회에 접어든 선진국의 경우, 장기간에 걸친 다양한 복지대책으로 정년 후 노인들이 안정된 노후를 보낼 수 있는 기반을 만든 국가들이 많다.

노후를 안정적으로 보내기 위해서는 은퇴 이후에 안정적인 소득이 발생해야 하는데 그렇지 못하다보니 노후에도 노동시장으로 내몰릴 수밖에 없는 것이다. 현실이 이렇다보니 현재의 수입 외에 노후 준비를 위한 추가수입을 위한 재테크나 투잡에 관심을 가지지 않을 수가 없다.

최근 자주 만나는 지인과 함께 사업에 성공해서 돈을 많이 번 인사의 강의를 들으러 갔다가 그동안 자신을 되돌아보지 않고 일상의 흐름 속에 안주하며 살아가는 내 모습을 되돌아보는 계기를 갖게 되었다. 지난 나와 현재의 나가 만나 서로 교감하는 시간을 가지게 되었다고나 할까.

강사의 강의 속에서 잠시 스쳐가는 말 속에 '자기 분수에 넘치지 않도록 그칠 줄을 알아야 한다'는 지지(知止)라는 말을 듣는 순간, 나도 지금 당장 멈춰서 스스로를 돌아보아야겠다는 생각이 들었다. 일상의 흐름 속에서 잠시 나를 세워놓고, 내가 지금 어디로 가고 있지? 가야할 방향은 정해져 있는지? 5년 후의 나는, 10년 후의 나는 어떻게 변해 있을까, 하는 생각을 골똘히 하다 보니, 다시 돌아오지 않는 아까운 시간을 낭비하면서 준비 없는 삶을 살아가고 있다는 생각이 들었다.

한국사회에서 특히 가난한 사람은 어디에서나 투명인간 취급을 받는다. 가난은 당장 눈에 보이는 것이 아니어서 평상시 우리는 가난한 사람이 없는 것처럼 행동한다. 부자들의 행동을 모방하는 자본주의에 자신도 모르게 모두가 길들여진 것이다. 수 억 대의 연봉을 벌어들인다는 강사는 '목표를 세우고 무모하다고 생각되더라도 자신에 대한 믿음을 갖고 도전한다면 이루어진다'고 강조했다.

하지만 강의가 끝날 때까지 강사의 말은 귀에 들어오지 않고, 2시간 동안 10년 후의 모습까지는 아니더라도 최소한 5년 후의 모습은 지금보다 더 자유로워야 하지 않을까, 하는 생각에 미치자 당장 인생의 단기목표를 다시 세우고, 생각한 바를 소신껏 밀고나가야겠다는 결심을 하게 되었다.

미리 준비한 자만이 나중에 웃을 수 있으며, 나이가 한 살이라도 적을 때

노후 준비를 하지 않으면 분명 나중에는 재앙을 만날 것이란 생각과 함께 책에서 본 '우리의 삶은 스스로가 어떤 생각을 하느냐가 그 사람을 만든다'는 구절이 떠오르면서 마음이 급해지기까지 했다.

60년대만 하더라도 환갑을 넘기는 사람들이 많지 않았다. 하지만 지금은 인생 100세 이모작을 준비해야 하는 시대가 아닌가. 돈을 악착같이 벌어 노후를 풍요롭게 보내는 친구들을 보면 부럽다는 생각이 들기도 하지만, 그런 친구 주변에는 그와 친한 사람들이 거의 없는 것을 보게 된다. '어진 사람이 되려면 부자가 될 수 없고, 부자가 되려면 어질지는 못하다'는 성인의 말처럼 부자이면서 어진사람이 되기는 무척 어려워 보인다.

이령지혼(利令智昏)이라는 말이 있다. '이익은 지혜를 어둡게 만든다'는 말로 눈에 보이는 이익만 좇지 말고 명분도 함께 하면서 살라는 말이다. 비록 힘든 일이겠지만, 이익을 좇으며 살더라도 매사 감사하는 마음으로 자신의 목표를 향해 도전하면서 산다면 5년 후 모습은 분명 달라질 것이라는 상상을 해본다.

내 주위에는 아침에 눈을 뜨면 오늘도 살아있다는 것에 감사하고, 심지어 숨 쉴 수 있어서 너무 감사하다는 사람도 있다. 감사할 줄 모르고 이익만 좇아 성공한 사람은 경제적인 자유를 얻더라도 나답게, 인간다운 삶을 산다고 말할 수 없을 것이다.

싸이월드 창업자인 형용준 씨는 '살기위해 사는 것만큼 비참한 삶은 없다'고 했다. 일찍이 공자도 '거친 밥을 먹고 물마시며, 팔 굽혀 베개를 삼고 잠을 자더라도 정의롭지 못한 부귀는 나에게 저 하늘의 뜬 구름과 같다'고 하지 않았던가.

나이는 먹을 만큼 먹었지만 아직도 남아있는 자식 공부 뒷바라지, 노후는 준비는커녕 당장 하루하루 허덕이는 삶을 생각하면 왠지 불안하고 우울해진다.

하지만 생명은 한순간도 멈추지 않고 계속된다. 100세 인생을 살기위해서는 신체를 추동하는 힘, 욕망을 다시 살려야 한다. 욕망은 뭔가를 갈구하는 결핍이 아니라 무엇인가를 만들게 하는 힘을 주기 때문이다. 지금 당장 가진 것 없고 노후준비가 안된 중년들도 주눅 들지 말고 끝없이 욕망해야 한다. 멈추지 않는 생명을 그냥 보내기는 너무 아까운 시간들이기 때문이다.

포기하지 않은 사람들

작년과 올해에 들어 부쩍 '포기하지 말라'는 말이 새삼 화두가 되고 있다. 삶의 무게가 무거우면 무거울수록 우리의 삶은 실제적이고 참된 것이 된다고 한다. 포브스가 선정한 미국에서 가장 부유한 400인 가운데 유일한 방송인이자 흑인, 재산 27억 달러(3조 5천억 원) 소유자, 25년간 쇼를 진행한 오프라 윈프리. 그가 살아가는 삶의 십계명 중 마지막 계명은 '포기하지 마라'이다. 인생에서 그를 바꾼 것은 독서였다.

어린 시절 가난 때문에 방황을 겪은 그는 아버지의 지갑에서 몰래 훔친 단돈 3달러로 인해, 일주일에 한 권은 책을 읽자는 아버지의 권유로 책을 읽기 시작했다. 그 후 책을 통해 자신의 인생에 가능성을 깨닫고, 결국 그의 인생은 변화했다. 기부와 나눔을 동시에 실천하는 기부천사, 오프라 윈프리는 세계 모든 소외된 여성들의 우상이 된 것이다. 그는 자서전에서 '과거에 매달려 앞으로 나아가지 못하는 것은 결코 나를 위한 일이 아니다'라고 했다.

조지 부시 대통령 시절 백악관 국가장애위원(차관보)를 지냈던 강영우 박사도 '포기하는 것은 죽는 것이다'라고 했다. 어린 시절 공에 맞아 두 눈을 잃고 그 충격으로 부모님이 돌아가시고, 하나밖에 남지 않은 누나마저도 잃은 고아의 삶이었지만 포기하지 않고 모든 역경을 극복하고, 세상 사람들의 희망이 되었다. 췌장암에 걸렸다는 진단을 받고도, '저는 누구보다도 행복하고 축복받은 삶을 살아오지 않았습니까?'라고 반문하며 그의 부인과 가족, 가까운 지인들 그리고 세상과 담담하게 이별을 준비하고 있다는 소식을 지면을 통해 접했는데 얼마 전 안타깝게도 유명을 달리하고 말았다.

최근 그의 유고집『내 눈에는 희망만 보였다』가 출간되어 많은 사람들에게 겸손함의 위대함과 장애인의 인권을 위해 일하는 다른 사람들의 일화를 소개해 감동을 주었다.

우리나라 최고의 영화 배우 김윤석. 〈추격자〉, 〈황해〉, 〈완득이〉의 주연, 43세. 그가 지니고 있는 무기는 '영화가 개봉될 때까지 절대 포기하지 않는다'는 것이다. 어떤 상황이든 영화를 개봉하기 전까지는 완성도를 높이는 것을 포기하지 않았으며, 앞으로도 그럴 것이라는 그의 말에는 믿음이 듬뿍 담겨있다.

나는 그가 성공한 주연으로 나온 영화는 한편도 보지 못했다. 〈타짜〉에 나오는 다섯 컷 조연의 모습만 보았다. TV 인터뷰에서 '성공, 조급해 하지 마라'는 그의 말에서는 성실함이 보였다. 마흔이 되어서야 첫 주연을 맡은 그의 모습에서 진정한 프로의 모습이 느껴졌다.

어학전문출판사 동양북스 김태웅 CEO는 2011년(50세)에 고등학교를 졸업한 후 성균관대에 입학했다. 그는 '돌아보지 마, 포기하지 마, 늦어도 괜찮아, 꿈을 꾸기에 늦은 나이란 없다'라고 말한다. 산다는 것은 끝없는 준비와 연습의 반복이다. 생활과 생존 사이에서 끝없는 반복, 포기하지 않는 도전 속에서 이루어진다. 성공하려면 자기가 하는 일에 전심전력을 다하면서 끝까지 포기만 하지 않는다면 언젠가는 성공한다. 하지만 우리는 너무 쉽게 포기한다.

사무엘 베케트는 이런 말을 남겼다. '도전했는가? 실패했는가? 상관없다, 다시 도전하라. 다시 실패하라, 실패하면서 조금씩 개선하라.' 영국 극작가 조지 버나드 쇼도 '성공한 사람은 힘차게 일어나 자신이 원하는 환경을 찾는다, 그리고 그런 환경을 찾을 수 없다면 직접 만든다'라고 말했다. 누군가 말했듯이 포기는 단지 배추를 세는 단위일 뿐이다. 포기하지만 않고 인생 끝까지 당당하게 살다보면 언젠가 또 기회는 주어질 것이라고 믿는다.

성공한 사람들의 삶

성공한 사람들의 삶을 자세히 들여다보면 자신이 가치 있다고 생각하는 일에만 몰두하면서, 그 길을 향해 한눈팔지 않고 꾸준히 나아갔다는 사실을 알 수 있다. 쓸데없는 일에 시간과 정력을 낭비하지 않고 이루고자 하는 한 가지를 위해 끊임없이 노력하였다는 점이다.

세계적으로 유명한 밀레. 〈만종〉, 〈이삭 줍는 여인들〉로 우리에게 더 많이 알려져 있는 화가. 그가 그리는 그림은 주로 농촌의 전원 풍경이었다. 처음에 그의 그림은 높은 평가를 받지도 못했고, 미술전에 응모했지만 번번이 낙선의 고배를 마셔야 했다.

지독한 가난에 허덕이던 밀레는 매일 자신의 작품을 팔아서 장작을 구입할 처지에다 배도 몹시 고팠다. 그러던 어느 날 그의 친구가 부자인 신사를 데리고 왔다. 그 부자는 가난한 농민을 그리지 말고 벌거벗은 그림을 전문으로 그리면 모든 작품을 구입하겠다는 제의를 해왔다.

잠시의 망설임 끝에 밀레는 부자의 제의를 거절하고, 계속해서 자신이 그리고 싶은 전원이나 농부의 일상을 그렸다. 자신이 옳다고 믿는 바를 향해 예술혼으로 승화시킨 것이다. 그의 그림에서 신성하고 경건함이 느껴지는 것은 깊은 신앙심에서 비롯된 진실의 마음이 담겨 있었기에 가능하지 않았을까.

콜럼버스가 아메리카 대륙을 발견할 때도 마찬가지였다. 그는 여러 나라의 왕들을 찾아다니면서 자신의 소신을 밝혔지만 번번이 거절당했다. 하지만 결국은 자신의 의사를 관철시켰고, 항해 도중 부하들이 소동을 일으켜 죽을 고비를 여러 차례 넘겼지만, 끝까지 소신을 굽히지 않고 자신을 믿고 행동하였기에 우연의 산물로 오늘의 미국이 생겨났다.

일찍 뜻을 세우고 자신이 믿는 바를 향해 꾸준히 실천해 나가는 일이야말로 위대한 인간이 될 수 있는 원동력일 것이다. 각 분야에서 성공한 사람들의 일대기를 읽어보면 모두 밀레와 같은 삶을 산 사람들이다. 전해지는 유명한 사람의 일화 속에는 이미 사람이 살아가야 할 삶의 길이 제시되어 있다.

하지만 대부분의 사람들은 이를 가볍게 흘려보낸다. 우리 이웃에도 한 가지 목표를 향해 신념을 가지고 꾸준히 한 길로 나아가는 사람들을 종종 볼 수 있다. 이런 사람들이야말로 언젠가는 우리 사회에서 자신의 존재를 오랫동안 남길 수 있는 사람들이 아닐까.

지금 비가 내린다고 해서 햇살이 다시 비치지 않는 것은 아니다. 당장의 현실이 힘들더라도 자신과 타협하지 말고 원하는 바를 중단 없이 계속 나아갈 때 꿈과 희망의 결정체인 성공은 이루어질 것이라고 본다. 고통과 슬픔은 잠시 스쳐 지나가는 것이다.

저것은 벽 / 어쩔 수 없는 벽이라고 우리가 느낄 때 // 그때/ 담쟁이는 말없이 그 벽을 오른다 // 물 한 방울 없고 씨앗 한 톨 살아남을 수 없는 / 저것은 절망의 벽이라고 말할 때 / 담쟁이는 서두르지 않고 앞으로 나아간다 // 한 뼘이라도 꼭 여럿이 함께 손을 잡고 올라간다 / 푸르게 절망을 다 덮을 때까지 // 바로 그 절망을 잡고 놓지 않는다 / 저것은 넘을 수 없는 벽이라고 고개를 떨구고 있을 때 / 담쟁이 잎 하나는 담쟁이 잎 수천 개를 이끌고 / 결국 그 벽을 넘는다

- 도종환의 시 「담쟁이」 전문

물 한 방울 없고 씨앗 한 톨 살아남을 수 없는 상황에서도 절망하지 않고 벽을 넘어서 자신을 극복하는 담쟁이의 생명력과 의지를 통해 인생의 의미와 성공하는 삶의 모습을 배워야 하지 않을까 싶다.

시간에 대한 단상

오래 전에 읽은 책 속에 이런 내용이 있었다. 세상에는 되돌릴 수 없는 세 가지가 있는데 첫째는 생명, 둘째는 신뢰, 셋째는 시간이라는 것이다. 이 중에서도 가장 바탕이 되는 것이 시간인데, 시간을 낭비하는 것은 결과적으로 생명을 낭비하는 것이고, 신과 인간의 신뢰를 금가게 하는 것이므로 시간을 어떻게 관리하느냐에 따라, 생명의 가치와 신과 인간의 신뢰를 얻을 수 있는 관건이 된다는 말이었다.

세계의 많은 독자들의 심금을 울린 적 있는 미치 앨봄이 쓴 『모리와 함께한 화요일』에서, 모리 교수는 죽기 전에 제자인 미치 앨봄에게 '죽음은 생명이 끝난 것이지, 관계가 끝난 것은 아니네'라고 말한다. 이 말은 부처가 '느티나무의 무성한 잎 하나가 떨어지는 것이 죽음이요, 잎 하나가 나는 것이 삶이다'라고 한 말과 같은 맥락으로써 삶에 연연하지 말라는 뜻이다.

우리의 삶은 생전이나 사후나 어떤 식으로든 서로 연결되어 있다는 불교의 연기설을 생각나게 하는 두 말은 살아있을 때 진정한 나로 사는 것이 무엇인지 고민하면서, 지금 눈앞에 있는 순간의 아름다움을 충분히 즐기라는 의미일 것이다. 불교에서는 인생을 고해(苦海)라고 한다. 우리의 삶에서 고통을 빼고 나면 기쁨은 손가락으로 셀 수 있을 정도의 몇몇 기억만 남아있을 뿐이다. 그리고 그 기쁨조차도 고통을 견딘 후의 달콤함이라고 해도 지나치지 않다.

나는 일생을 번지 점프를 타는 재미와 같은 것이라는 생각을 한다. 번지 점프를 하는 사람들 중에는 꼭대기에서 뚝 떨어지는 순간, 무서움을 외면하기 위해 눈을 질끈 감아 버리는 사람이 있는가 하면, 눈을 똑바로 뜨고 아찔한 주변 경치를 즐기는 사람도 있다.

카베트 로버트는 '삶의 집은 아무 것도 하고 있지 않으면 지어지지 않는다'라고 했다. 삶의 집을 제대로 짓기 위해서는 각자의 몸 안에 자고 있는 잠재의식을 일깨워 고통의 시간을 지혜롭게 헤쳐 나가는 데 필요한 준비를 해야 한다.

그런데 고통의 길을 극복하는 준비나 해결방안은 각자의 몸 안에 지니고 있지만, 안타깝게도 모두가 바깥에서 찾으려고 한다는 점이다. 그리고 대부분의 사람들은 매일 정해진 일상에 쫓기면서 나름대로 열심히 노력을 하고 있다. 하지만 그것만으로는 불충분하다. 그보다는 훨씬 많은 시간과 노력을 해야 남보다 뛰어난 이름을 얻을 수 있을 것이며, 소중한 시간을 낭비하지 않은 삶을 산 것으로 신과 인간의 신뢰를 얻는 가치 있는 생명으로 살았다고 할 수 있다.

문제는 시간이다. 이상적인 삶의 방식이란 늘 순간의 시간 속에서 변함 없이 옳은 선택을 강요한다. 버클리대학교 교수 로버트 프리츠는 자신의 책『코어리딩』에서 '발전이란 근육을 단련시키는 것과 마찬가지로 하루아 침에 이루어지는 것이 아니다. 진정한 배움은 낯설고 복잡한 환경에서 길을 찾아 헤매며 상당한 시간을 보낸 뒤에야 얻어지는 것이다'라고 강조한다.

최근 젊은이들의 롤 모델이 되고 있고, 시골의사로 잘 알려진 박경철 도『자기혁명』이라는 책의 에필로그에서 청춘들을 위해 이렇게 준비하라 고 조언한다. '나에게 붙어있는 나쁜 습관의 찌꺼기를 떼어내고, 시간을 압축해서 밀도를 높이고, 코피가 터지고 엉덩이가 짓무르도록 집중하라' 고 말이다.

시간에 매달려 살아가는 인생이 고해(苦海)에서 벗어나 자유로워지려면 모리 교수처럼 삶에 지나치게 연연하기 보다는 사는 동안 주어진 일에 최 선을 다해야 할 것이다.

행복한 삶을 사는 사람

사람은 누구나 행복을 추구하며 사는 존재다. 일찍이 아리스토텔레스도 '인간의 목적은 행복이다'고 설파한 적이 있다. 행복이란 자기완성, 존재성취의 부산물로 생기는 것으로 절대로 잡히지 않으며 저절로 주어지는 것이다.

행복은 상대적이어서 정답을 내놓을 수는 없지만 현대인들이 우선으로 생각하는 것이 건강과 돈이다. 건강해야 무엇이든지 할 수 있고, 오래 살수 있으며 고통 없이 죽을 수 있다.

그러나 자신의 건강만 챙기면서 사회에 도움이 될 만한 일들은 죽어도하지 않는 사람들은 아무리 건강하고 돈이 많아도 행복할 수가 없다. 행복은 좋은 일을 하는 사람에게만 주어지는 것이기 때문이다.

이탈리아의 화가, 조각가, 음악가, 과학자로 르네상스 최고의 인물로 알려진 레오나르도 다빈치는 행복을 이렇게 말했다. '잘 지낸 하루가 행복한 잠을 이루게 하는 것처럼 잘 보낸 인생은 행복한 죽음을 가져온다.' 레오나르도 다빈치의 말마따나 하루를 가장 잘 보내는 사람이 인생에서 가장 행복한 사람인 것이다.

얼마 전 인터넷 검색하다가 좋은 사람에 대해 써놓은 글을 읽고 무척 공감이 갔다. 좋은 사람은 이런 사람이라는 것이다.

항상 겸손하고 인사성이 바르다. 어른에게는 예의가 바르고 자신의 잘못을 시인할 줄 안다. 남을 속이지 않고 말보다 행동이 앞선다. 누구에게나 친절하며 약속을 잘 지키며 화를 삭일 줄 안다. 맡은 일에 책임질 줄 알고, 남에게 나눌 줄 안다. 남들과 협력하며 융통성이 있고 바쁜 가운데서도 여유를 누릴 줄 안다. 책을 가까이 하여 이해의 폭이 넓고, 다른 사람의 입장을 생각할 줄 알며 작은 것에 만족하고 감사할 줄 안다. 남을 칭찬하는데 인색하지 않으며 어떠한 형편이든지 자존감을 가진다. 옳고 그름의 가부를 말할 줄 알며 손수 차 한 잔을 탈 줄 아는 사람이 좋은 사람이다.

좋은 사람이 되는 것은 돈이나 건강과는 별로 상관이 없다. 돈과 건강을 동시에 누릴 수 있는 사람은 물질적 행복의 조건을 갖추고 있어서, 그렇지 못한 사람보다는 물질로써 좋은 일을 많이 할 수 있다. 하지만 돈과 건강을 가지고 일시적이고, 육체적 쾌락만을 좇으며 나쁜 일을 할 때에는 오히려 더 많은 사람들의 지탄을 받게 된다.

영국의 정치가 존 러벅은 '악하고 방탕한 삶이 아닌 지혜롭고 선한 삶이 진정 행복한 삶이며, 죄악이야말로 자신을 망치는 것'이라고 했다. 행복은 불행 속에서도 존재한다. 돈과 건강을 소유하지 않더라도 따뜻한 말 한 마디, 작지만 함께 나누는 마음이 소중하기 때문이다.

역설적으로 1인당 GDP(국내총생산)가 우리의 10분의 1 수준인 히말라야의 부탄 같은 나라의 사람들이 오히려 GNH(국내총행복)가 높은 것은 행복이 절대적이기 보다는 상대적이기 때문이다. 행복이란 궁극적으로 자신의 영혼을 스스로가 훌륭하다고 느끼는 데 있다.

철학자 알랭에 의하면 이기주의자는 행복이 찾아오기를 기다리는 사람이다. 하지만 행복은 남이 가져다주는 것이 아니므로, 이기주의자는 행복을 얻을 수 없다. 행복은 행복해지려는 의지를 가진 사람들에게만 찾아온다. 이타주의자처럼 타인에 대한 배려를 잊지 않고 받는 것보다 주는 것에 힘쓸 때, 행복은 자연스럽게 찾아오게 된다고 본다.

남에게 베풀기를 좋아하는 사람은 그런 베푸는 일을 하는 과정에서 행복의 기운을 느끼게 되고, 자기도 모르는 사이에 타인에 의해 보답을 받게 되어 삶이 즐거운 것이다. 매일 남보다 조금 일찍 일어나 '왜 사는지'에 대한 의미를 생각하면서 기꺼이 일하고, 건강을 유지하며, 자기가 한 일을 기뻐하며 하루하루를 사는 것이야 말로 진실로 행복한 삶을 사는 사람이 아닐까 싶다.

일을 사랑하며 사는 삶

사람은 일을 하면서 살아가는 존재이다. 정신적이거나, 육체적인 일을 하거나 간에 우리는 일을 함으로써 대가를 얻을 수 있으며, 일을 통해 기쁨을 맛볼 수 있으며, 일한 후에 달콤한 휴식을 즐길 수 있는 것이다.

하지만 일을 한다고 해도 당장에 대가, 기쁨, 휴식의 세 가지의 즐거움을 누릴 수 없는 경우도 있다. 학생들이 공부를 하거나, 남을 위해 봉사하는 일을 하는 사람들에게는 당장의 대가가 주어지는 것은 아니기 때문이다. 초대 그리스도교에서는 수도원에서 기도와 명상을 하는 수도자를 세속의 사람보다 존귀하다고 생각했다.

그러나 종교개혁 이후인 17세기 후반부터는 사회적 인식이 바뀌었다. 직업을 갖고 일을 하는 것은 신에 대한 의무이며 숭고한 사명이라고 생각한 것이다. 특히 유대교에서는 일이야말로 신성한 행위의 으뜸으로 생각했다. 동양 속담에 '일하는 개가 게으른 사자보다 낫다'는 말이나 '일하지 않은 자는 먹지도 말라', '행복의 대부분은 끊임없이 계속되는 일과 그것에 의한 축복으로 이루어진다'는 명언들은 일의 소중함을 강조한 말이라 할 수 있을 것이다.

괴테는 '서두르지 말고 일하고 쉬지 말고 일하라'는 말을 평생의 좌우명(座右銘)으로 삼았다고 한다. 지구의 역사 또한 부지런히 일한 사람으로 인해 끊임없이 발전되어 온 것이다. 그런데 사지가 멀쩡한 사람이 일하지 않고, 빈둥빈둥 놀면서, 먹고, 무위도식하는 사람들이 우리 주변에서 많아지고 있음은 무척이나 심각한 문제이다. 일할 능력이 있음에도 일시적인 편안함에 빠져서 한 번, 두 번 게으름을 피다 보면 끝없는 나락에 빠지게 된다. 게으름은 흘러가는 물과 같아서 빠져 나오려고 노력을 하지 않으면 계속 떠내려간다. '실패한 생애는 그 사람이 일을 전혀 하지 않았거나, 일이 너무 적었거나 혹은 적당한 일을 가지지 못했다는 것에 근본 원인이 있다'고 스위스의 철학자 힐티는 말했다.

얼마 전 택시를 타고 오다가 들은 기사의 말에 잠시 동안 공감을 한 적이 있었다. 택시 기사의 말은 이미 죽은 북한의 김정일과 그의 권력을 세습한 아들 김정은은 일하지 않고 호화호식하면서 살지만, 권력을 유지하기 위해 혈안이 되어 있기 때문에 심한 스트레스가 쌓여, 언제 죽을지 모르는 신세가 되었다고 하면서, 봉화에 사는 촌부의 이야기를 덧붙였다.

영화 〈워낭소리〉에 나오는 노인 부부들은 자연 속에서 낮에는 들에 나가 일하고, 해 지면 집에 와서 쉬면서, 평생 힘든 농사일을 하면서 살았어도 건강하게 오래 살고 있지 않느냐고 반문을 했다. 그래서 나도 듣고 보니 그런 것도 같네요. 하면서 맞장구를 쳐주고서는 차에서 내렸다.

사람이 하는 일은 의식주를 해결하기 위한 목적도 있지만, 일을 통해서 사회에서 자신이 담당해야 할 몫을 수행하는 의미도 있다 사람은 각자의 필요 때문에 일을 한다고 생각해서는 안 된다. 내가 하고 싶으면 하고, 하기 싫으면 안 하고 하는 그런 성질의 것이 아니다. 사람이라면 누구나 일을 해야 인간으로서의 역할을 감당하는 존재라는 것이다. 일을 하는 데에는 귀천이 없다. 일은 그 자체로서 신성한 것이다.

성서에는 '엿새 동안 힘써 네 모든 생업에 종사하라'는 구절이 나온다. 이는 바쁘게 일하라는 뜻으로 신이 인간에게 부여해 준 임무일 것이다. 일을 사랑하며 사는 삶이야말로 인간다운 삶을 사는 축복이라 할 수 있다. 하느님은 인간인 아담에게 이렇게 말했다. '이마에 땀을 흘려야 낟알을 먹으리라.'

오월도 가고 뻐꾸기 우는 유월, 어느덧 봄이 가고 있다. 봄은 가도 꽃은 핀다. 우리는 살면서 순간순간 일을 통해 꽃피우는 그런 삶을 살아야 한다.

만족한 미소

길거리나 공공장소 또는 직장에서 늘 만족한 미소를 짓고 다니면 대부분의 사람들은 이상한 사람 취급을 한다. 그래서 요즘 우리나라 사람들의 대부분은 약간은 심각하고 무뚝뚝한 표정을 지으며 위엄을 짓고 다니는 것 같다. 또한 매사에 무엇이든지 다 좋다는 태도를 보이는 사람은 줏대 없고 비판력이 없는 바보라고 욕먹을 것 같아서 적당히 불평이나 불만도 터뜨리면서 산다.

세상 일이 그런지라 위엄을 갖춘 얼굴을 하고, 남들이 알아듣지 못하는 어려운 이야기를 많이 하면 존경을 받는다. 반면에 긴장하지 않은 표정을 하고 행복한 미소를 아무 곳에서나 흘리며 다니는 사람은 깔보고 가볍게 여기며 흉보기가 일쑤이다.

순진하고 행복한 미소는 얼빠진 것과 동일한 말이 되고 말았다고나 할까. 세상이 워낙 복잡하고 단순하지 않으니, 순진만으로 통하지는 않은 것이 현실이기는 하다. 그러나 현대인의 지나친 결벽증은 편하게 웃어주는 웃음 하나도 너그럽게 받아 주지 못할 정도로 인정이 팍팍해졌다. 사소한 것도 받아주지 못하고 대범하게 사는 미덕과는 멀어진 삶을 사는 현대인은 어찌 보면 불행하지 않을 수 없다. 단 한 번뿐인 인생을 왜 그렇게 심각한 표정을 지으며 위엄 있는 표정만 짓고 사는지 때로는 참 답답하게 느껴진다. 인간은 동물과 달리 태어날 때부터 유머감각이라는 재능을 지니고 있다.

프랑스의 극작가인 샹포르는 '우리가 잃어버린 날은 바로 웃지 않았던 날이다'고 했고, 셰익스피어도 '원하는 것이 있을 때 칼로 얻으려 하지 말고 웃음으로써 그것을 이루라'고 하였다.

유대 5천 년 불굴의 방패라 불리는 『탈무드 황금률』에는 '웃으면 행운이 온다'고 가르친다. 그래서 부모들은 어린 아이 때부터 농담하는 것을 행동으로 가르친다. 신으로 모시는 하느님과도 농담을 하고, 죽은 자에게도 농담을 한다. 삶의 어느 한 부분이라 할 것 없이 농담이 생활 속에 일상화 되어 있다.

역사에 유명한 이름을 남긴 유대인 중에는 스피노자, 베르그송, 마르크스, 룩셈부르크, 비트겐슈타인, 스미스, 샤뮤엘슨, 촘스키, 프로이트, 아들러, 뉴턴, 아인슈타인, 오펜하이너, 멘델스존, 쇼팽, 말러, 발터, 거슈윈, 파사로, 모딜리아니, 샤갈, 에이젠슈타인, 채플린, 와일러, 알렌, 스필버그, 스트라이선드, 하이네, 프루스트, 카프카, 싱어, 셀린저, 로스차일드,

듀퐁, 시트로엔, 머독, 소로소, GE, IBM, 골드만삭스, 퓰리처, 로이터, 디즈레일리, 레닌, 키신저 등 수없이 많은 인재들이 있다. 이들은 철학, 심리학, 자연과학, 음악, 미술, 문학, 경제금융, 언론출판 어느 분야 할 것 없이 최고의 이름을 남기고 있는 사람들이다. 이런 역사적 인물을 낳은 유대인의 삶 속에는 남을 위해 웃을 줄 알고, 남에게 기분 좋은 표정으로 만족한 웃음을 주는 여유가 그들을 성공으로 이끌어 주었고, 행복한 삶을 살 수 있게 하였던 것이다. 날마다 행복한 웃음을 짓는 사람은 자신뿐만 아니라 주변 모든 사람들에게 기쁨을 주는 미소천사다. 언제 어디서든 즐거운 웃음소리를 듣는 것만큼 기분 좋은 일이 또 어디 있겠는가. 웃음소리는 온 세상을 밝게 만든다.

우리 민족도 해학과 웃음을 잃지 않았던 민족이다. 힘들 때면 오히려 그 고통을 해학으로 승화시켰다. 이제는 우리 조상들이 물려준 해학의 미를 되살려야 한다. 그러기 위해서는 일상에서의 근엄한 표정부터 바꿔야 한다. 모든 인위적인 것. 꾸밈에서 벗어나 행복한 웃음을 지을 줄 아는 바보가 많아져야 아름다운 사회가 된다.

그 이유는 인위적인 것은 모두 거짓이지만, 자연 그대로의 만족한 미소는 진실이기 때문이다. 그렇기에 알랭은 '웃음은 인생의 약'이라 했고, 슈와프는 '사람의 웃는 얼굴은 햇빛과 같이 친근감을 준다'고 하지 않았던가.

믿음으로 사는 삶

거리가 1미터 정도 되는 계곡 사이로 급류가 흐르고 있다. 계곡 아래는 까마득한 낭떠러지다. 사람들은 그 계곡을 건너려 하지만 실수로 떨어질까 봐 두려움 때문에 쉽게 건너지를 못 한다. 하지만 그 계곡을 건너는 방법은 의외로 간단하다. 아래를 내려다보지 않고, 평지라고 생각하며 앞만 보며 뛰면 되는 것이다. 평지에서 그 정도 거리의 냇물은 보통 성인이면 누구나 자연스럽게 뛰어서 건널 수 있다. 같은 거리를 건너는 두 상황에서도 사람의 마음은 이처럼 흔들리는 존재이다.

얼마 전 김수환 추기경께서 우리 곁을 떠나셨다. 선종하시기 얼마 전에 남기신 '나는 너무 사랑을 많이 받았습니다. 정말로 고맙습니다. 여러분들도 사랑하세요.'라는 말씀은 비록 우리 곁을 떠나 천국으로 가셨지만 모든 이들의 감동을 주기에 충분했다. 김 추기경께서 우리에게 아름다운 삶의 모습을 보여주고 떠나신 것은 삶의 목적지를 향한 평소의 한결 같은 믿음이 있었기 때문에 가능한 것이었다.

거리가 1미터 정도 되는 계곡과 평지, 같은 거리를 두고도 사람의 마음이 이처럼 흔들리는 것은 자신에 대한 믿음이 부족하기 때문이라고 생각한다. 김수환 추기경께서는 목적지인 죽음을 향해서 믿음을 가지고 십자가만을 바라보며 살았기에 아름다운 죽음을 맞을 수 있었다. 종교인들이 목적지에 가기 위해 준비해야 할 것은 절대자에 대한 믿음이다.

신앙생활에서의 믿음은 은총으로 이어진다. 믿음이 약해지면 은총을 통한 구원도 약해질 수밖에 없는 것이다. 성경에는 '구하라. 받을 것이다. 찾으라. 얻을 것이다. 문을 두드려라. 열릴 것이다. 누구든지 구하면 받고, 찾으면 얻고, 문을 두드리면 열릴 것이다.'고 했다.

신앙생활을 하든, 그렇지 않든 간에 삶의 목적지를 향해 가기 위해서는 믿음을 가지고 적극적이며, 긍정적인 생각으로 살아야 한다.

성경의 요한복음에는 이런 말도 나온다. '하느님께서 아들을 세상에 보내신 것은, 세상이 아들을 통하여 구원을 받게 하시려는 것이다'라고. 자식을 키워본 사람만이 자식을 사랑하는 법을 알 수 있듯이 하느님도 이와 같으신 분이다. 우리 인간에게 사랑하는 모습을 보이시기 위해 아들 예수를 직접 이 땅에 보내신 것이다.

사람의 머릿속에는 의자가 한 개밖에 놓일 곳이 없다고 한다. 미움, 사랑 중에서 어느 하나가 먼저 들어가 앉으면 나머지 하나는 들어가 앉을 수가 없다. 하루하루를 절망만 하고 산다면 희망이 들어가 앉을 곳은 없어진다. 희망을 머릿속의 의자에 먼저 앉혀야 절망이 앉지 못하는 것이다. 그러기 위해서는 매사에 긍정적인 생각으로 살아야 희망이 존재할 수 있다. 세계 4대 시인의 한 사람으로 꼽히는 셰익스피어는 '불행을 치유하는 약은 희망 이외에는 없다'고 말했다.

우리의 삶도 죽음이라는 최종의 목적지를 향해 나아가는 과정이다. 그런데도 믿음 없이 되는 대로 사는 사람들이 우리 주변에는 의외로 많다. 굳이 절대자에 대한 믿음이 아니더라도 자신과 이웃에 대한 믿음으로 희망을 가지고 사는 삶이야말로 목적지인 죽음 앞에서 충분히 아름다울 수 있을 것이다. 생전에 김 추기경께서 자주 말씀하신 '하느님은 사랑이시다'는 의미는 믿음으로 사랑을 실천하며 살면 최종의 목적지인 죽음을 아름답게 맞을 수 있다는 뜻이 아닐까.

고수가 된다는 것

작년 석가탄신일에는 십대보다 더 섬세한 감성을 품고 사시는 한학(漢學)의 고수 목천 스승님과 이창동 감독의 영화 〈시(詩)〉를 관람했다. 한 분야에서 일가를 이룬 고수를 일상에서 가까이 대할 수 있다는 것 그 자체만으로도 참 행복한 것 같다.

경기도의 한 소도시에 거주하는 할머니는 외손자를 키우면서 기초수급자로 살아간다. 가끔씩은 중풍을 앓고 있는 돈 많은 노랭이 회장님을 방문하여 목욕을 시켜주는 파트타임의 일도 한다. 공허하게 보내는 일상의 무료한 시간을 죽이기 위해 무엇인가를 배우려고 생각한 할머니는 동네 복지회관을 찾아간다.

거기서 우연히 시인의 시 창작 강의를 듣고 시를 쓰기로 마음을 먹는다. 사물을 관찰하고 순간적인 영감을 포착하여 글로 쓰기 위해 늘 수첩을 가지고 다니면서 보고 느낀 것을 순간순간 메모해 나간다.

한 편의 시를 써 가는 일상에 푹 젖어 있을 때, 중학생인 외손자가 학교의 과학실에서 또래 친구들과 여학생의 성폭력에 가담하게 되고, 성폭력을 당한 여학생은 그 충격으로 흘러가는 강의 다리 아래로 몸을 던져 자살로 청춘을 마감한다.

학교의 이미지가 나빠질까 전전긍긍하는 학교 측의 중재로 피해자에 대한 가해자의 보상액 합의가 이루어지고 가해자를 대표해서, 피해 여학생의 어머니를 만나게 되지만 결국 아무 말도 못하고 비를 맞으며 쓸쓸하게 돌아오는 등의 이야기가 얽혀 가면서 이순(耳順)의 할머니가 시를 쓰는 아름다운 세계를 보여준다.

이야기 줄거리는 뒤로하고, 그동안 이창동 감독이 만든 영화 〈밀양〉, 〈오아시스〉, 〈시〉 등을 보면서 역시 그는 소설뿐만 아니라 영화에도 '고수다' 하는 생각이 머릿속을 스쳐갔다. 어느 분야에나 고수(高手)는 늘 존재한다. 그 고수라는 이름은 남보다 많은 시간과 노력, 온갖 힘든 시련을 묵묵히 감내하며 한 분야에 매진한 결과가 이루어낸 산물일 것이다.

내가 보는 나와 남이 보는 나의 판단 기준은 확연히 다르듯이, 자기 분야에서 최고라고 생각하는 사람들도 대부분은 알고 보면 스스로의 착각에 다름 아니다. 나보다는 남들이 먼저 고수인지 아닌지는 알아본다는 것을 현명한 사람은 안다. 하지만 남들이 최고라고 인정하는 사람들조차도 스스로 부족함이 많다는 것을 스스로는 알고 있다. 그런 의미에서 고수 위에, 한 수 위인 또 다른 고수가 존재할 수밖에 없다.

소크라테스는 '인간은 자신이 갇힌 감옥의 문을 두드릴 권리가 없는 죄수'라고 말했다. 결국 나를 감옥에서 해방시켜 주는 것은 남이다. 이처럼 고수로 대접하고 인정해주는 것도 타인에 의해서 결정된다. 그런데 요즘 우리 사회에서는 남이 인정해주지 않는데도 불구하고 스스로 최고라고 말하는 어리석은 사람들이 가끔씩 눈에 띈다. 이런 사람을 우리는 얼치기라고 부른다.

비트겐슈타인은 '얼굴은 육체의 영혼'이라 했고, 키케로는 '모든 것은 얼굴에 있다'고 말했다. 우리나라에서는 예부터 불혹(不惑)의 나이가 되면 자신의 얼굴에 책임을 져야 할 때라고 했다. 자기 얼굴에 책임을 져야할 나이를 링컨은 마흔, 조지 오웰은 쉰을 기준으로 삼았다.

우리는 누구나 삶이라는 자기만의 꽃을 피우며 살아간다. 인생이란 무대에서 배우로서의 역할을 수행하면서 말이다. 자기가 맡은 배역에 최선을 다해서 한 분야에 일가를 이루었을 때란 대부분 나이가 든 후이다. 그러나 그때야말로 타인에 의해 인정받게 되는, 자기 얼굴에 대해 스스로 책임을 지는 인간이 되는 것이다. 인생은 모두가 함께 늙어간다.

같이 늙어 가면서도 어떤 사람은 자기 얼굴에 책임지는 삶을 살고, 어떤 사람은 부끄러운 얼굴로 살아간다. 고수는 남모르게 피 말리는 고통과 자신과의 고뇌와 들끓는 갈등으로 수많은 날을 불면으로 새웠을 것이다. 때로는 준엄한 자기 검증을 거치기도 했을 것이다. 그 힘든 과정을 남들이 어떻게 알까마는 고수의 얼굴에 나타난 모습에서 우리는 말할 수 없는 침묵의 소리를 읽어낼 수 있어야 한다.

남들이 하는 대로 따라 사느라고, 꼭두각시 같은 삶을 사는 요즘 사람들은 너무 바쁘다. 명문대학에 들어가기 위해 이름 있는 강사를 찾아다니는 학생들, 대기업에 입사하기 위해 취업 재수를 하는 청년들, 더 넓은 아파트로 가기 위해 밤낮으로 일하는 부부들, 남들보다 비싼 차, 아끼고 줄이면서 통장의 저금을 빵빵하게 채우려는 사람들……. 이런 것에다 모든 것을 거는 현대인들은 이미 고수의 본능을 모두 상실했을 뿐 아니라 진정한 인간의 행복을 포기했다. 아름다움에 대한 인간의 상상력과 자기만의 역할은 포기하고, 남들처럼 따라쟁이가 되어 인간의 진정한 목적을 상실한 것이다.

인간이 이길 수 없는 절대적인 것이 물질적인 욕망이다. 그런데도 끝없이 탐욕을 따라 죽을 때까지 쫓아간다. 정신없이 물질적인 허상을 따라 가다가 항상 내 앞에 있었지만 보지 못했던 사소한 행복들을 놓치고 나서 죽음에 이르러서야 번쩍 정신을 차린다. 헛된 세월, 부질없는 것에 매달려 자신의 인생을 소모적으로 낭비했다는 것을 깨닫고 인생의 허망함을 느낀다. 그때는 이미 늦다. 그런 것에 탕진해 버린 내 인생 돌려줄 사람은 아무도 없다. 우리의 삶에서 깨달음은 늘 이렇게 늦게 찾아온다.

이창동 감독의 영화 〈시(詩)〉를 보면서 고수가 된다는 것은 자신의 행복을 찾아 끊임없이 노력하여 남보다 아름다움을 먼저 깨닫는 사람이 아닐까 하는 생각을 가져본다. 이순(耳順)의 할머니가 시를 불러내어 진정한 삶의 아름다움을 추구하려는 것처럼 말이다. 오늘을 사는 우리들 모두가 부질없는 물질적 욕망에 사로 잡혀 시로 옮기고 싶은 행복한 일상의 순간들을 모두 놓치고 사는 것은 아닌지 생각해 볼 일이다.

제 4 장

사랑은 드러냄이다

사랑은 드러냄이다. 각자의 마음속에서 아무리 자신과 남을 위한다고 생각지만, 그동안 함께 있어·준 가족에 대한 고마움, 형제, 친구, 동료, 이웃에게 수고의 말 한마디 드러내지 않는다면 그것은 사랑이 아니다. 드러냄, 자신의 잘못을 하느님께 드러내어 회개하고, 나 중심이 아닌 타인중심으로 사는 삶이야말로 사랑의 방법이자 하느님의 뜻에 따라 사는 비결이다. 가장 좋고 풍요로운 삶은 하느님 중심의 인간관계이다.

글쓰기의 효과

　학생들의 중간고사 기간이 되면 논술수업은 휴강상태가 된다. 학과시험 성적에 집중해서 내신관리를 해야 되는 학생들의 입장에서 보면 당장 점수를 받아야 할 현실이 중요하다. 덕분에 수업에서 해방되어 저녁시간을 즐기기 위해 중앙상가에 나갔다. 서점순례도 하고, 젊은이들의 데이트 장소인 중앙상가 실개천을 따라 이곳저곳을 기웃거리기도 하고, 실개천에 마련된 의자에 앉아서 흘러가는 물을 구경하며, 친구가 운영하는 상점에 들러 안부도 묻고, 차도 한 잔 얻어 마시면서 모처럼 여유 있는 시간을 보냈다. 젊은이들이 넘치는 거리를 이리저리 배회하다보니 나도 어느새 이십대로 돌아간 것 같은 충동에 빠져 젊은 기운이 솟구쳤다.

　한때는 나도 이곳에서 친구들과 어울리고, 술을 마시고, 음악다방에서 음악을 신청하면서 데이트를 즐겼던 추억들이 고스란히 남아 있는 곳이다. 학창시절 자주 들렀던 서점, 음악 감상실, 찻집, 영화관, 분식집 등은 모두 사라지고 대신에 의류점, 보석상, 외래식당, 휴대폰 상점 등이 즐비한 상가는 추억을 되살리기에는 너무 변해서 낯설었다. 우선 상점의 간판

들이 모두 외래어로 표기된 점도 그랬고, 예전의 낡은 건물들이 현대 감각에 맞게 리모델링한 탓도 있었을 것이다. 하지만 그보다 더 중요한 것은 세대교체로 인한 시대의 변화를 내 마음 속으로 직접 느낀 탓이 아니었을까.

지난 십여 년 동안, 나는 오랜 공직 생활을 하면서 쌓인 마음의 녹을 닦아내려고 책에 깊이 빠져들었다. 책을 계속해서 읽다보니 책읽기에 관한 책과 함께 글쓰기의 효과에 대한 이야기를 저술한 책들이 의외로 많았다.

『치유의 글쓰기』 저자인 셰퍼드 코미나스는 그의 책에서 '글쓰기는 부서진 마음을 회복시키고, 미래로 나아가기 위한 힘과 용기를 준다'고 말한다. 아울러 글쓰기의 문을 열기 위해서 세 가지 질문을 매일 자신에게 던져보기를 권한다.

먼저, 오늘 가장 나를 놀라게 한 일은 무엇인가? 또한 오늘 나를 가장 감동시킨 일은 무엇인가? 그리고 오늘 내가 가장 기억하고 싶은 일은 무엇인가?

우리에게 친숙한 사르트르. 20세기 최고의 실존 소설이라 평가받는 『구토』에서도 '인간 존재의 허무와 부조리를 극복할 수 있는 있는 유일한 대안은 글쓰기'라고 언급하고 있으며, 프랑스의 세계적인 베스트셀러 작가 아멜리 노통브는 '글쓰기는 치료면서 고독을 달래는 행위'라고 했다.

글을 쓰는 행위는 고독과 고생을 자처하는 대가로 남는 것이다. 조선 시대의 대표적 저술가인 정약용도 아마 이런 대가를 충분히 치렀기에 많은 저서들을 남겼지 않았을까 싶다. 글쓰기를 직업으로 삼고 살아가는 사람들의 이야기를 들어보면 '누가 이미 쓴 주제나 소재는 가능한 쓰지 않는다'든지 '자기 개인적인 이야기는 섞지 않는다' 등의 자신만의 노하우를 가지고 있다.

글쓰기뿐만 아니라 세상사에는 공짜로 주어진 것은 없다고 본다. 치유 목적의 글쓰기이든, 생업을 위한 글쓰기이든, 자기만족을 위한 글쓰기이든 그에 따른 대가를 치러야 하는 것이다. 글 쓰는 행위를 통한 대가로 남는 것은 자신의 분신이라 할 수 있는 이름이다.

법정 스님께서는 입적하시면서 '말빚을 남기지 않기 위해 그가 쓴 책을 더 이상 발간하지 말라'고 하셨다는 신문 기사를 보았다. 법정 스님께서 우리에게 그동안 친숙하게 느껴졌던 것도 다름 아닌 책을 통한 만남 때문이었을 것이다.

훌륭한 분들의 이야기는 누군가에 의해서 후대에까지 반드시 전해진다. 그러나 우리처럼 평범한 사람들도 매순간 흔들리는 마음을 다잡기 위해 하루의 짧은 시간이라도 글 쓰는 일에 투자하는 것도 자신의 삶을 살찌우는 한 방편이 될 것이다.

오늘 잠시의 여가시간을 통해 시내를 찾아보고 느꼈던 일들을 일기로 남기거나 옛날과 달라진 도시의 모습을 기록으로 남겨두는 것, 책을 읽고 난 후 독후감을 쓰는 행위도 이와 다르지 않을까 싶다.

글쓰기를 꾸준히 하는 것은 자신을 수양하는 벽돌을 한 장씩 쌓아가는 것과 같다고 생각한다. 거창한 이야기를 가끔씩 주고받는 사람보다 작고 하찮은 이야기를 언제나 말하고 쓸 수 있는 사람들이 꾸준히 늘어나서 소중한 사람들에게 자신의 마음을 전달할 수 있고, 건강하게 자신의 삶을 성숙시킬 수 있는 기회가 많아졌으면 좋겠다는 생각을 가져 본다.

입춘대길

지나간 2월 4일(음력 1월 5일)은 입춘이었다. 2월이면 아직 봄이 멀었는데 왜 벌써 입춘인가. 우리의 선조들이 입춘이라는 날을 정했을 때 꽤나 마음이 성급했던 모양이다. 봄을 기다리는 마음을 달래기 위해 앞당겨 정한 것인지, 아니면 춥고 어려웠던 시절. 빨리 봄이 와서 산천 여기저기에 돋아나는 산나물, 고사리, 약초 등과 같은 것을 빨리 캐어 생계를 연명하는데 도움이 되고자 했을까, 그런 점도 있었을 것이다. 그러나 봄을 기다리는 간절한 마음 그것은 민족의 생존권과 결부된 절실한 기다림이었을 것이다.

외세에 쫓기고 모진 추위 속에 떨며 절실하게 봄을 기다렸을 것이다. 그럴 때 입춘은 얼마나 뜻있는 날이며 입춘대길은 민족의 생존권이 걸린 모두의 소망이었을 것이다.

우리의 풍습에는 해마다 입춘이 되면 새 봄을 맞이하는 마음으로 입춘을 맞이하는 글을 써 붙이는데 대궐에서는 신하들이 지은 춘첩자(春帖子)를 붙이고 민간에서는 춘련(春聯)을 붙였다고 한다. 십여 년 전만해도 한옥의 대문이나 문설주에 붙여놓은 입춘대길(立春大吉), 건양다경(建陽多慶)이라는 춘련을 보면 그렇게 잘 어울릴 수가 없었다. 아울러 풍류가 있었다.

입춘첩은 가문마다 다른 경우도 있지만 대의는 나라와 집안의 안녕, 풍농, 번영, 소재, 길상, 장수, 화친 등을 기원하는 문구들이었다.

이제는 집구조가 바뀌어 아파트가 대부분이어서 입춘대길을 써서 붙인다고 해도 예처럼 풍류를 느낄 수는 없겠지만, 입춘대길을 써 붙인다는 것은 새삼 잔잔한 감흥을 불러일으킬 것이다.

입춘은 24절기의 첫 번째. 음력으로는 정월 절기이며 대한(大寒)과 우수(雨水) 사이에 있다. 봄이 시작되는 계절이지만 추위가 매서운 시기이다. 음력으로 섣달에 들기도 하고 정월에 들기도 하며 섣달과 정월에 거듭 들기도 한다. 이런 경우를 재봉춘(再逢春)이라 한다. 입춘 전날이 절분(節分)인데 이것은 철의 마지막이라는 뜻이다. 이날 밤을 해넘이라고 부르고, 콩을 방이나 문에 뿌려서 귀신을 쫓고 새해를 맞았다고 전한다.

그러므로 입춘을 연초로 생각하는 경우가 많다. 입춘 15일간을 5일씩 3후(候)로 갈라서, 동풍이 불어서 언 땅을 녹이고, 동면하던 벌레가 움직이기 시작하고, 물고기가 얼음 밑을 돌아다닌다고 하였다.

그리고 이날은 입춘 오신반(立春五辛盤)인 시고 매운 생채 요리를 만들어

새봄의 미각을 돋게 했다. 또한 장을 담그는 시기이기도 하다. 음식으로는 탕평채(湯平菜), 승검초 산적, 죽순 나물, 죽순찜, 달래나물, 달래장, 냉이 나물, 산갓 김치 등이다.

올해는 예년에 볼 수 없었던 때 이른 추위와 폭설로 인하여 어깨가 더욱 움츠려져 언제쯤이면 봄이 올까 애태우면서 어느 해보다 봄을 간절히 기다렸다. 봄을 기다리는 마음이 먼 훗날의 일처럼 느껴지더니 매서운 날씨 속에서도 어김없이 2월이 왔고 봄의 시작을 알려주는 입춘이 이미 지나갔다.

요즘에는 난방도 잘되고 물질적으로도 옛날에 비해서 더 편안해졌다고 해서 추위에 떨며 봄을 기다리던 어제를 잊어버릴 것인가.

수 년 전 북방의 강국이나 일본의 침략을 받았을 때, 그때 우리 조상의 아픔과 염원을 생각한다면 봄을 기다리며 준비하던 간절한 마음의 입춘대길을 어찌 잊을 것인가. 결코 잊을 수 없다고 생각한다.

비록 입춘은 지났지만 지금 당장에 서툰 글씨라도 '立春大吉', '建陽多慶'이라고 써서 붙이는 마음이 중요하리라 본다. 현재 우리가 맞고 있는 봄이 우리를 다시 배신하고 그래서 잔인한 봄이 될지 모른다. 우리는 겸허한 마음으로 입춘대길을 마음에 새겨야 할 것이다.

비전 선언문

최근 평생교육전문가 전도근이 쓴 『은퇴쇼크』를 읽고 느낀 바가 있어서 나도 비전 선언문을 만들어 보았다. 청년시절에 만들어서 실천했다면 지금쯤은 성공한 삶을 살고 있을 것이겠지만 지나간 일은 후회해도 소용없는 것, 머릿속에 담아둘 필요가 있겠는가. 지금부터라도 새로 도전하면 된다. 도전에는 정년이나 은퇴가 있다는 소리는 들어보지 못했다.

성공한 사람들의 특징을 보면 하나같이 비전을 크게 세웠다는 것이다. 그러나 비전을 세우는 것만으로는 목표하는 성공을 이룰 수는 없다. 자신만의 비전을 확실하게 세우고 비전을 착실하게 실천하다 보면 꿈에 도달할 수 있을 것이다. 누구나 미래를 꿈꿀 수 있다. 사람은 누구나 자신의 미래를 볼 수 있는 안목을 가지고 태어나지는 않았다. 저자는 비전 선언문을 작성하는 데 도움이 되는 질문 여섯 가지를 주고 있다.

 1. 당신은 10년 후, 20년 후, 30년 후, 40년 후에 어떤 모습이 되기를 원하십니까?

2. 3년 후, 토요일 오후 6시가 되었습니다. 당신은 어디에 있으며, 무엇을 하고, 어떤 옷을 입고 있습니까?

3. 돈에 신경을 쓰지 않아도 된다면, 일생 동안 무엇을 하며 지내고 싶습니까?

4. 만일 당신이 지금보다 5년 또는 10년만 젊었다면 무엇을 하고 싶습니까?

5. 사회생활을 정리하고 노후생활을 하고 있을 때 지금껏 당신이 이룬 것 세 가지만 이야기하라고 한다면 무엇입니까?

6. 노후생활을 어떻게 보내고 싶습니까?

질문에 나름대로 간단히 답을 해보니까. 첫째, 저술가. 둘째, 서울에서 동양고전을 강의하면서 개량한복. 셋째, 제자들 양성하며 독서와 고전한문 번역. 넷째, 목표 달성을 위한 공부. 다섯째, 다양한 종류의 책 출간, 만권 독서와 평생교육, 자원봉사. 여섯째, 세계 4대 문명의 발상지인 이집트, 메소포타미아, 인더스, 황하 지역 여행하기, 음악 CJ, 독서, 집필, 비전 선언문 작성 이전보다 2배로 효율적으로 시간 활용하기.

여섯 가지 질문에 간단하게 답을 적고 보니, 모두 내가 할 수 있는 임파워먼트 존(자신의 역량을 극대화 할 수 있는 영역)에 해당하는 부분이다.

지난 세월을 돌이켜 보면 나름대로의 목표를 향해 열심히 살았다고 생각하지만, 지금 생각해 보면, 인생의 평생 밑그림을 선명하게 그려 놓지 못하고, 순간적인 삶의 목표에만 적응하기 바빴고, 작은 비전 하나라도 실천력의 부재로 이루어진 것이 많이 없었다는 생각이 든다.

비전 선언문을 만들어 놓고 보니 성공이라는 목표가 그다지 어려운 것만은 아니라는 생각이 든다. 매일 선언문을 읽으면서 과거보다 현재에, 현재보다 미래에 초점을 두고 계속 도전해 가다보면 실패를 극복하고 성공할 수 있을 것이라는 예감이 든다.

성공은 실천하는 자의 것이라고 했다. 1톤의 생각보다 1그램의 실천이 중요하다고 한다. 사람은 누구나 이 세상에 왔다가 떠난다. 그러나 선명하게 살다 떠난 사람의 흔적은 남는다.

흔적을 남기는 삶을 살기 위해서는 현재를 치열하게 살아야 한다. 선명한 삶이란 자신에게 떳떳할 수 있는, 후회와 미련 없는 삶이다. 선명한 인생의 흔적을 남기기 위해서는 남은 일생 동안 늘 꿈꾸면서, 배우고 노력하는 인간이 되어야 한다.

역사에도 예측이 불가능 하듯이 우리의 삶은 죽을 때까지 예측할 수 없다. 의지가 성공의 열쇠라는 사실을 잊지 않고 새로운 각오로 힘차게 도전해서 후회 없는 삶을 살았을 때 아름답게 인생을 마감할 수 있을 것이다.

올봄의 꽃들

봄에 대한 이야기를 신문과 텔레비전에서 벌써부터 앞다투어 전한다. 확실히 계절의 변화는 어쩔 수가 없는 모양이다. 지난 주말, 봄의 전령사인 백목련이 포항의 모 아파트 단지에 눈부시게 흰 꽃망울을 활짝 피웠다는 소식과 함께 낮 기온이 섭씨 22.6℃를 보였다고 한다.

남해의 서귀포에서 3월 15일쯤 핀 벚꽃은 동해의 영일만에 3월 28일 정도 도착하여 활짝 피겠다는 중앙기상대의 발표와 대문짝만하게 '화신 월말께 상륙'이라는 신문기사의 크기가 봄을 성큼 앞당겨 놓은 것 같다.

해마다 사월이면 벚꽃터널을 이룬 진해에서 전 국민의 벚꽃축제가 군항제와 함께 열리며, 포항 인근의 덕수동 수도산에도 사찰의 독경소리와 함께 벚꽃이 만발한다. 또 가까운 경주 보문단지에는 온통 벚꽃으로 뒤덮여 봄바람이 불면 눈꽃사태가 일어난다. 벚꽃터널 속을 자전거를 타고 달리거나 연인과 함께 걸으면서 낮밤 없이 꽃놀이의 정취를 즐길 수 있는 곳이 천년고도로 알려진 경주다.

164

우리는 살면서 바쁘다는 핑계로 부활의 신비, 미풍의 냄새, 꽃의 화사함, 사색의 열매, 눈물처럼 후두둑 순식간에 떨어지는 꽃잎의 처절함, 작은 평화, 이웃의 소중함 등을 잊고 사는 경우가 많다.

이십여 년 전 어느 봄날에 있었던 일이다. 목련같이 화사한 소식이 내 곁에 소리 없이 가만히 찾아와 벅찬 희망과 훈훈한 인정을 전해 주었다. 지금도 기억에서 잊혀 지지 않고 봄만 되면 생각나는 선물은 내 가슴 한 구석에 자리잡고 있어서가 아닐까 한다.

서울 어느 가정주부가 해수병을 앓고 있는 시아버지의 방, 구석에 있는 신문지 뭉치를 평소에 치우던 대로 집밖 쓰레기통에 내다버렸다. 끓는 가래를 휴지에 뱉어내어 신문지에 싸서 모아 놓으면 매일 내다 버리는 것이 상례였기 때문이다. 그런데 그날 무심코 내다버린 신문지 뭉치 속에는 해수병을 앓고 있는 시아버지의 치료를 위해 이웃에서 빌려온 돈이 들어 있었던 것이다. 시아버지에게 이 사실을 전해들은 주부는 허둥지둥 집밖의 쓰레기통을 뒤졌지만, 이미 환경미화원이 쓰레기를 수거해간 뒤였다.

주부는 수소문 끝에 자기 집 동네 담당 환경미화원을 찾아 갔지만 쓰레기는 적환장을 거쳐 쓰레기 매립장으로 옮겨진 후였다. 환경미화원의 얘기로는 지금쯤 쓰레기더미를 파헤쳤거나 불도저로 밀어 버렸을 것이라는 얘기를 듣고 눈앞이 캄캄해짐을 느꼈다.

모든 것을 포기하고 집으로 돌아오려는데 미화원 아저씨가 혹시 그대로 있을지도 모르니 같이 가서 찾아보자며, 앞장서서 쓰레기 적환장에서 매립장으로 싣고 간 청소차 운전사들에게 쓰레기의 행방을 수소문하였다. 대강의 위치를 알아 주부와 함께 매립장으로 가서 여섯 시간 가량이나 쓰레기더미를 헤치며 미화원 아저씨는 땀과 먼지로 뒤범벅이 된 후 돈이 든 신문지 뭉치를 찾아내었다.

주부는 너무 고마워 약간의 사례비를 주었으나 미화원 아저씨는 끝내 사양하며 '돈을 찾은 것만 해도 내일처럼 기쁩니다'라며 받지 않았다 한다. 얘기가 나온 김에 봄바람 같이 훈훈한 인정의 이야기를 한 가지만 더 해야 할 것 같다.

시골에서 살다가 서울로 돈 벌러 간 친구가 몇 해 동안 돈은 벌지 못하고, 만성 신부전증으로 목숨이 경각에 달려있었다. 그 소식을 들은 시골 친구는 단숨에 서울로 달려갔다. 그러고는 꺼져가는 친구의 생명에 콩팥을 선뜻 나누어 주어 소생의 불씨를 일으켜 주었다.

봄꽃처럼 아름다운 인정을 전해 준 이런 이야기가 우리 주위에서 나오는 것을 보면서, 인간의 사랑은 끝이 없다는 것을 새삼 느낄 수 있었다.

올봄의 꽃들은 환경미화원 아저씨의 아름다운 마음씨와 생명의 불씨를 소생시킨 시골 친구의 훈훈하고 눈시울 적시게 만든 인정을 가득 받으며 우리나라 곳곳에 아름다운 꽃망울을 활짝 터뜨릴 것이다.

우리 주위에 이같이 아름다운 사랑이 남아 있음을 생각해 볼 때, 올해도 희망차고 보람찬 감사의 계절이 되지 않을까 싶다. 겨우내 닫았던 우리들 마음의 창을 이제는 활짝 열어젖히고 마음껏 봄을 맞아들이자. 삶은 현재다. 비가 순조롭고 봄바람이 알맞게 불어주고, 꽃들이 만발하는 봄날. 이웃에게 감사한 마음 잊지 말고, 현재를 즐기며 함께 정을 나누면서 희망의 노래를 부르자.

사랑하는 사람의 고운 살 냄새처럼 신선한 봄의 대기를 마음껏 들이켜보자. 가슴 속에는 봄비같이 촉촉한 사랑의 샘물로 채워보자. 아무리 힘들다 하더라도 인간의 사랑이 도달할 수 없는 곳은 없다. 인생의 봄날은 자주 오는 것이 아니다.

봄꽃보다 여름신록보다 아름다운

현재 대한민국에서 살아가는 모든 사람들 각자는 자신이 제일 바쁘다고 생각하며 사는 것 같다. 가장은 가장대로, 아내는 아내대로, 자식은 자식대로, 상사는 상사대로, 부하직원은 부하직원대로, 사업가나 자영업자는 그 나름대로……

하지만 냉정히 생각해보면 뭐가 그리 바쁜지. 하던 일 미뤄놓고 잠시 쉰다고 세상이 달라지는 것도 아니고, 당장 숨이 넘어가는 것도 아닌데, 너도나도 바쁘다고, 시간이 없다고, 자기 일이 제일 급하다고들 아우성이다.

과연 모든 사람들이 정말 그렇게 바쁜가? 빠른 것만 찾다가, 바쁜 것만 찾다가 언젠가는 남보다 먼저 세상을 떠날 수도 있음을 왜 생각지는 않는 것일까? 사소한 것에 목숨을 걸면서 재촉하고, 안달하는 사람들이 많아진다는 것은 그만큼 조급증 때문에 덜 성숙한 인간이 많아지고 있다는 증거일 것이다. 모두가 바쁘다고 야단법석들인 세상에서 자신이 원하든 원하지 않던 속도에 떠밀려 덩달아 바빠지고 있다. 그 원인은 어디에 있을까.

그 대답은 확실하다고 본다. 인간답게, 폼나게 살기 위해서는 남보다 돈을 많이 벌어야 한다는 물질만능의 사고방식 때문이다. 돈이 많아야 인간답게 살 수 있다는 것은 사실 알고 보면 속임수이자 자기기만이다. 속도지상주의에 매몰된 사람들은 돈을 벌기 위해 과도한 노동으로 인한 자기학대로 자신의 수명만 재촉할 뿐이다. '삶은 계란'이라는 말이 있지만 삶이란 꼭 먹고살기 위한 방편만은 아니다. 엄격히 말하면 삶은 시간여행이라고 할 수 있다.

시간적 여유가 있으면 좀 더 긴 시간을 여행할 수 있고, 시간의 여유가 없으면 짧은 여행을 즐길 수밖에 없다. 눈이 따갑도록 시린 푸른 가을 하늘. 강렬한 가을햇살을 온몸으로 적시며, 하던 일을 잠시 뒤로 하고 보헤미안이 되어 가을나무가 펼치는 형용한 단풍의 축제에 모두가 참여하는 시간을 만들면 어떨까. 각자가 가을이 되어 떨어지는 낙엽을 보면서, 대자연의 아름다움에 흠뻑 빠져보는 자신만의 시간을 말이다. '시몬, 나뭇잎새 져버린 숲으로 가자…… 시몬, 너는 좋으냐? 낙엽 밟는 소리가……' 젊은 시절 많이 읊조렸던 구르봉의 시라도 한 소절 흥얼거리면서.

내가 사는 동네, 시내버스승강장 옆 꽃밭에는 유월부터 10월 중순인 지금까지 계속 철없이 꽃피는 장미가 있다. 출근시 버스를 기다리면서 하도 신기해서 붉은 장미를 이리저리 살펴보다가 며칠 전에는 버스를 놓칠 뻔했다. 다행히 마음씨 좋은 운전기사께서 차를 세워 주어서 탈 수 있었다.

아마 제철을 잊고 정신없이 피었다가 지는 장미처럼, 현대인들은 계절이 바뀌어도 여전히 변화 없이 바쁘다는 핑계로 무심하게 살아가고 있는 것은 아닌지. 달리는 시내버스에 자리를 잡고 차창을 내다보면, 봄꽃과 여름 신록보다 화려하고 아름다운 가을 단풍들이 눈이 부시도록 아름답다. 너무 아름다워서 눈시울이 붉어진다. 이는 봄·여름의 큰 고통을 견디고 이겨내었기에 우리에게 감격을 줄 수 있는 자신만의 색깔을 드러낼 수 있었을 것이다. 사람도 마찬가지라고 본다.

인생의 고해를 극복하고 살아남은 자의 일생은 아름답다 못해 경건하다. 가로와 시외터미널, 시청광장에 서 있는 많은 은행나무와 벚나무, 단풍나무들을 보면서 깊어가는 가을의 정취를 절절하게 표현할 수 없는 것이 안타까웠다. 불길이 번지듯이 타들어가는 나뭇잎들의 변신을 보면, 사람도 나이가 들수록 저렇게 황홀하고 아름다워질 수 있을까 하는 의문이 든다. 가을단풍들의 화려한 장관을 그림이나, 시로 담아둘 수 없음을 못내 아쉬워하면서 보고 느낀 모습을 가슴 깊숙이 담아 두었다.

우리의 선조는 예부터 계곡과 명승지를 찾아 단풍놀이를 즐겼다. 시를 짓고 풍월을 읊어 주흥을 돋우기도 했다. 북쪽에서 남쪽으로, 산마루에서 산허리로 빠르게 내려오면서 수채화처럼 순식간에 물이든 우리 강산은 신이 주신 고마운 선물이다. 눈이 따갑도록 비추는 가을햇볕과 단풍의 황홀함에 취해 넉넉해진 오늘 같은 날들이, 내 생애에서 오랫동안 기억 속에 남아있기를 기대하면서, 오늘도 주어진 하루에 감사할 뿐이다.

170

비가 오는 밤

온통 잿빛으로 덮인 유월의 대지위에 주룩주룩 빗방울을 뿌려 주고 있다. 늦은 귀가를 위해 버스를 기다리며 서 있는 군상들 머리 위에는 빨강, 파랑, 노랑, 검정……, 형형색색의 우산들이 물결치고 우산 위에서 고개 숙여 졸고 있는 가로등은 수많은 네온의 불빛과 어우러져 우울한 빗속의 거리를 말없이 비춰 주고 있다. 아스팔트 양쪽으로 늘어선 녹색의 가로수도 유월의 비를 흠씬 맞아 무겁게 팔을 늘어뜨리고 있으며 멀리 보이는 민둥산에는 푸름의 옷보다 뿌우연 물안개 빛 옷을 차려 입고 잿빛 하늘에 균형을 맞추듯이 그렇게 서 있다.

비오는 날이면 언제나 나는 방문을 활짝 연다. 방문에 걸터앉아서 비 구경을 하고 있으면 평화롭고, 완전히 긴장으로부터 해방된 순간을 맞이한다. 그리고 대개는 펜을 들고 평소에 가까운 친구에게나 멀리 떠나있는 친지에게 긴 편지나 사랑이 담긴 엽서를 가득히 메워보기도 한다.

따끈한 엽차 한 잔을 마시면서 클래식의 선율을 방 안 가득히 채웠다가는 주룩주룩 내리는 빗속으로 날려 보낸다. 이때 소원을 한 가지만 이야기하라고 한다면 나는 단 5초라도 현상태를 지속할 수 있도록 말을 걸지 말아 달라고 말하지 싶다.

비가 오는 밤이면 내 자신의 모습이 너무나도 왜소함을 느끼고 실망도 한다. 세상은 넓고 크며 게다가 인종들은 또 얼마나 각양각색인가? 나에게 우호적인 사람보다는 대부분이 관심 없고 비난의 말을 하는 사람들이 많음을 알고 있다. 모든 사람들은 타인에게 자신이 인정받기를 원한다. 하지만, 타인을 평가할 때나 칭찬할 때에는 얼마나 인색한지. 하지만 클래식의 음률이 빗소리를 타고 은은히 울려 퍼질 때면 살아 숨 쉬는 육성의 울림을 듣기도 하고 세상의 어느 누구도 안아줄 수 있고 어떤 일도 감싸주며 어루만져 주는 넓고 푸른 하늘과 유월 초여름 더위의 땀을 식혀주며 조용히 살랑이는 바람이 되기도 한다. 또한 산에 오르다 갈증에 목말라하는 산행자에게 시원한 목마름을 해갈시켜주는, 차다 못해 시린 샘물이 되기도 한다.

이른 아침 연기가 산자락을 타고 자꾸자꾸 피어올라 새털구름이 되고 산사의 목탁 소리는 달리는 기차보다 빠르게 울려 퍼지며 내 마음을 싣고 산과 강을 건너 퍼져나가 사랑하는 님에게 까지 전해주는 우편배달부가 되기도 한다. 모내기를 끝내고 난 유월에 내리는 비는 황톳길을 물렁반죽으로 만들어 버리기 때문에 발목을 둥둥 걷고 하얀 고무신 깜장 고무신을 손에 모아 쥐고 걷던 길이 눈앞에 다가오며 외가닥으로 땋아 내린 한 동리의 여학생 머리카락을 당겨 버리고 싶던 어릴 적의 기분이 금방 되살아나기도 한다.

웅덩이에 고여 있는 물을 돌로 던져 첨벙 물방울을 튕기기도 하였고 모심은 무논에 개구리 울음소리 구슬피 우는 시골 밤의 정취를 떠올려 주기도 한다.

172

빗소리가 점점 세어진다. 갑자기 클래식의 선율이 점점 높아져 가며 웅장해진다. 잇달아 네온사인의 불빛이 고층 빌딩 숲 속에서 하나둘 꺼져간다. 비의 습기가 어두운 밤을 타고 내 가슴에 조금씩 조금씩 채워진다. 여태까지 내가 사고하고, 느꼈고 행동한 것은 내리는 비의 힘에 의해 작용한 것 같은 기분이 든다. 하지만 오늘 밤 내리는 굵은 비가 그치면 유월의 태양은 더욱 더 눈부시게 대지를 비춰 무덥도록 할 것이고 풋풋한 과일들은 뜨거운 태양이 내리 쬐어져 물씬물씬 익어갈 것이리라.

상념은 꼬리를 물고 계속되는데 일찍 불 끄고 잠 자자고 고함치는 소리에 정신이 퍼뜩 든다.

가을, 형산강 하구(河口)에서

지난 주말에 잠시 가을비가 내렸다. 비온 뒤 날씨가 제법 쌀쌀하다. 길가 가로수들은 낙엽을 떨구고, 주택가 골목에는 겨울 채비를 위해 집수리도 하고, 보일러도 손보고, 낡은 창문도 바꿔달고 벌써부터 부산하다. 주일 아침. 눈을 뜨자마자 형산강 하구에 나가 보았다.

가을 강물은 어떤 모습으로 흘러가는지가 궁금했다. 아침햇살을 받아 강물은 유난히 눈이 부시게 빛이 났다. 강물은 이미 순금을 두르고 스스로 찬란한 빛이 되어 있었다. 바람에 흔들리는 물결 이랑 사이마다 서로 다른 무늬와 색깔로 조화를 이루고 있었다. 강물은 가을햇빛과 쌀쌀한 바람과 몸을 섞으며 계속 영일만 앞바다로 천천히 흘러가고 있었다.

우리의 삶도 산 속의 작은 돌 틈의 샘에서 출발하여 하천을 지나 큰 강에 닿았다가 서로 다른 물길이 만나 바다로 가는 여정이 아닐까 싶다. 언젠가는 모두 자연이라는 한 곳에서 다시 만나게 될 것이 아닌가.

가을비 이후의 날씨는 그 전과는 분명 다르다. 코끝을 스치며, 등을 다독이며 지나가는 바람 속에는 여름의 끈적거림과 다른 쓸쓸함이 묻어있다. 바람이 부는 대로 강물은 크게 출렁이기도 하고, 작게 일렁이기도 하면서 가을바람과 교감을 끊임없이 주고받는다.

가을 햇살을 받아 반사되는 금빛 강물은 참 아름답고, 예쁘고, 정답다. 고개를 들어 하늘을 보면 햇살은 왜 그렇게 찬란한지, 숨이 멎을 것 같다. 바다를 앞 둔 강물은 목적지를 앞에 두고도 조금도 서두르거나 앞서 나가지 않는 여유로움을 보여 준다. 그 모습을 가만히 보고 있으면 어리석어 보이기까지 한다. 대현여우(大賢如愚)라는 글귀가 떠오른다.

하구만 벗어나면 강물은 이제까지 겪은 힘든 시름을 모두 내려놓고 휴식을 취하면서 더 큰 생명을 잉태하고, 품어주고, 베풀어주기 위한 한 세계로 진입한다. 모든 것을 내려놓고 쉴 수 있는, 하지만 버림과 얻음을 동시에 볼 수 있는 형산강의 하구는 그래서 경이롭다. 여럿이 아닌 하나, 완전한 상태의 자신으로 거듭나는 강물을 보면서 오늘도 새삼 자연의 오묘함에 감탄하게 되고, 경건한 마음을 가지게 된다.

가을이 되면 강물은 하늘보다 짙은 색깔을 드러낸다. 하늘이 연한 파스텔 색조라면 강물은 진한 크레용색이다. 가을에는 강물이 하늘보다 더 푸르다. 그리고 태양보다 더 눈부시다. 하늘빛에 반사되어 반짝이는 강물이 더 아름다운 것은 이웃처럼 우리와 더 가깝기 때문일 것이라고 나는 생각한다. 가을 강물이 바다와 몸을 섞으면 또 다른 생명이 잉태할 것이다. 그리고 더 넓은 세상에서 새로운 삶을 열 것이다. 쉬지 않고 계속 흘러 바다에 당도하는 강물의 모습을 보면 우리의 삶이 한 순간으로 끝난다고 보기 힘든 이유가 이런 데 있다.

자연을 창조한 위대한 조물주가 있을 것이라는 생각도 이런 자연의 순리를 보면서 하게 된다. 강물은 우리에게 말없이 삶을 가르쳐 준다. 그래서 자연을 위대한 스승이라고 하는가 보다. 오늘도 한 수 배우고 하루를 시작한다.

삶이 단조롭거나 허허로울 때, 지치고 힘이 들 때는 형산강 하구로 가보라. 그곳에서 강물의 소리와 물결의 흔들림을 보고 있으면, 삶을 대하는 우리의 태도가 어떠해야 하는지를 배울 수 있을 것이다. 특히 따사로운 햇살과 쌀쌀한 바람이 부는 가을 아침에 일렁이는 강물을 보면 앞으로의 환한 날들이 보일 것이다.

그동안 막막했던 일들에 대한 희망이 보일 것이다. 강 밑바닥으로 흐르면서 몸을 일으키는 강물과 대화하다 보면, 남은 삶의 날들을 당당하게 버틸 수 있는 힘이 생길 것이다. 살아있음에 감사하는 삶, 감사하는 마음을 배울 수 있을 것이다. 힘든 일상이지만 감사하는 마음으로 하루를 마무리할 수 있을 것이다. 자기가 가진 능력, 가족과 자신의 건강함에 고마워 할 것이다. 가슴 속까지 파고드는 가을 햇볕의 따스함, 온몸 구석구석까지 펴져나가는 강물의 편안함에 스스로 행복해질 것이다.

　우리가 최선을 다할 수 있는 시간은 바로 현재, 두 발로 땅을 딛고 서 있는 이 시점뿐이다. 앞으로의 희망은 지금의 순간들이 모여 생겨난 것에 불과하다. 인생길에서 각자가 가고자 하는 목적지를 가끔씩 벗어나고 싶을 때 찾아오는 사람들을 위해 강물은 항상 시간을 마련해 놓고 있다. 이 세상에 존재하는 모든 살아있는 것들을 위해서 말없이 기다리고 있다. 강물은 삶의 길을 찾아가는 방법을 자세히 안내해 줄 것이다. 세월은 누구를 기다리지 않는다. 지난 시간은 이미 놓쳐버린 것이고, 떠나버린 것임을 강물은 깨닫게 해줄 것이다.

장수(長壽) 하는 법

나이 든 사람들이 주고받는 공통언어 중에는 병(病)으로 고통스럽지 않게, 건강한 상태에서 세상을 떠났으면 한다는 말을 한다. 누구도 예외 없이 한 번은 죽을 생명이고 보면 잘 죽는 것도 복이라고 할 수 있다. 내 친구의 어머니는 생전에 기도를 드릴 때마다 '잠자는 듯이 떠나게 해 달라'고 빌었다고 한다.

어느 여름날. 점심을 드시고 며느리와 같이 이야기를 도란도란 나누다가 둘이 나란히 누워 낮잠을 잤다고 한다. 한숨을 자고 일어난 며느리는 어머니를 깨우려다가 곤히 주무시는 것 같아 그냥 두고 마트에 가서 장거리를 준비해 왔다. 저녁식사를 준비해 놓고 시어머니를 깨웠는데 그때는 이미 숨이 멎어 잠자는 듯이 있었다는 것이다.

평소 당신의 기도대로 세상을 떠나신 것이다. 대부분 사람들이 친구의 어머니처럼 건강한 임종을 맞기보다는 병으로 고통스러운 임종을 맞는 것이 현실이다. 나이가 들수록 병원에 의지해서 목숨을 연명하는 경우가 대부분이다.

세계 3대 장수촌으로 꼽히는 곳은 과거 소련의 카프카스 산맥에 있는 그루지아의 아부하지야 지방, 파키스탄 서북 지역의 카라코룸 산맥에 있는 훈자 지방, 에콰도르의 안데스 산맥에 있는 빌카밤바 지방이다. 학자들이 이곳의 자연환경과 생활을 연구해서 장수(長壽)의 조건을 여섯 가지로 정리했다.

먼저, 산으로 둘러싸인 해발 1,500미터~2,500미터의 고산지대에 산다. 둘째, 기압이 낮고 산소가 부족한 지역에 단련되어 체질이 튼튼하다. 셋째, 주로 잡곡을 많이 먹는다. 넷째, 술을 담가서 마신다. 다섯째, 마시는 물에 철분을 비롯한 광물질이 들어 있다. 여섯째, 늙어도 활동력이 있어서 계속 일을 한다. 일례로 그루지아에서는 80살 이상 노인 중 여섯 명이 들에서 일을 한다. 장수의 조건에서 보듯이 주어진 자연환경과 더불어 꾸준하게 육체노동을 하는 것이 장수의 비결이다.

최근 정년이후 도시에서 시골로 귀향해서 사는 사람들이 늘고 있다고 한다. 자기 손으로 경작할 수 있을 만큼의 농사를 스스로 지으면서 육체노동을 통한 수확의 보람을 직접 느끼며 사는 것이다. 생명을 오랫동안 보존하는 일은 늙더라도 죽을 때까지 꾸준히 일해야 한다는 사실은 세계 3대 장수촌의 연구를 통해서도 알 수 있다.

우화 한 토막을 인용하면, 어떤 사람이 두 개의 우유통을 두었는데 그 두

통에 각각 개구리가 한 마리씩 빠졌다. 아침에 주인이 나가보니 개구리가 각 통에 한 마리씩 있는데 한 통의 개구리는 살아 있고 다른 한 통의 개구리는 죽어 있었다.

그래서 그 원인을 살펴보았다. 한 개구리는 살겠다고 끝까지 다리를 움직이고 헤엄을 쳐서 우유가 굳지 않아서 살았고 다른 개구리는 처음엔 버둥거려 보았으나 나중에는 포기하여 움직이지 않았으므로 우유가 굳어져서 죽었다는 사실을 알았다. 짧은 '개구리 두 마리' 이야기를 통해서 우리는 100세까지 건강하게 장수하는 법을 배울 수 있을 것이라고 본다.

얼마 전까지만 해도 100세까지 산다는 것은 꿈같은 이야기였다. 개개인의 건강에 대한 관심과 의학기술이 발전함에 따라 100세의 삶은 현실이 되어가고 있다. 문제는 건강하게 아프지 않고 오래 사는 것이 중요한 화두가 되고 있다는 말이다. 누구나 육체적으로 건강하게 오래 살고 싶은 욕망을 가지고 있겠지만 무조건 오래 산다고 좋은 것만은 아닐 것이다.

직장에서 은퇴 후의 시간을 부끄럽고 후회하며, 비통한 삶이 아닌 자랑스럽고 떳떳한 시간을 보내느냐가 중요한 것이다. 퇴직 후 남은 인생의 삼분의 일, 긴 30년의 시간을 어떻게 보내느냐에 따라 100번째 맞는 생일의 의미가 달라질 것이다.

희망 없이 죽음을 기다리는 30년이 아닌 100세가 되었을 때 후회하지 않는 삶을 살기 위해서는, 퇴직 이후 인생의 설계를 다시하고 이를 꾸준히 실천하려고 노력할 때 모두 건강하게 장수할 수 있다. 아울러 행복은 덤으로 주어진다는 사실을 인식하고 최선을 다해 살아가는, 죽음 앞에서 후회(後悔)하지 않는 인생을 보내야 할 것이다.

행복해지는 법·1

두 달여 동안 너무 지치고 힘들어서 몸속의 기(氣)가 모두 방전되는 느낌이었다. 쉬고 싶었다. 편해지고 싶었다. 행복해지고 싶었다. 그러던 참에 행복해지는 방법을 생각했다. 먼저 두 달여 간 고생한 나 자신을 축복하기 위한 선물을 마련하는 것. 그 선물은 정말 보고 싶었으면서도 정작 오랫동안 만나보지 못한, 선배이자 부모보다 더 좋아했던 어릴 적 동네 형을 만나는 것이었다.

어린 시절에 함께 꾸었던 인생의 꿈과 사랑 그리고 음악. 밤을 지새우며 창고 이층의 다락방에서 함께 했던 그 시절을 떠올리며 잠시만이라도 십대로 돌아가고 싶었다.

먼저 전화를 했다. 다행히 형은 내 전화를 받았다. 오늘 낮 시간 점심이나 같이 하자면서 약속을 잡았다. 전화를 해놓고 형을 기다리는 2시간여 동안 서점에 들러서 형에게 줄 선물로 CD와 책을 고르다가 결국 둘 다 사지 못했다. 너무 오랫동안 만나지 못했기에 인터넷 음악방송국을 운영하는 형에게 CD는 당연히 모두 있을 거란 생각에서 망설여졌고, 책은 형과의 추억이 담긴 내가 쓴 책을 선물해야겠다는 생각에 고르던 선물을 모두 포기하고 말았다.

대신에 형과의 추억을 쓴 나의 글 한 편을 복사해서 가지고 나갔다. 식사하려고 만났다기보다는 옛 추억과 형에 대한 그리움 때문에 예고 없이 약속한 것이다. 먼저 나가서 형을 기다리는 동안 여우가 어린왕자를 기다리듯 마음 단장을 곱게 했다. 누가 그랬던가. 기다림 속에 절절함이 있는 것이라고. 짧은 시간이었지만 마음이 몹시 설렜다.

드디어 식당에서 형을 만나 찌개가 끓는 동안 우리는 30여 년 전으로 돌아가 있었다. 못 마시는 소주 한 잔의 낮술까지 더해지면서 둘은 너무 행복한 시간이 되었다. 식사를 마치고 밖에 마련되어 있는 벤치에 마주 앉아 커피를 나누면서, 푸른 가을 하늘을 바라보며 오랜만에 여유를 누렸다. 헤어지면서 형과 나는 진한 포옹을 나누었다. 마치 사랑하는 연인이 헤어졌다 오랜만에 다시 만난 것과 같이.

형과 헤어진 후 토요일 오후의 텅 빈 도시를 혼자서 걸으며 영일만에서 날아오는 소금기 묻은 바람을 쐬면서 이런 저런 사색으로 홀가분한 나만의 시간을 누리다가 나를 위해 프리지아 한 묶음을 샀다. 또 홈플러스에 들러서 떨어진 1회용 면도기를 한 세트를 사고 나니까 다리가 많이 아팠다.

택시를 타려다가 그만두고 집에 돌아갈 시내버스를 기다렸다. 그 짧은 동안에도 행복했다. 시내버스를 타고 차 안에 있는 모든 사람들에게 행복했던 하루의 감사함을 프리지아의 향기로 대신했다. 집에 오니 그동안의 피곤함이 한꺼번에 몰려왔다. 파가니니의 연주 모음을 틀어 놓고 눈을 감고 오늘 있었던 일을 가만히 생각하다 잠시 눈을 붙였다가 깨어보니 형에게서 문자 메시지가 와 있었다.

동생아, 오늘 짧은 만남의 시간이었지만 우리들의 옛날 기억을 뒤집어 내기에 충분했고, 참으로 행복한 시간이었다. 이제 세월이 흘러 우리도 지천명(知天命)의 나이에 들었다. 서로 건강하고 가끔씩 만나서 옛날로 돌아가자꾸나. 일상에 너무 무리하지 말고 가끔씩 바쁜 가운데서도 하늘을 올려다보는 마음의 여유를 갖길 바란다. 응아가 동생 마니 사랑한대이. 홧팅.

형의 문자메시지를 받고, 또 한 번 행복감에 젖어 들었다.
'고마워, 형. 나도 응아 마니 사랑한대이.'
지천명의 나이에도 행복하게 사는 법은 곳곳에 감춰져 있다. 젊은 시절보다 더 행복할 수 있는 추억이 있지 않은가. 단지 그런 수고를 하지 않는데서 불행과 서글픔이 있을 뿐이다.

행복이란 누가 거저 가져다주는 것이 아니라 각자 스스로 만들면 되는 것이다. 내가 원하는 시간을 갖는 것도 내 스스로가 만들 수 있다고 본다.

184

행복해지는 법을 실행하면서 보낸 오늘 하루는 다른 날에 비해 오랫동안 기억에 남을 것 같다.

행복해지는 법·2

오늘은 강의가 없는 날이었다. 그래서 간밤에는 부담 없이 책을 읽고, 신새벽에 배달된 신문까지 읽고 나서야 햇살이 창을 비출 때 졸린 눈을 감았다.

눈을 떠보니 어느새 아점시간(아침과 점심을 겸한 식사). 아내가 챙겨주는 식사를 끝내고 내 나름의 멋을 부리고 집을 나와 은행에 들렀다가 길거리 노점에서 3마리에 천 원 하는 잉어빵 6마리를 샀다.

매주 두어 번 들리는 동네 도서관의 사서 아줌마에게 가끔씩 커피를 얻어먹은 고마움에 나도 뭔가 보답하고 싶었기 때문이었다. 잉어빵을 선물하자 감격해서 진심으로 고마워했다. 빌린 책을 반납한 후 신간 몇 권을 대출받고 나서 향한 곳은 영화관(CGV)이었다. 버스에서 내려 엘리베이터를 타고 8층 영화관에 도착한 시간에 맞춰 상영되는 영화는 『바람 부는 날이면 압구정동에 가야 한다』는 시집으로 많이 알려진 유하 시인이 감독한 늑대개 연쇄살인 수사극 〈하울링〉이었다.

바삐 영화 티켓을 끊고 상영관에 들어섰다. 평일 오후 시간이었지만 제법 관객이 있었다. 영화 관람을 끝내고 1층에 있는 대형서점에 들러 책 구경에 빠져 있다 보니 어느덧 여섯 시가 되어 있었다. 『쇼펜하우어의 문장론(원제: 여록과 보유)』 한 권을 구입한 후 서점을 나와 학원에 도착하자마자 인터넷 음악방송을 낮게 틀어 놓고 한껏 분위기를 잡고서 독서삼매경에 빠져 들었다.

올해 세운 계획 중 한 가지는 일상이 아무리 바쁘더라도 한 달에 한 번 정도는 내가 하고 싶은 일을 하나씩 시도하는 것이었다. 지난달은 평소 보고 싶었던 선배를 만나 점심 식사와 낮술 한잔으로 유년의 추억을 반추하다 보니 하루가 참 행복했었다.

오늘도 마음먹고 날을 잡아 영화를 보고, 음악 듣고, 독서하고, 글을 쓰면서, 홀가분하게 홀로 온전한 시간을 보낼 수 있어서 행복했다. 다음은 나만의 안식일을 가까운 바닷가에 가서 석양을 혼자 보면서 보낼까 한다. '누구나 슬픔에 잠기면 석양을 좋아하게 된다'는 어린왕자의 말이 아니더라도 저녁노을을 보면 문득 석양의 처절한 아름다움에 눈물이 그렁그렁 맺히는 그런 감정이 되살아나기를 고대해 보면서 말이다.

하나밖에 없는 내가 되어 주인공으로 살려면 가끔씩은 혼자가 되어 외로워야 한다. 외롭기 때문에 고독해질 수 있고, 고독한 시간을 가짐으로써 자신을 성찰할 수 있는 것이다. 홀로 고독한 시간을 많이 갖는다는 것은 내 안에 존재하는 욕망과 탐욕을 되돌아봄으로써 남은 삶을 헤쳐 나가는 데 필요한 지혜를 얻을 수 있는 소중한 기회를 갖는 것이다.

또한 자신에게 절실히 묻고 답하면서 일상의 모든 문제에 대한 해법을 찾을 수도 있다. 이 얼마나 고마운 일이냐? 나는 오늘 2만 원으로 사치를 다 누렸고 행복했다. 행복해지는 법은 나이가 들수록 적은 것에 만족할 줄 아는 지혜다. 이는 젊음과 맞바꾼 소중한 인생의 결실이 아닐까 싶다. 행복해지기 위해서는 스스로가 행복해지는 법을 만들어야 한다. 며칠 남지 않은 이월, 모든 사람들이 행복했으면 좋겠다.

곧 꽃피고 새 지저귀는 삼월이 될 것이다. 삼월은 삼월이라는 말만 들어도 흰 블라우스에 박가분 냄새 자욱이 풍기며 다가오는 숫처녀의 찐빵처럼 부푼 젖가슴같이 내 가슴도 부풀어 오르고 설렌다.

다시 맞을 안식일을 위해서 내일부터는 또다시 치열한 나날을 보내야 하리라. 그래야 고통 뒤에 오는 달콤함을 제대로 맛볼 수 있을 테니까.

성실, 근면, 신뢰의 지혜

나의 아버지는 평생 농사만 짓다가 세상을 떠나셨다. 일제강점기에 소학교를 마치신 것 외에는 이렇다 할 내세울 것은 없지만, 마을 사람들이 어려울 때면 솔선하여 이웃의 대소사(大小事)를 챙기시며 힘든 일을 함께 나누셨다. 어려운 사람의 부탁을 거절할 줄 모르는 성격 때문에 가끔씩 어머님께 싫은 소리를 듣기도 했지만, 타고난 천성은 어쩔 수가 없었다.

그래서인지 30여 년 넘게 종신토록 동네 반장을 하셨고, 농사꾼들의 심부름 역할인 못(池) 감독을 맡아 수 년 동안 저수지를 관리하기도 했다. 그 공로로 장관, 지사, 시장 표창 외에도 많은 상을 받으셨다. 아버님을 아시는 분들은 모두가 법 없이도 살 사람이었다고, 돌아가신 후에도 덕담을 아끼지 않으셨다.

일제강점기를 온몸으로 겪으셨고, 한국전쟁 시에는 현역으로 징집되어 이등중사로 백마고지 전투에도 참가하셨으며, 전역 무렵 시는 휴전이 되는 바람에 제대가 늦어져 7년 이상이나 군대 생활을 하셨다. 전쟁으로 집

안에 대가 끊길까봐 장손인 아버지께서는 첫 휴가를 나와 결혼식을 올리셨다고 한다. 지금은 영천 호국원의 국립묘지에 잠들어 계시지만 전쟁 당시에 여러 차례 죽을 고비를 넘기신 얘기들을 친지들이 모인 자리에서 가끔씩 들려주시기도 하셨다.

남에게 늘 인정을 쏟고 후덕하시던 그런 당신 곁에는 사진을 넣는 손바닥만 한 액자를 두셨는데 그곳에 '誠實', '勤勉', '信賴'라고 자필로 쓴 좌우명이 적혀있었다. 성실, 근면, 신뢰는 평생 당신의 신조로 삼으며 살아오신 철학이셨다. 자식 셋을 키우고, 공부시키면서 삶의 고비마다 이 문구를 보면서 견뎌내셨을 것을 생각하니 내 마음이 짠해지고 눈시울이 뜨거워졌다.

정성스럽고 참되며, 부지런히 일하기에 힘쓰며, 가족과 형제간에 서로 믿고 의지해야 한다는 지극히 단순한 삶의 지혜를 몸소 실천하면서 사시다가 여든을 앞둔 여름에 사랑하는 가족 곁을 떠나 하늘나라로 가신 것이다.

아버님이 살아 계실 때는 성실, 근면, 신뢰란 말에 대해서 깊이 생각해 보지 않았다. 아버님이 돌아가시고 나서야 남기신 글귀를 되새겨보니 평생 살아오신 인생의 노하우가 당신께서 남기신 세 낱말에 모두 담겨 있음을 깨닫게 되었다.

일상에서의 사소함과 평범함이 진정 지혜로운 것임을 알게 되었다고나 할까? 지금도 텔레비전 옆에 놓여있는 낡은 그 작은 액자의 문구는 여전히 가족들에게 어떻게 사는 것이 참되게 잘사는 것인지를 묵언(默言)으로 가르쳐주고 있다. 인생에서 화려한 꽃을 피우시지는 못하였지만, 누가 알아주지 않아도 꿋꿋하게 자신의 신념대로 검소하고, 소탈하게 살다 가신 삶이었다.

지난 일요일은 아버님의 기일(忌日)이었다. 유명을 달리하신지 햇수로는 어느덧 5년째 접어들었다. 제사를 지내면서 생전에 불효했던 일들과 주름진 아버님 모습이 떠올라 마음이 몹시 무거웠다. 제사에 참여한 친척들과 동생들은 빨리 제사를 지내고 다음날 출근해야 한다며, 제사를 단순히 잊지 않아야 하는 날 정도로만 생각할 뿐 그동안 우리 곁에 언제 계셨는지조차 기억에서 지워버린 것 같았다. 그래서 마음이 더욱 아프고 쓸쓸했다. 죽은 자는 말이 없고 산 자는 낳아서 길러준 은혜를 너무 쉽게 잊어버린다.

아버지에 대한 애틋한 사랑이 내 기억에는 그리 많지는 않지만, 힘든 생활고 속에서 가족들을 위해 평생 동안 희생을 하시다가 고통스럽게 삶을 마치신 그 고마움은 영원히 잊을 수 없다.

'이승 자식 뒷바라지하기 위해 저승 돈 벌어 와야 한다'는 속담이 있듯이 궁핍한 가계를 감당하기 위해 물불 가리지 않고, 당신의 평생을 가족에게 바친 노고를 자식으로서 어찌 잊을 수 있을 것인가. 평생 농사를 지으며 살다가 일생을 마감했지만 나의 아버지라는 사실만으로 충분히 자랑스럽고, 값진 삶을 사셨다고 생각한다. 지금은 가족에 대한 모든 책임과 희생을 내려놓고, 저 세상에서 구름처럼, 바람처럼 자유로운 영혼으로 지내실 것으로 믿는다.

살아있는 우리 모두는 사랑하는 사람을 떠나보내고 남은 자이며, 또 언젠가는 사랑하는 사람을 두고 떠날 자이다. 떠나는 자는 남아있는 사람들의 가슴속에 오랫동안 따뜻한 온기로 남아있을 때, 작별의 순간도 충분히 아름다울 것이다. 나를 비롯해서 이 세상 모든 사람들이 언젠가는 영원히 돌아올 수 없는 길을 걸어갈 것이다. 그날을 위해 오늘 하루도 순간순간에 최선을 다하는 치열한 삶을 살아야 하리라.

삶은 앎을 추구하는 과정이라고 그 누가 말하지 않았던가? 인생은 한번 떠나면 돌아오지 못한다. 부와 명예와 권력을 가진 세속적인 삶도 나름대로 의미가 있겠지만, 한 번 주어진 인생을 성실하고 근면하게 살면서 아버지처럼 지혜롭게 살다가 삶을 마감하고 싶다.

한해를 보내면서

해를 넘길 때마다 항상 느끼는 마음이지만, 마지막 한 장 남은 달력이 올해에는 유난히 아쉬움을 남게 한다. 결코 가볍지 않았던 올해도 이제 며칠이면 끝이다. 일찍 찾아온 매서운 추위 때문에 따뜻한 곳을 자꾸 찾게 되고 외출하기가 싫어지는 한해의 끝자락. 올 한해를 어떻게 보냈는지 되돌아보면 분주하게, 피곤할 정도로 정신없이 보낸 것도 같은데 뚜렷한 결실이 없다. 아니, 눈에 보이거나 느껴지지 않는다. 나를 목마르게 했던 갈증의 또 다른 이름 갈애(渴愛)에 끊임없이 시달렸지만 결국 남은 것은 생활과 생존에 대한 애착뿐이었다.

모든 사람은 태어날 때 백지 한 장을 가지고 태어난다. 그 한 장의 백지에 그리는 삶은 순전히 각자의 몫이다. 어떤 사람은 인생의 백지에 아름다운 그림을 그릴 것이고, 또 다른 사람은 그렇지 못한 그림을 그릴 것이다. 인생은 길다고 생각하면 길고, 짧다면 짧은 시간이지만 죽을 때 남는 한 점의 그림에 대한 평가는 냉혹하다고 본다. 우선 개개인이 스스로 평가해서 후회하는 삶이 많았다면 그 인생의 그림은 졸작이 될 것이고, 그렇지 않은 삶을 살았다면 명작으로 남을 것이다.

명작은 세월이 지남에 따라 더욱더 빛을 발하지만, 졸작을 남긴 사람은 두고두고 오명을 씻을 수 없을 것이다. 우리는 후회하지 않는 삶을 살기 위해 촌음을 아껴서 최선을 다해야 한다고들 말한다. 하루하루 최선을 다하는 삶이 모아져 최후의 한 점 그림이 탄생되기 때문이다. 매순간을 선하게, 부지런히, 즐겁게 산다면 죽음을 앞두고 후회하지 않는 아름다운 그림을 남길 수 있을 것이라고 생각한다. 한해를 보내면서 그동안 나는 백지에 어떤 그림을 그려왔는가? 과연 후회 없는 삶을 위해 최선을 다했는가?

장 폴 사르트르는 '인간은 정지할 수 없으며 정지하지 않는다. 그래서 현 상태로 머물지 아니하는 것이 인간이며, 현 상태로 있을 때, 그는 가치가 없다'고 했다. 교황 베네딕토 16세도 그의 대담집 『세상의 빛』에서 '사람으로 사는 것은 오르기 힘든 산을 타는 것과 같다. 그러나 그런 굽이를 거쳐야만 비로소 정상에 오르고 그래야만 존재의 아름다움을 경험해 볼 수 있는 법'이라고 했다.

고귀한 목표를 향해 전진하는 사람들은 어느새 고귀한 인간이 되어가는 것이다. 개인적으로 냉정하게 한 해의 일들을 평가해보면 그동안 삶에 대한 철학도 없이 살아온 부적격자는 아니었는지, 살아온 내 삶에 당당할 수 있었는지, 삶의 질을 높이기 위해서 목표와 희망을 가지고 현실에 충실할 수 있었는지를 생각해 본다면 결코 예스라고 대답할 수 없을 것이다.

가까운 이웃들과의 관계는 또 어떠했는가. 성냥갑처럼 포개어져 살고 있는 아파트 위 아래층의 물소리를 듣고 살면서도 서로 얼굴을 대면하여 평화의 인사 한 번 나누지 못했고, 마음의 소리에는 귀를 막고 듣지 않고 보낸 시간들이었다. 그동안 수없이 많은 해를 맞이하고 보냈으면서도 한해의 끝자락에만 서면 경건해지는 것은 왜일까. 그것은 아마 새해가 우리에게 주는 유일한 선물, 아름다운 꿈을 꿀 수 있는 특권 때문일 것이다.

새해에는 소리에 놀라지 않는 사자처럼, 그물에 걸리지 않는 바람처럼, 진흙에 더럽혀 지지 않는 연꽃처럼, 일상의 삶에서 끝없이 움켜쥐고 싶어하는 세상의 물질적인 욕망들을 조금씩 내려놓으면서 도덕적 욕망을 추구하는 그런 삶을 살아가도록 해야겠다. 의무감으로 행하는 가식에서 벗어나 좀 더 나 자신을 자유롭게 풀어 놓으면서, 가능한 서두르지 않고 매순간의 삶을 음미하며 실존에 대한 물음을 던지며 살아갈 수 있도록 말이다.

그러기 위해서는 오늘과 같은 내일, 올해와 같은 내년이 되지 않도록 노력해야 할 것이다. 아울러 얼마 남지 않은 시간 동안 장마철 물레방아 돌아가듯 쉬지 말고 힘들었던 일들을 모두 마무리하고, 갈증에 목말라 허둥대던 집착에서 벗어나 자유롭게 되어, 임진년보다 더 나은 새날들로 계사년이 채워지기를 염원해본다.

사랑은 드러냄이다

한 해가 서서히 저물고 있는 세밑이다. 유독 이맘때가 되면 다사다난(多事多難)이라는 말이 많이 등장하며, 지난 일들을 나름대로 회고하며 한해를 갈무리한다. 그중에서도 기독교인들은 자신과 이웃을 생각하며, 예수님을 맞이할 성탄의 기쁨을 준비하며 맞는 시기이기도 하다. 이 세상 모든 인간의 죄를 혼자 십자가에 짊어지고 하늘나라로 가신 예수님을 닮을 수 있는 방법은 스스로가 이웃 사랑을 몸소 실천하는 것이다.

이는 감사와 고마움이 없으면 안 된다. 우리는 일생을 살아가면서 감사보다는 원망을 많이 하면서 산다. 서로가 마음의 벽돌을 쌓고 벽을 만들고 살다보니 사랑이 단절되었다. 그로 인해 감사와 고마움마저 잊어 버렸다. 우리는 누구나 법을 지키며, 각자 맡은 일에 충실하며, 나름대로 열심히 살아간다. 법을 지키며 맡은 일에는 충실했지만, 그 속에는 사랑이 없다. 타인이 중심이 아니고 자신과 법과 일이 중심이었기 때문이다. 우리는 나 중심이 아닌 타인(너) 중심으로 사는 것이 중요하다.

하지만 그보다는 하느님 중심으로 이 세상을 통해 영원한 행복을 얻겠다는 삶이 무엇보다 중요하다고 본다. 세상의 것에 행복의 척도를 두고 살다 보면 갈등과 원망만 남는다. 지나치게 세상의 것에 가치를 두다보면 그것에 계속 집착하게 되고 삶이 힘들어진다. 나이가 들수록 노욕이 늘고 자기중심적 폭군이 된다. 지나치면 자기도취에 빠진 나르시시즘에 빠질 수도 있다.

이런 인생은 결국 초라해진다. 나 중심, 일 중심, 법 중심으로만 살아온 사람은 끝이 초라해지지만 타인중심의 인간관계를 맺으면서 하느님 중심으로 살아온 사람은 나이가 들수록 대인관계가 넓어지고 삶은 넉넉해진다. 비록 현실은 어렵지만 미래에 대한 희망이 있기 때문이다. 평소에 타인에 대해 사랑을 가슴에 품고 살았다손 치더라도 나 중심, 일 중심, 법 중심으로 열심히 사는 것은 하느님의 뜻에 따라 사는 것이 아니다. 나를 되돌아 볼 수 있는 고마움, 남을 배려할 수 있는 마음을 직접 행동으로 표현하는 것이 바로 사랑이다.

사랑은 드러냄이다. 각자의 마음속에서 아무리 자신과 남을 위한다고 생각지만, 그동안 함께 있어 준 가족에 대한 고마움, 형제, 친구, 동료, 이웃에게 수고의 말 한마디 드러내지 않는다면 그것은 사랑이 아니다. 드러냄, 자신의 잘못을 하느님께 드러내어 회개하고, 나 중심이 아닌 타인중심으로 사는 삶이야말로 사랑의 방법이자 하느님의 뜻에 따라 사는 비결이다. 가장 좋고 풍요로운 삶은 하느님 중심의 인간관계이다.

하느님을 통한 신앙적 유대관계야말로 진정 우리가 행복한 삶을 사는 길인 것이다. 미움과 원망을 버리고 감사와 고마움을 표현하며 사는 가정에는 늘 하느님이 함께 계신다. '가장 보잘 것 없는 한 사람에게 해준 것이 바로 나를 위한 것이다'는 예수님의 말씀에 대한 응답은 가까운 이웃에게 사랑을 베푸는 것이다. 회개란 감사와 고마움을 드러내는 행위로써 하느님의 사랑 안으로 돌아가는 것이다. 지식은 머리로 채우지만, 삶은 몸으로 체험한다.

사랑을 실천함으로써 배운 것은 그 누구도 알지 못한다. 그 당사자만이 알 수 있다. 사랑의 실천에는 반드시 행동으로 나타나는 희생이 따른다. 우리 곁에 오셔서, 죽으시고, 부활하신 예수 사랑의 표현, 그날을 기념하는 날, 이 세상의 모든 사람들과 하나 되는 날이 바로 성탄절인 것이다. 예수를 잉태하시고 낳으신, 성모 마리아는 고통, 아픔, 좌절 모든 시련을 겪으면서 예수님과 함께 하면서 그분을 통해 복되신 분이 되셨다. 사랑하는 사람을 지켜주는 비결은 함께 있어 주는 것이다.

힘들고, 소외된 이웃들과 함께 할 때, 우리는 비로소 예수님의 사랑을 실천하는 것이다. 얼마 남지 않은 한해지만 올해가 다 가기 전에 자신을 되돌아보고 회개하며, 이웃 사랑을 몸소 실천하는 일이야 말로 하느님이 아들 예수를 이 땅에 보낸 참 의미를 깨닫는 일이 아닐까.

'하늘에는 영광, 땅에서는 평화!' 이 한 마디는 우리 모두를 향한 기쁨의 메시지이다. 이번 성탄절은 하느님께서 주신 평화가 모든 사람들의 영혼에 가득하기를 기도해야겠다. '그리스도여, 모두에게 평화를 주소서!'

제 5 장

진정 그리운 것은

노루 꼬리만큼 남은 앞산의 지는 햇살을 보며 산그늘을 눈으로 바라보면, 산그늘은 눈금으로도 쉽게 그어질 수 있었고, 다음날도 그 다음날도 그런 눈금 재기를 하며 산그늘과 앞산의 나무들과 교감할 수 있었다. 이제 언제 그런 세월, 그런 시간들과 다시 만날 수 있을까. 나에게 진정 그리운 것들은 언제나 지난 세월 뒤에만 있다.

나의 행복 점수

　나의 행복 점수는 얼마나 될까? 문득 나 자신이 얼마나 행복한지 의문이 든다. 백점 만점에 10점이나 될까. 내가 행복한지는 최근 하는 일을 나열해 보면 될 것이란 예감이 순간적으로 든다. 그래서 하루 일과를 중심으로 순서를 적어 본다.

　먼저, 밤새워 독서하기. 하루 한 권은 아니지만 몇 년째 꾸준히 인문사회 분야의 책을 보면서 밤을 보낸다. 1년에 200권 책읽기를 실천하기 위해서다. 아울러 밀이 『자유론』에서 언급한 '만족한 돼지보다는 배고픈 소크라테스'가 되고 싶은 욕심도 있다.

　두 번째, 밤 12시 넘어 가끔씩 소주와 야식 먹기. 일주일에 두어 번은 삼겹살에 소주 한 잔 하고 푹 잠에 빠져든다. 하지만 네 시간 이상은 안 잔다. 이런 날은 거의 동료 선생님과 어울리는 날이다. 짧은 숙면은 모자라는 잠을 확실하게 보충하고 피곤함을 씻어 주어서 나쁘지만은 않다는 생각도 든다.

세 번째, 이른 아침 신문 읽기. 거의 대부분의 날을 밤새기 때문에 어쩔 수 없이 다섯 시 전후로 오는 신문을 안 볼 수가 없다. 필요한 기사는 읽고 나서 즉시 스크랩을 한다. 수업자료로 쓰거나 다시 읽어보기 위해서다. 시 사상식은 신문에서 모두 얻는 편이다.

네 번째, 아침 TV 보기. 〈인간극장〉, 〈아침마당〉은 오랫동안 시청한 프로그램으로 부담 없이 편안하다. 삶의 진솔함과 역경을 이겨낸 사람들을 만나 볼 수 있고, 특히 목요특강은 각 분야의 명사들이 나와서 삶에 도움을 주는 강의를 해주어서 여러 가지로 배울 점이 많다.

다섯 번째, 아침 햇살 받으며 수면하기. 밤을 새우고 오전 열 시 정도 되면 햇살이 방 안을 비춘다. 그때서야 눈이 따갑고 몽롱하고 졸음이 쏟아진다. 눈부신 햇살을 받으며 자는 잠은 느낌이 참 좋다.

여섯 번째, 잠자면서 비몽사몽간 꿈꾸기. 오전 시간에 자면서 꾸는 꿈은 주로 개꿈들이지만 그래도 끊임없이 꾼다. 특히 봄날에는 많은 꿈이 꾸어져 프로이트 아저씨의 위력을 실감한다.

일곱 번째, 하루 일과 짜기. 학생들 수업시간 챙기기 위한 것이 주가 되지만, 대형서점이나 헌책방 순례, 영화관 또는 미술관을 찾기도 있다. 때로는 꽃놀이, 단풍놀이, 바다의 풍경, 도시의 밤거리도 즐긴다.

여덟 번째, 점심메뉴 마음대로 정하기. 혼자 먹는 점심메뉴는 주로 사리 곰탕면, 짜파게티, 라면, 몇 종류의 카레밥, 김치볶음밥, 된장찌개 정도지만 그것도 늘 신경 쓰이는 일 중의 하나이다.

아홉 번째, 쓰고 싶은 글쓰기. 대부분은 블로그에 올리기 위한 글이지만, 신문이나 잡지에 기고하는 글은 그렇지 않은 경우도 있다. 그 중에서 가족에게 편지 쓸 때가 가장 즐겁다.

열 번째, 읽은 책 수업시간에 가끔씩 써먹기. 학생들에게도 도움이 되고, 은근히 잘난 체하는 데도 이용이 된다. 좋게 말하면 배워서 남 주기라고나 할까. 또 배웠으면 써 먹어야 오랫동안 기억할 수 있다고 본다.

열한 번째, 하루에 몇 잔씩 마시는 커피. 습관적으로 마시기도 하고, 마시고 싶어서 마시기도 하고, 다른 선생님이 권해서 마시기도 하지만 거절하는 법은 없다. 많이 마셔도 잠 안 오거나, 머리 아프거나 속 쓰린 적도 없다. 특히 다 마신 후 입 속에서 느껴지는 달짝지근한 프림 커피 맛의 여운은 당연 최고다. 대충 나열해보니 일상에서 하는 일은 손꼽을 정도로 단순하다. 이 정도면 나에게는 몇 점의 행복 점수를 주어야 할까.

채점자의 입장에서 평가해도 0점은 면할 테니 스스로 만족한다. 이처럼 나 자신에게는 행복 점수를 매기기란 쉽지 않다. 아예 점수 자체를 매길 수 없을 것 같다. 스스로 너무 후한 점수를 주니까 말이다. 그래서 내 나름대로 정의를 내려 본다. 행복을 계량화해서 점수를 매기는 것은 불가능하다고. 모든 사람들도 그렇게 공감하겠지만 특히 나에게 있어서는 말이다.

할미꽃 생각

지난 주 일요일에는 절친하게 지내는 동네 형과 경주 덕동 댐 근처의 토함산자락 계곡을 따라 산을 올랐다. 봄의 전령사라고 불리는 야생화 노루귀를 촬영하기 위해서였다. 몇 호가 옹기종기 붙어있는 마을을 지나서 산으로 걸어가다 보니 산비탈의 가랑잎 사이에 보일 듯 말 듯 핀 흰색과 분홍의 노루귀를 발견할 수 있었다.

노루귀는 어린잎이 노루귀처럼 보인다고 해서 붙여진 이름이다. 줄기에 뽀송뽀송한 털이 많이 붙어있는 노루귀를 보면서 벌써 봄이 이곳까지 당도했구나, 하는 생각에 마음이 따스해지는 것 같았다. 우리나라 중부지방에는 흰색과 남색의 노루귀가 주로 자생하고, 남부지방에는 흰색과 분홍의 노루귀가 자생한다고 한다. 토함산 자락에 핀 야생화를 찍기 위해 산을 오른 사람들이 생각보다 많았다.

우리나라의 산천에 핀 야생화는 우리 민족의 심성만큼이나 아름다운 이름을 가진 꽃들이 많다. 봄꽃만 하더라도 할미꽃, 얼레지, 처녀치마, 광대

나물, 노루귀, 족도리, 금낭화, 하늘매발톱, 구슬붕이, 미나리아제비, 새우난초, 개불알꽃, 기린초, 아기똥풀, 바위취, 아기원추리, 쥐오줌풀 등등. 그중에서도 어린 시절에 양지바른 무덤가에 무더기무더기 피어나던 진홍색 할미꽃에 대한 인상은 아직까지 잊지 못한다.

5개의 잎으로 털이 많이 나 있던 할미꽃은 3, 4월에 주로 장소를 가리지 않고 따뜻한 곳이면 아무데서나 핀다. 민간에서는 신경통의 치료제로도 쓰이는 할미꽃의 꽃말은 '슬픔, 추억, 충성, 노인' 등이다. 꽃말이 그러하듯이 할미꽃은 슬픈 이야기를 간직하고 있다.

옛날 어느 마을에 못된 큰손녀와 착한 작은손녀를 돌보고 사는 할머니가 있었다. 두 손녀들이 나이가 차서 시집을 가게 되었는데, 큰손녀는 얼굴이 예뻐서 용케 부잣집 며느리가 되었고, 작은손녀는 산 너머 가난한 산지기에게 시집을 갔다. 작은손녀는 시집가던 날 울면서 할머니더러 함께 가자고 했다.

그러나 큰손녀가 자기가 돌본다며 반대하고 나섰다. 처음 한 동안 큰손녀는 수시로 할머니한테 드나들면서 시중을 들었다. 그러나 오래가지 못했고 마침내 할머니를 잊은 듯 아예 오지 않았다. 혼자서 일을 할 수 없게 된 할머니는 산지기에게 시집간 작은손녀가 그리워 산 너머 마을로 출발했는데 며칠이나 굶어서 그런지 기운이 없었고 금방 쓰러질듯이 비틀거렸다.

그래도 할머니는 지팡이로 몸을 의지하면서 걸어가다가 고갯마루에 닿자 잠시 누워 쉬었다가 가기로 했는데, 너무나 지쳐서 다시 일어나지 못하고 그대로 숨을 거두고 말았다. 나중에야 이런 사실을 안 작은손녀는 한없이 울면서 할머니를 양지바른 곳에 잘 묻어드렸다.

이듬해 봄이 되자 할머니의 무덤가에 생전의 할머니처럼 허리가 꼬부라진 이름 모를 꽃 한 송이가 피더니 할머니의 머리칼 같이 하얗게 세어갔다. 사람들은 이 꽃을 '할미꽃'이라 불렀다.

백색의 털로 덮인 열매의 생김새가 할머니의 흰머리 같기 때문에 할미꽃이라 불리는 이 꽃을 어린 시절에는 길가, 들판, 무덤가 할 것 없이 아무데서나 흔하게 볼 수 있었다. 그 시절 시골에서는 놀 곳이 마땅찮았기 때문에 친구들은 햇볕이 잘 드는 묘지에서 삘기를 뽑아 먹으면서 '씨름', '고상놀이', '닭싸움', '숨바꼭질', '고사리 많이 꺾기' 등의 놀이를 하면서 바지에 풀물이 새파랗게 들도록, 해가 지는 줄 모르고 보냈다. 물론 그때는 할미꽃의 슬픈 이야기도 몰랐다.

겉모습이 수더분한 할미꽃은 겉모습과는 달리 붉디붉은 속살을 간직하고 있다. 이는 평생 힘든 삶으로 피멍이 들었던 이야기 속 할머니의 시름을 안으로 숨기고 삭여 갈무리한 것을 비유적으로 보여주는 것이 아닐까. 지금도 어린 시절에 뛰어놀던 오리나무가 울창했던 그 양지바른 무덤에는, 할미꽃이 한창 피어나고 있을 것이다. 따뜻한 봄날 소담스럽게 편안히 누워있는 참으로 복 받은 사람의 무덤 위에서, 철없이 뛰어놀던 그 시절이 몹시 그리워지는 날. 이제는 다시 돌아갈 수 없는, 아! 그리운 옛날이여.

세월은 언제나 변함없이 그 자리를 지키고 있지만, 변하는 것은 사람이다. 나이가 들어서도 생각은 여전히 어린 시절 그대로인데, 현실은 너무나 멀어져 있으니 아쉬움만 남을 수밖에.

소울메이트

존 부로우즈는 '인생을 재는 법은 그 길이에 있지 않고 그 사랑에 있는 것이다'고 했다.

사랑한다는 말을 우리는 너무도 쉽게 남발하지만 사랑한다는 것은 생각만큼 쉽지 않다. 특히 사랑도 상품이 되는 자본주의 사회에서는 더욱 그렇다.

인스턴트 시대라고 불리는 현대는 만남도 쉽고, 헤어지는 것도 순간이다. 금세 좋아했다가 금방 싫어지는 얕은 사랑, 말초적 사랑, 순간의 사랑을 과연 사랑이라는 이름으로 불러도 되는지. 상대를 배려하고, 상대의 기쁨을 나의 즐거움으로 삼으면서 진실로 상대를 이해하려는 노력 없이 사랑한다고 말할 자격은 있는지는 난해한 수학문제 보다도 어렵다. 사랑은 지금 같이 있는 사람에게 감사하는 마음에서 비롯된다. 사랑이란 결코 이성적으로는 판단할 수 없는 것으로 그 특성은 성숙한 사람에게만 볼 수 있다.

최근 나는 개인적으로 말로 다 할 수 없을 만큼 몹시 힘든 일을 겪었다.

그 힘든 일을 기꺼이 곁에서 지켜주면서, 진심으로 위로해준 가족보다 소중한 형이 있었기 참고 견딜 수 있었다. 어떤 사람이라도 정신적인 상처 없이 살아갈 수는 없을 것이다. 내가 살아있는 한 형에게 어떤 일이 닥치더라도 내가 형을 대신해서 모든 문제를 다 해결할 수는 없겠지만 힘들거나 외로울 때 그냥 말없이 옆에 있어줄 수는 있을 것 같다.

형은 내가 힘들 때면 가까운 수목원에 들러 네 잎 클로버를 가득 찾아주면서 행운을 빌어 주기도 했고, 정신적으로 피폐해질 때면 노래방에 데려가서 지칠 때까지 노래를 부르도록 했다. 또한 걱정한다고 문제가 해결되거나 좋아질 거라고 생각하지 말고, 현재의 상황을 즐길 줄 알아야 한다는 말로써 용기를 주면서 힘든 고비를 참고 기다릴 수 있게 했다. 일이 꼬여 아예 전화를 끊어버리고 타인들과 소통을 단절했을 때도 이른 새벽 집으로 찾아와 뜨끈뜨끈한 소머리 곰탕에 소주 한 잔으로 위로하며 감동을 주기도 했다.

깨달음을 얻고 나서 싯다르타가 말한 것처럼 이번 일에서 내가 배운 것은 '참는 것과 기다리는 것과 듣는 것'이었다. 인간의 영혼이 별보다 아름답게 빛나는 이유는 그 어떤 패배에도 굴하지 않기 때문이라고 했다. 패배는 끝이 아니라 새로운 시작일 뿐인 것이다.

인생은 자신의 선택과 운명이 얽혀 있다고 말한다. 그러나 사랑하는 사람의 만남은 선택이 아니라 운명이라고 말하고 싶다. 우리의 삶은 그 자체가 고통이다. 하지만 그 고통을 이겨낼 수 있는 힘이 있기에 행복을 말할 수 있는 것이다. 살다보면 넘어지고, 추락할 때도 있다. 하지만 반드시 설 수 있다고 본다. 삶의 곳곳에 도사린 공포를 몰아낼 힘은 따스한 희망의 말 한마디이다.

물질만능의 사회에서 무엇보다도 참아내기 힘든 경제적 궁핍과 사회로부터의 소외감을 극복하기 위해서는 참고 견디고, 이겨내서 반드시 살아야 한다. 그러기 위해서는 온전하게 자신을 맡길 수 있는 소울메이트가 필요한 것이다. '사랑이라는 가면을 쓰고 권리와 의무로 꽁꽁 묶여있는 것이 가정이고 감옥이다'라고 말한 어느 작가의 말은 진실이다. 가족은 서로의 말에 귀 기울여 주고 공감해야 하는 것이 당연하다고 생각지만, 사실은 그렇지 않은 것이 엄연한 현실인 것이다.

가족도 좋지만 우리의 삶에는 진정으로 사랑하는 영혼의 친구가 있어야 한다. 나는 그런 형이 있어서 너무 행복하다. 서얼 출신의 초정 박제가는 사대부 가문 출신 이서구의 집에서 하룻밤 묵고 난 뒤, 고독한 인생에서 진실한 벗을 두고 있다는 게 얼마나 큰 기쁨인지를 야숙강산(夜宿薑山)을 통해 보여주고 있다.

> 기질 다른 형제요 / 한 방에 살지 않는 부부라 / 사람이 하루라도 벗이 없으면 / 좌우의 손을 잊은 듯하리 //

초정 박제가는 자신이 지은 시를 통해 진정한 친구란 어떤 존재인지 정의를 내리고 있고, 『광인일기』와 『아큐정전』으로 우리에게 익숙한 중국의 국민작가 루쉰은 '일생을 통해 자신을 알아주는 친구 하나만 얻으면 그것으로 충분하다'는 말을 남겼다. 세상에서 하나밖에 없는 유일한 형이면서 순수한 영혼의 소유자인 나의 소울메이트. 내 뼛속과 창자까지 훤히 다 내다보며 소통할 수 있는 사랑하는 소울메이트가 있어서 나는 이 세상에서 가장 행복한 사람이며 승리자라고 말하고 싶다. 그래서 나는 오늘도 사는 맛이 나고 행복하다.

느린 일상에서 행복 찾기

 지난주에는 평소에 늘 만나는 선배와 포항 동빈 대교 입구에 있는 식당에서 별미인 고등어 추어탕을 점심으로 먹고 경주 안압지(雁鴨池)에 봄바람을 쐬러 갔다. 삼십여 분 달려서 도착한 안압지에 입장료를 내고 들어서니 임해전과 월지(月池) 주변에 많은 상춘객들이 붐볐다.

 통일신라 문무왕 14년에 궁 안에 못을 파고 산을 만들어 화초를 심고 귀한 새와 기이한 짐승을 길렀다는 기록이 남아있는 안압지는 왕이 귀빈을 접대하거나 연회를 베풀었던 곳이었다. 신라가 패망하고 조선 시대 때 폐허가 된 이곳에 기러기와 오리가 날아들어 안압지라고 부르게 되었다고 전해지는 이곳의 정식 명칭은 신라 동궁과 월지로 사적 제18호로 지정되어 있다.

 둘은 느린 걸음으로 천천히 걸어서 궁내를 한 바퀴 돌면서 선배는 봄꽃 사진을 찍고, 나는 구석구석을 돌아다니며 신라인의 체취를 더듬으며 화려했던 그 시절을 떠올렸다. 안압지 주변 곳곳에 심어진 벚나무에는 꽃이 아직 피지 않았고 모과나무는 가지 사이마다 파릇파릇한 연한 새순들이 돋아나고 있었다.

초록의 잎을 달지 않고 곧바로 꽃이 되는 벚나무와 초록의 잎을 오랫동안 달다가 나중에 힘들게 꽃을 피우는 배꽃처럼 인간의 삶도 이와 다르지 않다는 생각이 들었다. 월지(月池)에는 자라들이 바위에 올라 한가하게 봄볕을 쬐고, 잉어들은 물 위로 솟았다가 다시 곤두박질치며 오후의 햇살에 은비늘을 자랑하고 있었다.

평일인데도 외국인과 대학생들이 유적답사를 많이 와서 조금은 북적거리고, 소란스럽기는 했지만 그런 모습이 왠지 좋아보였다. 담 한쪽 구석에는 수선화 몇 송이가 부끄러운 듯 고개를 숙이고 곱게 피어 있었고, 선배는 수선화의 청초함을 여러 각도에서 앵글에 담았다. 수선화 곁에 활짝 핀 매화에는 벌들이 붕붕거리며 떼를 지어 날아들었다.

안압지 군데군데 심어진 대숲에 들어가 댓잎에 이는 바람소리도 듣고, 벤치에 앉아 못(池) 한 가운데서 춘풍에 흔들리는 수양버들과 소나무, 한가롭게 떠있는 청둥오리의 모습을 가만히 지켜보다가 안압지를 빠져나왔다. 선배의 차를 타고 오는데 맛있게 먹은 점심 탓인지 춘곤증 때문인지 몸이 나른한 게 몹시 졸렸다.

자동차가 생긴 후 포항과 경주 간의 인위적 거리는 차이를 거의 느끼지 못하고 살지만, 꽃이 피고 지는 자연적 거리는 차이가 많이 있는 것 같다. 포항의 벚꽃은 경주보다 늘 열흘 이상 빨리 피는데 비해 경주는 비슷한 시기에 겨우 꽃망울이 맺히는 것만 보아도 알 수 있다.

포항에 도착하자 선배와 곧장 헤어져서 천천히 걸었다. 느릿느릿 이동(梨洞)으로 오는데 주택가 담장의 개나리들은 살랑대는 바람결에 몸을 맡기고 흔들리고 있었다. 장방산 터널 고가교 108계단을 천천히 오르면서 고가교 아래에 있는 옥천사 경내에 심어진 향나무와 군데군데 소담스럽게 핀 봄꽃들을 내려다보며, 푸른 하늘에 천천히 떠가는 몇 점의 구름도 고개 들어 바라보았다.

우연의 일치이긴 하겠지만 고가교 계단의 숫자가 복잡한 삶의 백팔번뇌도 함께 생각해 보라는 것 같아서 한 계단씩 오를 때마다 삶에 대한 번뇌를 생각하며 걸었다.

아름다운 계절이다. 어디서 부는 바람이 내 마음을 좇아 이곳까지 왔을까? 눈부신 햇살, 만물이 소생하는 약동의 계절. 이 찬란한 봄을 얼마나 더 볼 수 있을까. 언덕을 오르면서 아파트 담장에 피어있는 순백한 목련과 처절하게 바닥으로 투신하는 붉은 동백, 천공을 떠받치며 담 사이를 뚫고 조금씩 올라오는 민들레를 보면서 지나간 봄들을 떠올려 본다.

내 인생에서 봄날같이 아름답고, 흥분되었던 날들이 얼마나 있었던가. '빈

손으로 와서 한 번 뿐인 인생을 살다가 가는 것. 언젠가는 육신마자 훌훌 벗어버리고 자연으로 돌아갈 것을, 자잘한 삶에 연연한 필요가 있겠는가?' 하는 생각이 들었다. 내가 가진 모든 것을 소진시키고 가야 미련이 남지 않을 것이다.

문득 주어진 한 생각에 매순간을 감사하며 즐겁게 미련 없이 삶을 즐겨야한다는 것을 새삼 깨닫는다. 살다보면 개 같은 일도 생길 것이지만, 한 번 뿐인 인생이니까 행복해야 한다. 느릿느릿한 일상 어딘가에 행복은 숨어있다. 그 행복을 찾는 것은 각자의 몫일 것이다. 50만 인구가 조금 넘는 이 조그만 항구도시 어디에선가 숨어있을 사소한 일상에서의 행복 찾기는 내가 이곳을 떠나지 않는 한 계속될 것이 아니겠는가.

봄밤, 옛 친구를 만나다

　오랫동안 만나지 못했던 친구에게서 전화가 왔다. 어떻게 지내느냐며, 얼굴 한 번 보고 싶다는 친구의 말에 늦은 저녁을 먹던 나는 서둘러 수저를 놓고 친구를 만나러 갔다. 약속 장소에서 친구는 나를 기다리다 혼자서 소주 한 병을 먼저 비우고 있었고, 일 년 만에 본 그의 얼굴은 지난해에 볼 때보다 심하게 부어 있었다. 심근경색과 당뇨병을 앓고 있었기에 친구를 보는 순간 직감적으로 건강이 많이 나빠졌구나, 하는 생각을 했다.

　두부 김치에 소주 한 병을 시켜 놓고 나서 친구는 어릴 적에 함께 놀던 이야기를 하면서, 나에게 너는 아버님이 그립지 않느냐는 질문을 던지면서, 병환으로 돌아가신 당신의 아버님이 많이 보고 싶다고 했다. 그러면서 사람 사는 것 별거 있느냐며, 어릴 때의 그때 묻지 않은 순수함을 지키며, 바쁘더라도 가끔씩 얼굴 좀 보면서 살자면서 연거푸 술을 몇 잔 들이켰다.

　금방 소주 한 병이 비워지고 또 한 병을 시키자, 친구는 사십 년 전의 어린 시절을 회상하면서 지금 쯤 산에 올라 참꽃을 따서 먹고, 야산 무덤가에서 고사리를 꺾었던 그때를 그리워했다. 무던히도 부모님 속을 많이 썩였던 말썽쟁이 친구라서 그런지 부모님에 대한 그리움이 유독 크게 느껴지는 것 같았다.

내가 태어나 유년 시절을 보낸 마을은 삼면이 산으로 병풍처럼 둘러싸인 오목한 골짜기로 민가라고는 겨우 십여 호 정도밖에 되지 않았다. 조그만 동네에서 며칠 간격으로 나란히 태어난 나의 고추 친구는 모두 세 명이었는데, 한 친구는 이십대에 사고로 먼저 세상을 떠났고, 남은 친구라고는 유일한 친구이다 보니, 만나면 저절로 동심으로 돌아가서, 자연히 그 시절의 이야기로 꽃을 피우다가는 아쉬움을 뒤로하고 헤어지게 된다.

나는 중학시절에 있었던 일 하나를 지금도 가슴 속에 묻어두고, 친구에게 직접 물어보지 못한 비밀이 있다. 중학교 2학년 때인지, 3학년 때였는지 정확한 기억은 아니지만, 하루는 친구의 어머니께서 우리 집에 오셨다. 그러더니 나를 좀 보자면서 밖으로 불러내셨다.

사연인즉 친구가 새 교과서를 구입했는데, 그날 그만 잃어 버렸다며 혹시 나보고 가져가지 않았느냐는 것이었다. 만일 바른대로 말하지 않으면 '고양이 양밥'을 하겠다고 하시면서 만일 가져갔다면 손이 오그라드는 큰 화를 입을 것이라고 으름장을 놓으셨다. 그런 일이 없다며 나는 사실대로 이야기 했지만, 그 이야기를 들은 나는 어린 마음에 한동안 가슴을 졸였다. 그리고 그 순간을 지금도 잊지 못하고 있다. 당시에 나는 학교에서 모범생이었고, 그런 일을 내가 했을 거라고 추측해서 나에게 그렇게 한 행동은 상상하기조차 하기 힘든 일이었다.

황당한 일을 겪었던 그때의 지난 일을 친구를 만날 때마다 물어 보려고 했지만 아직까지 꺼내지 못했다. 아마 내 추측이 정확하다면 친구는 부모님께 새 교과서 값을 받아 딴 곳에 써 버리고, 잃어버렸다는 말로 둘러대지 않았을까, 하는 생각을 한다.

친구는 그때의 일을 까마득하게 잊고 기억하지 못할 수도 있을 것이다. 하지만 나는 그때의 일이 평생 동안 잊히지 않는 것을 보면, 나에게는 적잖은 충격이 아니었는가 싶다.

술이 다 비워져갈 즈음 친구의 아내한테서 전화가 왔다. 아마 빨리 들어오라는 것 같았다. 친구도 술이 취한 것 같았고, 나도 못 마시는 술을 친구 따라 몇 잔 마셨더니 얼큰히 취기가 올랐다. 친구는 헤어지면서 어릴 때 그 마음 변치 말자며 손을 흔들며 나의 시야에서 금방 사라졌다.

나는 택시를 잡아타고 형산강 둑으로 향했다. 둑 양쪽으로 늘어선 유채꽃들이 달빛을 받아 몹시 아름다웠다. 둑에 앉아 시원한 강바람을 쐬며, 찰랑대는 강물에 몸을 섞는 은은한 달빛을 보며 그렇게 한동안 앉아 있었다.

마주 보이는 강 건너의 거대한 공장의 웅얼거림과 불빛은 또 얼마나 장엄한지. 시간가는 줄 모르고 있다가 집에 오니 자정이 다 되었다. 술은 이미 깨었지만, 덜 나은 감기 때문에 몹시 몸이 나른했다. 씻지도 않은 채 자리에 누워 친구와 나눴던 어린 시절의 이야기를 가만히 생각해 보며 눈을 감았다. 따스한 봄 날씨가 친구에게 나를 부르도록 유혹했는지도 모를 일이다. 봄밤에 핀 유채꽃에 홀려서인지, 옛 친구를 만나서 좋았는지 모르지만 왠지 느낌이 좋았던 하루였다.

그해 여름

군복무를 막 끝내고 지방행정관서인 동사무소에서 근무할 때의 일이다. 내가 맡은 업무는 사회복지 업무였다. 80년대 중반인 그때는 요즘과 같이 사회복지사가 없을 때였기에 행정공무원인 내가 동(洞)의 생활보호대상자 생계 지원 및 긴급구호 업무를 맡았다.

관내의 어려운 사람을 찾아 상급 관청에 보고하여 생계에 도움을 주고, 매년 책정된 생활보호대상자의 생계나 신변에 문제가 생기면 재빨리 상급 관청과 협의하여 해결하는 것이 주된 일이었다. 매달 지급되는 구호미와 연료비, 부식비 등을 나눠주고 저소득층 영세민에게는 취로사업을 통하여 생계를 돕는 일에 눈코 뜰 새 없이 바빴다.

그러던 유월 어느 날, 점심을 먹고 나서 에어컨도 없는 사무실에서 땀을 뻘뻘 흘리면서 보고서를 작성하고 있는데 통장님한테서 한 통의 전화가 걸려왔다. 그 전화의 내용은 대충 이러했다.

여인숙에 월세를 들어 살고 있는 젊은 부부가 아기를 낳으려고 하고 있다. 돈이 없어서 병원에도 못 가고 지금 여인숙에서 출산 중인데 생명이 위험하니까 빨리 나와 보라는 것이었다. 동사무소의 총 책임자인 동장님께 상황을 보고 드리고, 자전거를 타고 부랴부랴 그 집에 들어서니, 동네 여자들이 여럿 모여서 방 안에서 뒹구는 젊은 아낙의 고함소리만 들으며 발만 동동 구르고 있었다.

여인숙 주인 아주머니의 얘기로는 산모에게서 양수물이 나온 지가 벌써 며칠이 되었기에 아기를 낳다가 생명이 위태로울지도 모른다는 것이었다.

군복무를 마치고 나온 지 얼마 되지도 않은 까까머리 총각인 내가 방 안에서 신음하는 산모의 방에 들어갈 수도 없어 순간적으로 난감했다. 나는 구경만 하고 있는 여인숙 주인 아주머니께 양동이에다 가위를 넣고 빨리 물을 끓이라는 주문을 해놓고, 아기와 산모의 생명 위험에 대비하여 가까운 의료원에 전화를 넣어 앰뷸런스를 대기 해달라고 부탁을 했다.

방 안에서는 산모의 고함이 대문 밖에까지 들려오고, 방 안에 들어가서 아기를 받아낼 사람은 없고, 순간적으로 나는 몹시 당황했다. 밖에서 발만 구르고 있는 아주머니들을 설득해서 제발 도와달라고 사정을 했지만, 아무도 아기를 받아본 적이 없다며 한사코 방 안에 들어가기를 거부했다.

게다가 산모는 먹을 것이 없어서 일주일 가까이 굶었다는 것이었다. 앰

뷸런스는 오지 않고, 아기를 받아낼 사람은 없고, 방 안에서 산모는 살려 달라고 계속해서 고함은 지르는데 그때의 다급한 내 심정은 이루 말할 수가 없었다.

죽느냐, 사느냐의 귀로에 선 산모를 생각하니 내가 직접 방에 들어가서 아기를 받아내고 싶은 심정이었다. 당황한 나는 무조건 도로로 뛰어나왔다. 그때 마침 볼 일을 보러 가던 할머니 한 분이 내 시야에 들어왔다. 순간적으로 '이제는 됐구나' 하는 생각에 나는 한 마디 말도 없이 다짜고짜 할머니를 덥석 업고서는 여인숙으로 냅다 달렸다.

영문도 모른 채 내 등에 업힌 할머니는 왜 그러느냐고 자꾸 물었지만, 한 마디 대꾸도 없이 달려와서는 산모의 방에다 할머니를 밀어 넣다시피 하고 나서는 '휴우' 하고 한숨을 내 쉬었다. 그리고는 준비해 두었던 가위와 수건을 방 안에 넣어 주었다. 산모의 악쓰는 소리가 또다시 몇 차례 들린 후 드디어 아기 우는 소리가 문밖으로 우렁차게 새어 나왔다.

여인숙 마당에서 조마조마하게 기다리고 있던 동네 아주머니들은 일제히 환호성을 질렀다. 조금 있으니, 할머니께서 방에서 나오셔서 산모도 건강하고 아기도 고추를 달았다고 말했다. 나는 할머니께 고맙다는 인사를 수도 없이 하고 나서는, 나중에 사례를 하겠다는 약속만 하고는 택시를 태워 보내 드렸다.

동사무소에 전화를 해서 무사히 출산했다는 말을 전하고 나서는 여직원들에게 산모에게 먹일 미역과 쇠고기를 사 놓으라고 부탁을 해놓고, 동네 사람들을 모두 돌려보냈다. 그리고 사무실에 들어와서는 시청에다 응급구호 신청 서류를 만들어서 직접 가서 접수를 했다. 저녁 무렵 시청에서 구호미가 도착하자, 미역과 쇠고기를 가지고 산모에게 전달했다. 그 후에도 관내의 독지가들에게 전화로 전후 사정을 애기하고 도움을 받아 성금과 성품을 전달해 주고 그럭저럭 그 일은 잘 마무리 되었다.

나중에 산모에 대한 이야기를 이웃 사람들에게 들어본 결과, 산모는 정식 결혼을 하지 않고 사는 동거 부부였다. 남편 되는 사람의 나이가 스무 살도 채 안 되었고 산모는 남자보다는 몇 살이 위였다. 둘은 그동안 제과 공장에 다니다가 눈이 맞아 동거 생활을 시작했다고 한다.

그러다가 갑자기 제과공장이 휴업을 하는 바람에 둘 다 직장을 잃고, 실직을 한 지가 몇 달이 되었는데 여인숙의 방 값도 몇 달 치나 미루고 있었다. 나중에 아기 아빠를 찾아서 만나보니, 철없는 남편은 자신의 행동이 부끄러워서 숨어 있었다고 했다. 나는 그 소리를 듣고 어이가 없었지만, 산모를 잘 돌보라는 애기만 해주고 용기를 잃지 말라는 격려의 말만 해주었다. 여인숙 주인 아주머니를 비롯한 동네 아주머니들은 총각인 나를 보고 아기 아빠나 마찬가지라며 고맙다는 인사를 수차례 했다. 그때는 그 칭찬을 듣기가 매우 쑥스러웠다.

그러고나서 일주일쯤 지나 독지가로부터 들어온 구호품과 성금을 한 번 더 산모에게 전달해 주고, 아기 잘 키우라는 말과 건강 하라는 말만 남겨 주고는 일상으로 돌아왔다. 그런 일이 있은 후 두어 달 정도가 지난 어느 날이었다. 산모와 아기의 아빠가 사무실로 찾아왔다.

남편의 고향인 강원도의 시댁에서도 이 사실을 알게 되어, 시댁으로 들어가게 되었다면서 그동안의 고마움을 잊지 못해 인사나 드리고 가려고 들렀다는 것이다. 산모에게 득남을 축하한다는 말과 함께 아기 잘 키우라는 말을 전하며 동장님, 사무장님, 직원 모두가 행복하게 살라는 덕담을 한 마디씩 건넸다. 그리고 직원들은 즉석에서 호주머니를 조금씩 헐어 아기 옷이나 한 벌 사는데 보태라며 약간의 격려금을 전달했다. 아기 엄마와 아빠는 눈시울을 붉히며 고맙다는 말을 남기고 총총히 떠났다.

세월이 흘러 지금은 얼굴도 생각나지 않는 젊은 부부의 그때 낳은 아기가 정상적으로 성장했다면 벌써 20대 중반의 건장한 청년이 되어 있을 것이다. 햇병아리 공무원 시절. 그 해 여름은 유난히 더웠다. 지금도 그때의 일을 생각하면 아찔한 생각이 들면서도 한편으로는 일선 공무원으로서의 맡은 소임에 최선을 다한 것에 대한 자부심도 든다. 괴테는 일찍이 '즐거이 일하고 행한 일에 기뻐하는 자는 행복한 사람이다'라고 말했다.

어느 곳에서나 자기가 맡은 일에 최선을 다하는 모습은 참 아름답다. 살아가면서 우리에게 중요한 것은 노력하는 행위이지 명성이 아니다. 시간이 지나면 세상의 모든 것이 변한다. 사람도 마찬가지다. 유난히 더웠던 그 해 여름날에 아기를 낳았던 젊은 동거 부부도 결혼식을 올리고 이제는 사십대 중반은 되었을 것이다.

지금은 어떻게 살고 있는 지, 아이는 어떻게 컸는지 문득 궁금해진다. 이런 쓸데없는 생각을 새삼스레 하게 되는 것도 세월이 나에게 가져다 준 선물일까.

어느 휴일 오후의 상념

　나는 가끔 골치 아픈 일이 있거나 생활에 권태로움을 느낄 때에는 버스를 타고 일정한 목적지도 없이 무작정 산이나 바다로 떠나곤 한다.

　두호동 바닷가나 구룡포, 칠포, 대보, 호미곶 등을 찾기도 하고 때로는 시내에서 가까운 부학산, 수도산, 탑산이나 버스 노선이 비교적 가까운 내연산 보경사를 찾기도 한다.

　바다를 찾게 될 때에는 주로 내 마음이 울적해질 때이다. 바다를 찾으면 바다의 넓고 깊은 신비함에 의해 내 마음이 동화되어버리기 때문이다. 그래서 무한정 포용해주는 바다를 찾는다.

　그러나 산을 찾을 때에는 울적한 마음일 때보다 뭔가 나를 꽉 조이고 있다는 답답함을 느낄 때나 너무 위로만 쳐다보고 살아가는 현대인들 모습에서 탈피하고픈 충동을 느낄 때 무작정 산을 찾게 된다. 보통 산을 찾는 사람은 산이 좋아 산을 찾는 사람도 있고 산이 거기에 있기 때문에 찾는다고 말하는 사람도 있다.

　일부 사람들 중에는 도시의 공해 속에서 빠져나와 신선한 공기를 마시며 자연과 호흡하기 위해서 찾는 사람도 더러는 있으며 또 일부의 사람들은 산의 정상을 정복하여 자신이 살아 호흡하고 있음을 확인하고 평소에 억눌렸던 감정을 산에다 놓아두고 가기 위해 찾는다.

　'직장에 나가면 말단 사원이지만 산에 오면 자신이 왕이다'라는 말이 실감나게 메아리를 울리며 외쳐대는 사람도 있다. 흔히 도시 생활에서 위로만 쳐다보며 생활하는 현대인들, 산에 와서도 역시 변함이 없다는 것을 느낀다. 흔히 등산을 한다고 한다. '오를 등, 뫼 산' 산을 오르는 것을 등산이라고들 한다. 산을 찾는 사람들은 차에서 내려서는 순간부터 바쁘게 산의 정상을 향하여 오른다. 달리기도 하고 빠른 걸음으로 걸어올라 가기도 한다. 그러나 나 같은 사람은 등산이라기보다는 사산 한다고나 할까? 생각하면서 서서히 산을 오른다.

　오솔길의 길모양도 구경하고 길 옆 들국화나 작은 풀잎도 구경하며 계곡 아래로 흐르는 물소리도 들으면서 평지거나 가파른 길이나 높고 낮은 길 할 것 없이 모두 골고루 시간을 할애하여 자연과 대화를 하면서 걷는다.

　어떤 때에는 이름 모를 새가 다가와서 나에게 인사도 하고, 처음 들어보는 아름다운 노래도 들려준다. 때로는 다람쥐나 산노루와의 만남도 갖는다. 이렇게 산에 빠져들면 내 자신과 산은 한마음이 되어 버린다. 무혼아심이라고나 할까, 무념무상의 경지에 빠져든다고나 할까? 그렇게 걷다보면 정상에 도달하지 못하고 항시 산중턱에서 내려오는 경우가 많지만 그래도 내 마음은 산꼭대기를 정복한 사람만이 느낄 수 있는 기분, 희열 같은 것 못지않게 많은 것을 배우고 느끼며 흠뻑 젖어 취해 내려온다.

오늘의 현대인들 너무 위로만 쳐다보며 살지 말고 주위도 살펴가며 아래도 내려다보면서 살아가면 어떨지. 스트레스 해소를 위한 등산보다 자연과 일체감을 느껴 흠뻑 취해볼 사산을 하면 어떨까? 오늘을 살아가는 현대인들에게 좋은 위안이 되지 않을까?

나는 언젠가 산을 오르다가 큰 소나무 아래에서 낮잠을 잔 적이 있다. 꿈속에서 뭔가 나를 꽉 조이고 있다는 통증을 느꼈다. 신체의 어떤 부분 어디를 조이고 있는지는 확실히 느낄 수는 없었지만, 아마 왼쪽 팔목이 아니었는가 싶다.

언제부턴가 나는 내 손목에 차고 있는 시계가 나의 손목을 잘라버리려고 하는 것과 같은 기분, 손목의 졸림도 예외가 아닌 그런 기분이었다. 시계를 차고 다니는 지구 위의 모든 사람들은 언젠가는 손목이 다 잘려 나갈 것이라는 막연한 추측을 잠이 깨고 난 지금도 가끔 하곤 한다. 죄를 짓고 위로만 쳐다보며 살아가는 모든 인간들의 손목을 언제부턴가 잘라버리고 싶었던 내심의 충동 때문이었으리라. 왼쪽 손이 잘린 그런 사람들이 이 지구상의 대종을 이룰 것이 틀림없겠지만 자신이 죄를 짓고 있다는 사실만은 알 것이다.

시간은 항상 그 자리인데 스물네 시간 원 속에서 생활하는 모든 인간들은 시간의 조임 속에서 변화를 꿈꾸며 살아가고 있다.

시간을 알고 난 후의 인간은 더욱더 인간다운 생활을 상실한 비참한 생활이 시작되지 않았을까? 짧은 인생의 시한을 알고부터 사악함이 더욱더 날뛰지 않고 있나 싶다.

산을 찾아 사산한 후 귀갓길에 조용히 내 자신을 돌이켜 볼 때 매일 반복되는 생활 속에서 항시 어리고 어림을 깨닫게 된다. 한 송이의 아름다운 꽃을 피우기 위해 산 속에 살고 있는 이름 모를 풀꽃은 누가 쳐다보든 않든 아랑곳없이 단 한 번의 꽃을 피우기 위해 모진 바람이나 폭우를 맞아도 쓰러지지 않고 견디어 낸다.

다가오는 고통과 고난을 오히려 자신에게 돌아오는 당연한 것인 양하고. 비를 맞을 때는 영롱한 원초의 물방울을 만들어 내며, 눈이 쏟아질 때는 또 다른 아름다운 백설꽃을 만들며 새벽이슬을 잉태한다.

주어진 생명력의 귀중함을 느끼며 고통과 고난을 영광의 환희로 만들어 가면서 다소곳하게 자신을 지킨다. 또한 도시 생활에 지쳐 피로한 현대인들에게 자연의 신비함과 형상의 아름다움과 인내하는 법을 깨닫게 해주며, 진정한 삶이 무엇이며 어떻게 살아야 올바르게 살아갈 수 있는가의 진정한 삶의 가치를 일깨워 준다. 일 년이란 짧은 수명 속에서 단 한 번의 꽃을 피우기 위해 매일 삼라만상의 자연과 호흡하며 산과 대화하며 자신의 위치를 지킨다.

'산다는 것은 참고 견디는 것이다'라고 누군가가 말했지만 단지 참고 견디는 것만으로서 산다고는 할 수 없을 것이다. 참고 견디는 가운데에서 진한 아름다움을 그때그때 상황에 따라 꽃을 피울 줄 알아야 하지 않을까?

물질 만능 속에서 입신양명을 위해 위만 쳐다보며 바쁘게 생활하는 현대인들. 산을 찾는 기회가 있으면 흐르는 계곡의 물이나 이름 없는 풀 한 포기, 꽃 한 송이, 나무 한 그루와도 대화하며 여유 있게 사산을 해보면 어떨지. 이런저런 생각을 하다 보니 벌써 휴일의 늦은 오후 해가 점차로 빛을 잃는다.

경주 하늘 아래서

작년 이맘 때 친구 따라 늦은 밤, 천 년 신라의 숨결이 살아 숨 쉬는 고도 경주에 간 적이 있었다. 친구는 경주 동촌동에 있는 술집에서 손님을 만나 한 잔 하면서 정담을 나누고, 함께 동석해 있던 나는 한 잔 술에 취기가 올라 슬그머니 그곳을 빠져나와 시내를 배회하던 중 도시 중심가에 있는 이름 모를 초가 감나무 아래 평상에 누워, 밤하늘에 떠있는 흰 조각구름들을 바라보았다.

구름들 사이로 간간히 빛나는 별들을 하나, 둘 세다가 나중에는 별자리를 찾다보니 생각은 어느새 꼬리를 물고 퍼져나가 가족, 친구, 돌아가신 아버님 생각으로 파문이 번지면서 정신이 별처럼 초롱초롱해졌다.

비스듬히 누워서 바라본 여름 밤하늘. 경주 하늘의 조각구름들은 바람이 부는 쪽으로 흩어졌다 모이고, 모였다가는 흩어지고 있었다. 문득 파도처럼 밀려오다가 썰물처럼 빠져나가는 일상의 삶이 몇 조각구름 속에 모두 담겨있다는 느낌을 받았다.

그렇게 밤새도록 밤하늘의 별과 조각구름들을 헤아리고 바라보다가 이따금씩 온몸을 훑고 지나가는 철없는 여름 바람 한줌에 싸한 전율과 한기를 느끼기도 하면서 홀로 많은 생각을 했다.

오늘이 가면 두 번 다시 지금 이 시간의 하늘은 없다. 그런 이유에서라도 지난 시간보다 현재를 좀 더 사랑해야 한다는 생각을 매순간 하면서도 산다는 것에 대한 대답 없는 질문을 밤새 나에게 던졌다.

산다는 것은 옷깃을 스치고 지나가는 철없는 바람 한 줌에도 일비일희(一悲一喜) 하는 것. 순간의 연속이 끊어지면 하늘은 천상의 마차로 은하수 건너 저 화려한 별 밭으로 데려가는 것. 아쉬운 순간들, 소중한 순간들, 이런 순간들을 과거의 아쉬움으로 남겨두고 떠나야 한다는 것. 삶의 희망은 늘 미래에 있지만 그 결과는 언제나 미련을 남기고 떠날 수밖에 없다.

별이 떨어지는 곳, 그곳에 죽음은 있다. 사람의 정에는 늘 허기가 지고 죽음은 너무 가까이에 있다. 산다는 것이 죽는다는 것보다 더 어렵다는 것을 터득한 자는 죽을만한 가치가 있는 인간이지만 그렇지 못하는 인간이 많다.

때가 되면 존재하는 것은 그 무엇이든 어디론가 가야 한다. 아쉽기만 한 시간들이지만 잡아놓을 수 없는 것이 세월의 수레바퀴다.

불국(佛國)의 서기(瑞氣)가 곳곳에 뻗쳐있는 경주 하늘, 예나 지금이나 그 하늘은 변함이 없다. 다만 인간의 삶이 변했을 뿐이다.

고인들이 바라보던 천 년 전의 별자리를 지금도 내가 그대로 바라보고 있고, 천 년 전의 바람, 별빛들, 구름들도 여전히 그대로인데 바뀐 것은 세상인심, 삶의 형태, 인간의 끝없는 욕망뿐이었다.

초가 감나무 아래 누워 나에게 던지는 삶에 대한 물음이 시들해질 때쯤 구름도 사라지고 별도 점차 사라지고, 높던 하늘도 서서히 낮아지고 밝음의 기운이 서려왔다. 하루의 삶을 새롭게 시작해야 하는 시간이 온 것이다. 익숙한 곳에서 벗어나 낯선 곳에서 혼자만이 밤하늘을 쳐다보며 뜬 눈으로 보냈지만 그날의 영혼은 그 어느 날보다 더 투명했다.

어제보다 사랑하자, 조금 더 오늘의 세상을. 자기 자신이 누구인지를 가르쳐 주는 가끔의 일탈을 통해 고독을 느끼기도 하면서. 산다는 것은 가끔씩은 자기가 사는 곳에서 잠시 벗어나 혼자가 되어보는 것, 그 느낌만으로도 충분히 이방인이 되어 자신을 되돌아 볼 수 있다.

내 영혼을 충만토록 해준 아름다운 경주의 밤하늘이여, 무더위 속에서 주먹처럼 굵어지는 석류의 튼실한 열매처럼, 내 삶의 결실도 풍성해질 수 있도록 믿고 기다리게 하여 아름다운 생명을 잉태할 수 있도록, 그리하여 저 푸른 하늘을 향해 날아오를 수 있도록 벼랑 끝에서 누군가 나를 밀어주기를. 아울러 나도 그 누군가를 벼랑 끝에서 힘껏 밀어줄 수 있기를.

경주의 지난 여름밤은 이미 갔지만 삶의 하루는 늘 반복된다. 하루는 각자의 열정이 발현되는 시간이다. 일상이 힘들고 짜증나고 정말 죽고 싶도록 고통스럽더라도 얼마 되지 않은 각자의 생을 되돌아보며, 지난 삶을 반성하자. 그리고 오늘부터라도 멋진 삶을 살자. 한 번 뿐인 인생을. 한 번 뿐인 인생, 정말 모두 행복하자.

사회초년생의 길

   살다보면 때가 온다. 나는 그것을 운명이라고 생각한다. 누구도 그
   것을 피할 수 없다.

   이 말은 영화로 우리에게 많이 알려진 영국작가 마그리트 뒤라스의 작품
집『고독한 글쓰기』에 나오는 말이다. 글의 서두에 이런 말을 쓴 것은 내가
공직생활을 시작하게 된 것과 그만두고 다른 일을 하게 된 것도 뒤라스의
말처럼 피할 수 없는 운명이라고 생각했기 때문이다.

   70년대 후반 새마을 운동과 녹색혁명의 구호가 온 산천에 메아리치고
있을 때 나는 스무 살의 앳된 나이에 지방공무원으로서 공직과 첫 인연을
맺었다. 그리고 사무관에 임용됨과 동시에 명예퇴직했다. 명예퇴직이 생
긴 덕분에 사무관의 기회를 준 것도 어찌 보면 가문의 영예라고 할 수 있
었다. 다행히도 내 가까운 친척 중에는 아직까지 공직생활을 한 사람이 없
기 때문일 것이다.

누가 세월을 흐르는 물과 갔다고 했는지 몰라도 내 젊음을 송두리째 흘려보내 버린 공직생활이었다. 그것도 일선 행정기관의 말단이라 불리는 동사무소, 구청, 시청에서 국가에는 충성을, 주민에게는 끊임없는 봉사와 희생으로 보낸 보람과 인고의 세월이었다. 주민에 대한 봉사와 국가에 대한 충성으로 강산이 두 번도 더 바뀐 세월동안 어느덧 불혹의 나이가 되어 지나온 삶을 되돌아보았을 때 나는 무거운 둔기로 뒤통수를 한 대 맞은 것 같았다.

공직자로서 오랜 세월동안 수많은 사람들을 만나서 고충을 들어주고 어려움을 같이 하며 최대한의 봉사를 했지만 정작 내 삶이 힘들 때 손 내밀면 언제나 달려와 두 손 살며시 잡아줄 그런 사람 하나 만나지 못하고 보낸 나 자신을 발견했기 때문이었다.

나보다 앞서 공직을 그만 둔 많은 선배공무원들도 나와 같은 생각을 하지는 않았을까? 내가 사회초년생으로서 선택한 공직생활을 도중에 그만두고, 두 번째로 다른 일을 시작한 것도 역시 운명이라고 생각한다.

시기적으로 어렵고, 구조조정으로 어떤 이유로든 동료를 떠나보내야 하는 입장에서 좀 더 공직에 남아 있으라는 선·후배 공무원들의 애정 어린 조언과 걱정이 있었지만 과감하게 이를 떨쳐버리고, 정형화된 틀 속에서 벗어나 공직자로서 이룰 수 없는 자유, 노후의 생활안정, 정년이 없는 직업, 하고 싶은 일을 하면서 자신의 의지대로 평생 살아갈 수 있는 일을 위해 나는 스스로 선택했다.

하지만 여전히 나는 사회초년생의 길을 다시 가야 하는 힘든 여정을 새롭게 적응하면서 발 빠르게 걸어가고 있다. 빨리 걸어야만 내가 선택한 두 번째 목표를 빠른 시일 안에 성취할 수 있기 때문이다.

이른 아침 눈을 뜨면 두 아들과 아내의 잠든 모습을 지켜보면서, '너희들만 곁에 있다면 세상의 모든 짐을 지워 주어도 거뜬히 일어나서 걸어갈 수 있을 거야.' 이렇게 마음속으로 다짐하면서 오늘도 내가 직접 마련한 일터로 힘차게 나가고 있다.

나 자신도 궁금하다

간밤, 초등학교 때부터 절친하게 지냈던 친구와 여러 곳을 주유하면서 술을 마시고 귀가했다.

적은 주량이지만 친구가 좋아 늦은 시간까지 함께 하다 보면 다음날이 되어서 꼭 후회를 하게 된다. 도서관에서 빌려 놓은 읽지 않은 책은 반납할 시간이 되어가고, 몸은 늘어져 아무 것도 하기 싫어져서 이래저래 손해라는 생각이 들어서다. 친구와 같이 있었던 시간도 즐거웠지만 한편으로 책을 읽지 못한 데에 대한 후회가 슬그머니 든다.

작년까지만 해도 끊임없는 변화를 원했다. 하지만 해가 바뀌고 생활환경이 바뀌다보니, 변화보다 현실에 충실 하는 것이 더 나은 삶을 사는 방법이 아닐까 하는 생각을 갖게 된다.

글 쓰는 일을 직업으로 삼다보면 책을 읽는 것은 에너지를 충전시키는 일과 같다. 그렇게 충전시킨 에너지를 사용해서 글을 쓰면 가끔씩 글은 물과 닮았다는 생각이 들 때가 있다. 글은 담는 그릇에 따라 모양이 달라진다. 도공이 빚어내는 솜씨에 따라 다양한 도자기가 만들어지듯 글 쓰는 사람에 따라 다양한 글의 형태가 만들어진다.

신문의 글은 크게 네 가지로 발로 쓰는 글(정보 제공의 글), 머리로 쓰는 글(책상머리에 앉아 아는 것으로 만들어 쓰는 글), 가슴으로 쓰는 글(차가운 이성과 뜨거운 감성으로 쓰는 글), 폐부로 쓰는 글(온몸을 던져 글 속에 파묻어 버리는 글)이 있다.

내가 신문에 주로 쓰는 글은 사설과 칼럼으로 사설은 논지의 전개와 결론이 반드시 있어야 하는 글로써 사회 공공의 일을 써야 함으로 소재가 국한되어 있다. 하지만 칼럼은 소재가 참으로 다양한 글이다. 결론도 필요없고 글의 형식도 자유롭다.

그리고 기사를 쓰다보면 하루 중 시간을 나타내는 사소한 용어의 차이, 예를 들면 새벽, 오전, 낮, 오후, 저녁, 밤 등의 정확한 의미뿐 아니라 지난, 오는 등의 날짜가 지닌 의미까지도 이해해야 제대로 글을 쓸 수 있다.

글을 쓴다고 흉내를 낸 지가 꺾어진 환갑이 다 되어가는 데도 여전히 글쓸 때마다 낯설고 어렵게 느껴진다. 남들 보기에는 쉽게 쓴다고 생각지만, 한 편의 글을 쓰기까지는 나름대로 늘 머릿속에서 생각을 지니고 있어야 한다. 그래야 글을 쓰기 시작하면 순식간에 써내려 갈 수 있다.

개인적으로 14년 가까이 문학모임 활동을 중단했다. 유명한 작가도 아니고 절필이라고 말할 입장도 아니지만 살다보니 세월 따라 그렇게 되었다. 올해 들어서 우연히 다시 문학회에 참석하기로 약속을 해놓고 보니 새삼스럽게 느껴진다.

문학이 좋아 문학단체를 만들고 문인들을 만나면서 습작 원고로 겁도 없이 책으로 만들어 내놓던 시절이 지금 생각하니 많이 부끄럽고, 성급했다는 생각이 들기도 하지만 그 또한 현재가 있기까지 발전의 과정이었고, 내 삶의 흔적이라 생각하고 스스로 위로해 본다.

며칠 전에는 30여 년이 다 된 동인지 창간호를 찾아 읽어 보니, 문학에 열정적이었던 청년시절의 문우들이 생각나 잠을 제대로 이루지 못한 채 밤새 뒤척거렸다. 분주한 일상이었지만 자주 만나 밤샘을 하며 열기에 한창 들떠 있었던 그 시절을 떠올리며 문학이 무엇이기에 그때나 지금이나 사람의 마음을 이렇게 설레게 할 수 있을까 하는 의문을 가져 보았다.

내 청춘의 방황은 문학을 만남으로서 멈추었고, 문학을 통해 인생을 사는 길을 찾을 수 있었다. 80년대 중반, 같이 활동했던 동인들 중 몇 사람은 이미 고인이 되었고, 나머지는 소식마저 끊긴 채로 몇 차례의 강산이 바뀌었다. 모두 지난 일이지만, 한동안 문학을 한다고 만났던 문우들이 있었기에 내가 잠시라도 행복했고, 내가 있었기에 문우들도 잠시라도 행복하지 않았을까.

지천명의 세월 속에 집나간 탕자가 다시 집을 찾는 기분으로 문학모임에 참여하면서 두려움과 설렘이 심장을 뛰게 한다. 아직도 문학에 대한 열정이 식지 않아서일까, 나 자신도 궁금하다.

부활의 표상, 사랑의 십자가

짧은 인생이지만 살다보면 많은 고난과 고통이 따른다. 빚에 시달리거나, 불의의 사고, 사기, 이혼, 취업, 질병, 불신, 학업, 자식문제, 각종 갈등 등의 수많은 어려움으로 인해 고통을 겪게 되는 것이다. 하지만 실망하거나 절망을 느낄 필요는 없다.

모든 일에는 반드시 끝이 있기 때문이다. 인간에 대한 사랑을 직접 보여주기 위해 이 땅에 오신 예수 그리스도는 사형대까지 걸어가는 동안 십자가를 지고 세 번이나 넘어졌다가 다시 일어섰다. 두려움 앞에서도 하느님을 믿고, 인간의 죄를 모두 다 십자가에 얹어 짊어짐으로써 죽음과 고통의 허무로 여겨지던 십자가를 부활의 표상, 사랑의 십자가로 바꾸어 놓았다. 죄 많은 인간들이 십자가를 통하여 주님의 행복과 축복을 누릴 수 있는 영롱한 세상으로 만든 것이다.

사람도 누구나 자기만의 십자가가 있다. 하느님의 자식들인 인간도 각자에게 주어진 십자가를 지고 믿음으로 나아갈 때, 신의 은총과 함께 어려움이 해결될 것이다. 이는 그리스도인들뿐만 아니라 모든 사람들도 충분히 느낄 수 있는 소중한 선물이다.

우리의 삶에는 반드시 끝이 있다. 고통과 고난을 극복하는 데에는 다만 시간이 걸릴 뿐이다. 인생의 목적은 끊임없는 전진과 도전에 있다. 인생을 항해하는 배가 풍파를 만나지 않고 조용히 갈 수는 없다. 험한 풍파와 고난 속에서 인생의 기쁨이 있는 것이다. 긍정적으로 생각하면 삶의 고난과 고통은 차라리 자기에게 주어진 행복일 수도 있다. 행복이나 불행을 느낄 수 있는 것은 자기만의 생각이지 지금 처한 환경은 결코 아니다. 누구나 자신의 생각을 조종할 수 있다면 각자의 행복도 선택할 수 있는 것이다. 이는 마음가짐이 그만큼 중요하다는 것이 아닐까.

세계문학사에 빛나는 소설 『돈키호테』를 쓴 세르반테스는 가난해서 교육도 못 받았고, 24살 때 전쟁에 참가하여 왼쪽 팔에 부상을 입어 불구가 되었다. 28살엔 적군의 포로가 되어 5년간이나 고생했으며, 그동안 네 번이나 탈주하다가 다 실패하고 보석금으로 겨우 풀려났다. 38살에 희곡을 썼으나 팔리지 않아 생활고로 세금 징수원이 되었지만, 영수증을 잘못 발행해 투옥되기까지 했다. 그런 그가 58살에 옥중에서 『돈키호테』를 썼다. 인생에서 실패밖에 없었지만 그 고통을 이겨내고 걸작을 쓴 것이다.

수형자들의 무덤이라고 불리던 섬으로 디아블의 제일 꼭대기에 위치한 벤치를 드레퓌스 벤치라고 한다. 무고한 드레퓌스가 사형선고를 받을 뒤임에도 홀로 앉아 새로 살아갈 희망과 용기를 다졌다. 그리고 보복과 복수가 아닌 진정한 나를 찾기 위한 탈출을 감행하였다. '인생을 낭비한 죄', '젊음을 방탕하게 흘려보낸 죄'를 속죄하고 다시 시작할 자유를 찾은 것이다.

초봄에 비가 오지 않아야 식물들이 뿌리를 깊게 내려 여름의 태풍을 잘 견딜 수 있듯이 힘든 고통이 있을수록 고통 후에 느끼는 평화는 달콤하다. 삶의 고통은 곧 지나가게 마련이다. 자기에게 주어진 십자가를 말없이 받아들이고, 묵묵히 나아갈 수 있을 때 고통 넘어 진정한 삶의 평화가 있을 것이다.

작은 것의 소중함

최근 주목을 받고 있는 E. F 슈마허의 책『작은 것이 아름답다』는 거대주의 맹신이 인간을 어떻게 파괴하는가를 충격적으로 전해주고 있다. 이는 현대의 경제와 삶이 대규모화되어 감으로써 비인간화, 반인간화 되어 갈수록 인간의 타락과 고독을 불러오기 때문인 것으로 이해할 수 있다.

소규모의 장점은 인간과 인간, 자연과 인간의 공존이 가능하다는 점이다. 프랑스인들은 타인에 대한 배려, 똘레랑스를 중시한다고 한다. 소형자동차가 인기가 있는 것도 그 때문이다.

산을 깎아 빌딩을 짓고 그 속에서 공기청정기를 틀어놓고 일을 하는 현대인들의 모습보다는, 작은 집에서 맑은 자연의 공기를 마시면서 양질(良質)의 음식과 소식(小食)으로 살아가는 모습이 인간의 실질적인 행복증진과 직결되는 것이다. 우리가 살아가는 데에는 많은 돈이 필요하지 않다. 특별한 경우가 아닌 이상, 의식주을 해결하고 약간의 여유가 있으면 생활하는 데 큰 지장이 없이 살아갈 수 있다.

경남 의령 성당에서 사제생활을 하시던 신부님이 계셨다. 그분은 장모님께서 가장 존경하시는 분이셨다. 장인어른이 지병으로 세상을 떠나신 후에는 당신 삶의 길이 보이지 않을 때마다 찾아뵙고 고언을 듣기도 하고, 위로를 받기도 하는 버팀목이기도 했다.

신혼 초 한여름에 아내와 나는 장모님과 함께 신부님을 뵈러 간 적이 있었다. 크고 잘 익은 수박 한 개 사서 들고 찾아뵌 신부님의 모습은 인심 좋은 동네 형님의 모습처럼 푸근하고 넉넉했다. 안경을 끼고 계셨지만 안경 너머에서 풍기는 따뜻한 눈빛을 나는 단번에 느낄 수가 있었다.

사제관에 들러서 인사를 드리고, 시원한 맥주 한잔을 함께 나누면서 이런저런 얘기를 나누다가 무심코 방바닥에 있는 빈 담뱃갑을 보았다. 그때 나는 아무 생각 없이 그 종이 담뱃갑을 구겨서 휴지통에 넣었다. 그런 내 행동을 지켜보시던 신부님께서는 휴지통에 있는 담뱃갑을 손수 꺼내어 보이시면서 '작은 것을 소중하게 여길 줄 모르는 사람은 나중에 큰일 할 수 없어' 하시고는 내가 구겨놓은 담뱃갑 종이를 찬찬히 펴시는 것이었다.

나는 '왜 저러실까' 하는 생각이 순간적으로 들었지만 신부님께 물어볼 수가 없었다. 나중에 장모님께 이유를 물어보고 나서는 나의 경솔한 행동이 너무 부끄러웠다. 신부님께서는 폐휴지 한 장도 그냥 버리지 않고 모두 모아 두셨다가 손수 묶어서 혼자 사시는 노인에게 갖다 주신다는 것이었다.

폐휴지를 모아 생계를 꾸려 나가시는 이웃 할아버지를 위해 작은 종이 한 장이라도 모아서 도와주시는 신부님의 행동에 저절로 고개가 숙여졌다. 그 뿐만 아니라 적은 액수이긴 하지만 매달 받는 급여도 생활이 어려운 학생들의 등록금으로 다 주신다고 했다. 그날 이후로 나도 작은 것의 소중함을 늘 생각하며 살아가고 있지만 여전히 실천하지 못하며 살아가고 있다. 일상의 작고 사소한 일을 통해 이웃의 많은 사람들에게 행복을 나눠 주시던 신부님이 생각날 때마다 지금도 그때의 일이 떠올라 얼굴이 화끈 거린다. 진정한 이웃은 돈이 많고 지위가 높은 사람이 아니라 어려울 때 아껴주고 도와줄 수 있는 사람임을 몸소 실천하시는 신부님. 그의 안부가 궁금해서 얼마 전 아내에게 슬쩍 물었더니, 창원에 있는 성당에서 사목을 하고 계시는데 건강이 나빠 고생을 하신다고 했다. 신부님을 뵌 지가 이십여 년이 다 되어 간다. 일상에 쫓겨 그동안 뵙지 못한 신부님의 건강이 하느님의 은총으로 하루 빨리 회복 되었으면 하는 마음 간절하다.

신부님, 제가 신부님을 위해서 기도할게요. 제 기도의 간절함이 큰 파동으로 쑥쑥 퍼져 나가 신부님이 계신 그곳에 닿아, 하루 빨리 건강 회복하시길 빕니다.

진정 그리운 것들

　홍매화가 활짝 피었던 삼월도 가고, 화려하게 뽐내던 사월의 벚꽃도 순식간에 졌다. 곧 아까시꽃이 온 산천에 피어날 것이다. 아까시꽃이든, 이팝꽃이든 꽃잎이 하얗게 흩날리는 꽃그늘 아래서의 기다림은 아름답다.

　친구를 기다리던지, 아니면 그 누군가를 기다렸던 옛 기억을 떠올려 보는 것은 황홀한 설렘이다. 기다리는 동안 한 생(生)이 모두 지나가버릴 것 같은 오월의 하루. 이런 생각을 하는 순간에도 꽃잎은 소리 없이 소멸하겠지. 꽃잎의 한계는 내가 꽃잎을 사랑하는 순간뿐이다.

　한계를 사랑해야 지난 삶을 이해할 수 있음을 지천명(知天命)이 지나서 이제는 안다. 인생에 대해, 지난 시간에 대해 더 이상 고개를 돌리고 있을 수 없다는 것도 안다. 그 꽃그늘 아래에서 얼마를 기다려야 많은 꽃들이 지고, 인생을 이해할 수 있을까? 그 대답은 오월의 비바람만이 알고 있을 것이다.

오월 초입부터 비가 내린다. 주룩주룩 쏟아지는 장대비에 아스팔트에도, 콘크리트 바닥에도 투명한 물꽃은 화려하게 피었다가 진다. 무슨 곡인지도 모르면서 감미로운 음성과 기타소리가 그저 좋아 팝송을 틀어놓고 음률에 따라 손이 움직이는 대로 컴퓨터의 자판을 두드려본다.

왠지 외롭다. 가슴이 텅 빈 것 같고 허전하다. 왠지 슬프다. 목 놓아 소리 내어 울고 싶어진다. 빗소리를 들으면서 가슴 저 깊숙한 곳에서 솟아나오는 소리를 받아 적는다.

조금 전부터 계속 울려대는 휴대전화에는 물건 사라, 잡지 받아보라, 돈 대출하라는 내 마음과 거리가 먼 일들이 나를 더욱 우울하게 한다. 아무리 생각해도 답답한 가슴 활짝 열어놓고 마음껏 주절거리는, 하소연을 부담 없이 들어줄만한 사람이 없다.

주룩주룩 내리는 오월의 비를 의미 없이 바라보면서도 차 한 잔 편하게 같이 마실 사람이 그립다는 생각이 든다. 비는 그리움이다. 애타게 기다릴 때 내리면 행복하지만, 기다리지 않을 때 내리면 불편하기 때문이다. 진정 그리움에 목이 타들어갈 만큼, 내 이야기를 들어줄 사람이 나에게 진정 간절한지, 다시 냉정히 생각해봐도 느낌은 매한가지다.

사람이 그리운 날, 따뜻한 마음씨를 가진 사람이 그리운 날. 비록 날씨는 흐리지만 잠깐씩 비치는 햇살 사이의 맑은 하늘을 보며 슬프고 우울한 마음을 스스로 추슬러야 한다. 그러기 위해서는 스스로 슬픔에서 벗어나는 법을 터득해야 한다. 계획에 없던 독서, 음악듣기, 잠시 동안 단잠자기를 즐기는 것도 삶을 즐겁게 만드는 하나의 수단이라고 생각하면서 말이다.

또 나에게 진정 그리운 것은 무엇인지를 떠올리며 문장으로 나열해본다.

외롭다고 쓴다. 어두운 것이 좋다고 써본다. 사는 것이 슬프다고 쓴다. 세상은 눈물이라고 써본다. 울고 싶다고 써본다. 그리고 자리에서 일어나 창밖의 하늘을 본다. 맑은 하늘이라고 생각한다. 호수보다 맑은 하늘 속으로 빠지고 싶다는 생각을 해본다. 몇 번의 오월 하늘을 만났는지를 생각한다. 햇살이 비치는 부엌 바닥에 쭈그리고 앉아 먼지 알갱이를 헤아리던 어린 시절을 생각해본다.

부엌의 봉창에서 안쪽으로 비치던 빗살무늬 햇살. 그 사이로 먼지는 둥둥 떠 다녔다. 나는 그것을 바라보며 수없이 떠다니던 햇살가루 같은 먼지를 헤아렸다. 불혹의 나이를 넘긴 사람치고 시골에서 땔감으로 밥을 짓고 쇠죽을 쑤어본 사람들에게는 어린 시절의 이런 추억들이 없는 사람들이 얼마나 되겠는가마는 그 시절이 좋았다는 생각이 든다.

엄마는 밥을 짓고, 메케한 연기 속에서 잔기침을 연신 토해내었던 토담 부엌. 땔 것마저 넉넉지 않아 짚을 땔감으로 사용했던 그 시절. 뉘엿뉘엿 햇살이 질 때 조그만 부엌 봉창 속으로 스며들던 햇살. 아, 그 시절이 아득히 그립고 따뜻하게 느껴진다.

노루 꼬리만큼 남은 앞산의 지는 햇살을 보며 산그늘을 눈으로 바라보면, 산그늘은 눈금으로도 쉽게 그어질 수 있었고, 다음날도 그 다음날도 그런 눈금 재기를 하며 산그늘과 앞산의 나무들과 교감할 수 있었다. 이제 언제 그런 세월, 그런 시간들과 다시 만날 수 있을까. 나에게 진정 그리운 것들은 언제나 지난 세월 뒤에만 있다.

제6장

시간은 계속 흐르지만, 인생은 한 번이다

시간은 쉬지 않고 계속해서 흘러가지만, 인생은 한 번이다. 한 번 주어진 인생, 내가 가진 것 모두를 사랑하는 사람들을 위해 아낌없이 주고 떠날 수 있는 삶을 살기 위해서는 가까운 곳에서 들리는 작은 기척 소리에도 늘 관심을 가지고 살아야겠다.

하지 못한 말 한 마디

오늘 아침 TV에서 '무뚝뚝하고 표현이 없는 남자를 보면 죽음이다'고 생각한다는 여자 성우의 이야기를 들으면서, 그 말을 듣는 순간 '나 같은 사람을 두고 하는 말이구나' 하는 생각이 들었다.

나는 지명(知命)의 나이가 지났어도 애정을 표현하는 말에는 늘 서툴고 어색하다. 가을비가 추적추적 내리는 오늘 같은 날은 노란 우산을 쓰고 나가 꽃집에 들러 장미꽃을 가슴 가득 사 안고 와서 아내에게 건네주고 싶다. 장미꽃 다발을 받아들고 아내가 행복해 하는 모습을 보며 나도 같이 행복해졌으면 좋겠다. 사람은 누구나 사랑을 하면 눈빛이 달라진다.

나도 한 때는 그랬다. 이는 사랑하는 자의 마음속에 사랑하는 사람의 모든 것이 들어와 있기 때문이다.

간밤에는 민화와 한국화를 그리면서 수행의 길을 걷고 있는 비구니 스님을 만나 국밥 한 그릇을 사이에 두고 제법 오랜 시간을 같이했다. 일찍 부모님을 여의고 초등학교 교사생활을 하다가 너무 외로워서 이십대 꽃다운 청춘에 출가를 결심했다는 스님의 이야기 속에는 많은 눈물이 숨어있었다.

행자에서 승가대학 시절, 승가대학 교수, 그림을 그리게 된 사유, 절간 생활과 홀로 암자를 지키며 살아가는 이야기를 하는 도중, 힘들었던 과거를 회상할 때는 눈가에 촉촉이 이슬방울이 젖어왔다. 눈가에 스치는 외로움의 흔적을 못 본 듯이 지나쳤지만 그 모습을 보면서 순간 나는 백석의 시 「여승(女僧)」을 떠올렸다. '여승은 합장하고 절을 한다 / 가지취의 내음새가 났다 / (중략) / 나는 佛經처럼 서러워졌다' 이야기를 듣는 내내 마음이 짠했다.

오랫동안 속세를 멀리하고 마음공부를 하신 분들도 인간의 원초적 외로움은 극복하기가 쉽지는 않았을 것이다. 그 어떤 사람도 외롭지 않다면 거짓말이 아닐까. 사람이 꽃보다 아름다운 이유는 슬퍼할 줄 알고, 외로워할 줄 알기 때문이라고 한다.

비구니 스님의 눈가에 스친 눈물을 지극히 인간적이라는 생각을 하면서 보잘 것 없는 나를 믿고 위로 받고 싶어서 그랬을 거라는 생각에 헤어지고 돌아서면서도 마음이 아팠다. '너무 외로웠다'는 스님의 말을 자꾸만 생각하다 보니 '나도 잠시 외롭다'는 생각이 들면서 아내에게 전화로 '사랑한다, 보고 싶다'는 말이 하고 싶었다. 그래서 전화를 걸었지만 결국 하고 싶은 말은 하지 못하고 엉뚱한 말만 하고 끊었다.

같이 있으면서도 따스한 말 한 마디, 무거운 어깨 한 번 두드려 주지 않고, 종일 책만 보는 남편의 모습만 바라보며, 며칠간 쉬다가 힘든 생업의 전선으로 다시 간 아내. 늘 보내고 나면 다정하게 대하지 못한 것에 대한 후회 때문에 아쉬운 마음이 든다. 아침에 TV에서 무뚝뚝하고 표현이 없는 나 같은 남자를 죽음이라고 생각하는 여자 성우의 이야기를 듣고서도 따스한 말 한 마디 하지 못했다. 하고 싶은 말은 입가에서만 맴돌았을 뿐 입 밖으로 나오지 않았다.

왜 함께 있을 때는 사랑한다는 따스한 말 한 마디 해주지 못하고, 무덤덤하게 그냥 그렇게 보내게 될까. 이는 부모와 자식 사이보다 더 가깝다 보니 쑥스러워서가 아닐까. 그러다가 보면 마음은 있고 행동을 못하게 되어 시간이 지난 후 후회하게 되는 것이리라.

자식들 대학 공부 시키느라, 쉬고 싶지만 그렇게 하지 못하는 아내를 보면 자꾸만 미안해진다. 하지만 사랑하는 자식을 위해서, 내일을 위한 희망을 위해서, 자신의 능력과 재능으로 할 수 있는 일을 할 수 있어서 행복할 거라고 생각하면서 나 스스로를 위로한다.

챠튼 콜린즈는 '남자는 늙어감에 따라 감정이 나이를 먹고, 여자는 늙어감에 따라 얼굴이 나이를 먹는다'고 말했다. 그 말에 무척 공감이 간다. 아내의 주름진 얼굴에서 가족의 사랑을 느낀다. 여자의 주름살, 그건 가족에 대한 그동안의 희생이라 믿고 싶다. 아내가 요즘 들어 자주 아프다는 말을 한다. 사는 동안만이라도 건강했으면 좋겠다. 그리고 오늘 잠시의 인연으로 국밥 한 그릇을 사이에 두고 이야기를 나눴던 비구니 스님의 외로움이 더 큰 깨달음으로 승화되기를 기도한다.

사소한 것에 목숨을 걸어야 산다

1997년에 심리치료사 리처드 칼슨이 쓴 책『우리는 사소한 것에 목숨을 건다』가 미국에서 1년 만에 550만 부, 일본에서는 1998년 발간 후 두 달 만에 55만 부가 팔리면서 초베스트셀러로 오르면서 동서양을 초월한 명성을 떨친 적이 있었다.

지은이는 책의 머리말에서 '우리는 사소한 일에도 마치 위급하고 대단한 문제가 일어난 것처럼 행동한다. 이 때문에 어떻게든 문제를 해결하기 위해 우왕좌왕하지만, 오히려 문제를 더욱 복잡하게 만들어 버리곤 한다'면서 '사소한 일에 연연하며 끙끙대지 않는다면 삶은 순조러워진다'고 말했다. 그가 독자들에게 권유하는 메시지는 '사소한 것에 연연하지 마라', '모든 것은 다 사소하다'는 것이다.

개개인이 편하게 살아가는 방식은 어쩌면 칼슨의 말처럼 사소한 것에 연연하지 않고, 그냥 놔두면 될지도 모른다. 그러나 개개인은 사회생활을 하면서 살아가는 존재다. 어떻게 해서 칼슨의 권유처럼 '사소한 것에 연연하지 않고, 그냥 놔두면 될지도 모른다' 말할 수 있겠는가.

　살다보면 사소하면서도 짜증스러운 일들이 많이 생긴다. 교통신호나 버스, 식당에서 급식을 기다리는 일에서부터 자신과 무관한 얼토당토 않는 사소한 일 때문에 끙끙대느라 시간을 낭비하고, 삶의 즐거움을 잃어버리면서 살아가기도 한다. 하지만 우리는 칼슨의 권유와 달리 사소한 일에서 벗어나려 하기 보다는 흥미와 관심을 갖고 노력한다면 오히려 강해진 자신의 모습을 키울 수 있으며 다른 사람들에게 존경받는 사람, 타인과 더불어 살아갈 수 있는 지혜로운 사람이 될 수도 있다는 생각을 해본다.

　세월호 침몰사고 초기, 실종자 가족들이 애타는 가슴으로 발을 동동 구르고 있을 때 정부는 빠른 구조대책도 없이 우왕좌왕하면서 날짜만 보냈다. 이에 사고자 가족은 물론이고 국민들도 실망과 분노를 느꼈다.

　사고자 가족과 국민을 실망시킨 세월호 사고의 원인은 사소한 것을 무시하고 제때에 원인을 제거하지 않은 결과로 발생한 당연한 결과였다. 회사가 사고 발생 2주 전 조타기 전원 접속에 이상이 있음을 확인하고도 조치를 취하지 않았으며, 선장이 회사에 여러 차례 선체 이상을 얘기했지만 묵살되었고, 사고 바로 전 해 5월 제주항에서 화물을 부리다 10도 넘게 기운 적도 있었으며, 배의 균형을 잡아주는 평형수 탱크 등에 문제가 있다고 회사에 수리를 요청했으나 아무런 조치를 하지 않았다.

세월호 참사 후에 나타난 과정에서 보듯 우리나라 선박계의 현실은 엉망이다. 연안 여객선의 경우에도 안전규정 위반은 물론이고 항해사 면허도 없는 갑판장이나 선원이 키를 잡고, 적재한 물품이나 차량을 결박하지 않고 운항하는 것이 다반사라는 것이다. 또한 관리감독의 사각지대 선박계를 관리 감독하는 해수부와 해경 등은 과연 제 역할을 다하고 있는지 알 수가 없다.

대형 사고는 어느 날 갑자기 발생하는 게 아니다. 사고 이전에는 반드시 어떤 징후를 보여준다. 경미한 사고들이 생기면서 경고를 주기 마련이다. 이러한 사소한 징후를 무시하고 방치하면 거기에 따른 대가는 상상을 초월하게 되는 것이다. 설마가 불러온 안전 불감증이 세월호 사고에서도 어김없이 반복되었다. 사고 후 사후약방문 식으로 허둥대는 우리나라의 총체적 안전 불감증은 언제쯤 없어질 수 있을지 안타깝다.

사소한 것을 무시하면 그 결과는 커질 수밖에 없다. 개개인이 편하게 살아가는 방식은 칼슨의 말처럼 사소한 것에 연연하지 않고, 그냥 놔두어서는 안 된다. 늘 우리는 사소한 것에 목숨을 걸어야 산다는 것이 세월호 참사가 우리에게 주는 교훈이다.

중산 화백의 옛이야기

1980년대 중반이었다. 젊은 시절 문학에 흠뻑 빠져 문인들과 매일 어울리면서 화가, 음악가, 사진작가들과 많이 만났다. 그 당시 지금의 서산 사거리에서 육거리 사이에 성인들을 대상으로 그림을 가르치는 중산미술원이 있었다. 미술의 불모지였던 포항에서 당시 중산 이원창 화백은 이미 국전에 특·입선을 여러 번 입상을 하여 한국화단의 촉망받는 화가였다.

술을 즐겨 마셨던 이 화백을 만나려고 퇴근 후면 그곳에 자주 들렀다. 사랑방 역할을 했던 화실에서 사계절 시도 때도 없이 술잔을 기울이며 그림 감상, 문학정담, 세상이야기로 밤이 새는 줄 몰랐다.

오늘은 아침부터 추적추적 내리는 겨울비라 그런지 봄비처럼 소리도 정답게 들린다. 이런 날이면 글을 쓰는 일보다 한적한 카페에 앉아 따끈한 커피를 들면서 창문 사이로 흐르는 빗줄기 구경도 볼거리지만, 나이 드신 어르신네 입담 좋은 얘기가 그립다. 아무튼 이런 날은 몸도 마음도 풀어지고 글 쓰는 일이나 책도 손에 잡히지 않는다. 자꾸 문밖으로 눈이 가니 말이다.

지난 시절을 떠올리다보니 중산(中山) 화백과 만나 나누었던 옛이야기가 20여 년이 지난 지금 새삼 머릿속에서 떠오른다. 이를 핑계 삼아 중산 화백에게 들은 옛날 애기 좀 할까 한다.

옛날 먼 옛날, 어떤 마을에 한 선비가 거금의 현상금을 걸고 화공을 모집하였다. 정해진 날에 천하에 내로라하는 화공을 구름같이 모여들었는데, 주인이 화제(畫題)를 내어놓자, 일시에 달려들어 자기의 닦아온 재주를 표현하였다.

명산에 신선이 노니는 그림, 화사한 꽃에 영롱한 부나비가 노니는 그림, 오색의 찬연한 공작그림이며, 대천에 한가로이 떠다니며 풍류를 즐기는 어옹 등. 그저 대궐 같은 넓은 마루와 뜰에 그림 그리는 붓 소리만 삭삭 들릴 뿐이었다. 늦게 도착한 한 화공이 있었는데, 이는 딴 화공과는 달리 문지기에게 오늘 화제가 무엇인지 물어보고는 노숙집을 찾고, 그리로 가 긴 잠을 청하였다. 옆에서 이를 본 주인이 문지기를 불러 이렇게 말했다고 한다.

'너는 저 화공이 묵고 있는 노숙집에 가 있다가, 저분이 잠을 깨면 안채로 공손히 모시거라. 내가 이제까지 본 화공 중에 제일인 것 같다. 무릇 좋은 그림을 그리려면 자기의 피로를 풀고 충분한 사색이 있어야 되는 것인데 지금 집안에서 그리는 화공들은 현상금과 자기 재주에만 집착하여 좋은 그림을 그리는 자가 못 된다' 하였다.

262

중산 화백은 그림을 배우는 제자들에게 이 얘기를 자주했는데, 그림을 빨리 그리려고 하면 잘 되지 않는다. 아니, 아무리 급해도 재주를 넘을 수는 없지 않은가.

좋은 그림이란 충분한 시간이 소모되어야 한다. 요즈음 세상을 스피드 시대라 한다. 빨리 그리고 빨리 출세하고 빨리 많은 것을 소유하려고 한다. 이는 장사 얘기다. 세월을 기다린다는 얘기는 세월에 자신이 종식되어서는 안 된다는 얘기다. 그림에는 무한한 뜻이 담겨 있어야 한다. 그림은 문학작품으로 따지면 단편소설이다. 그러기에 충분한 내용이 함축되어 있어야 한다. 얘기가 나온 김에 중산 선생께 들은 그림 얘기 하나 더 하자.

어느 산골에 선비 한 분이 왔다. 경치가 좋아 휴양 차 왔는지, 피서 겸에 왔는지는 모르지만, 아무튼 선비가 왔다는 소식을 듣고, 약장수가 찾아왔다. 이 약장수는 산에 들어가 약초를 캐어 시장에 내다 팔아 살고 있었는데, 선비에게 약봉지에 약 이름을 써 달라고 부탁하였는데 선비는 마침 시간도 있고 하여 써 주었다. 이튿날 약장수가 희색만연하게 찾아왔다.

물론 약간의 선물도 들고 말이다. 이야긴 즉, 어제 시장에 가 약을 팔려고 전을 폈더니, 한 노인이 찾아와 약봉지를 유심히 보더니 명필이라며 약값을 모두 지급하고는 약초는 남겨두고 글씨가 쓰인 약봉지만 들고 갔다고 하였다. 약장수는 선비께서 그렇게 명필가인 줄 몰라뵈었다면서 다시 약봉지에 글씨를 부탁하였다.

선비가 생각하길 이 시골에도 글씨를 알아보는 사람이 있구나 하고 어제보다는 정성을 들여 써 주었는데, 장이 파한 후 돌아온 약장수가 시큰둥해서 다음과 같은 얘기를 했다. 어제 같이 시장에 갔더니 또 그 노인이 나타나 글씨를 보더니 어제 글씨보다 못하다며 사지 않고 갔다고 한다.

그 얘기를 들은 선비는 크게 뉘우쳤다고 하는데, 그 후 선비는 수련을 거듭하였으며, 절대 사심을 가지고는 글씨를 쓰지 않았다고 한다. 나중에 선비는 천하에 이름을 떨치는 명필이 되었다고 한다. 그림을 그리는 사람이 주위의 칭찬이나 감탄에 눈이 어두워 그리다보면 그림이 손재주 그림이 되고 말며 급기야는 재주꾼으로 전락하고 마니 안타까운 일이다.

누가 말하였다. '자연을 모체로 그림을 그리되 그 자연 대상의 심상을 그려야 한다'고 하였으니 참으로 예인의 길이란 어렵다.

봄비가 그리운 날

작년 이맘때에 수업을 하다가 난설헌의 시 「봄비」가 너무 좋아 노트에 옮겨 놓았다. 그동안 잊고 지내다가, 책장에 꽂힌 유안진의 시집 『봄비 한 주머니』를 보고서 그때의 생각이 문득 떠올라 노트를 꺼내 다시 읽어 본 시 감상의 소회를 몇 자 적어 본다.

허난설헌(許蘭雪軒)은 조선 중기의 여류 시인으로 천재적 가문에서 성장하면서 오빠와 동생의 틈바구니에서 어깨너머로 글을 배웠다고 한다. 아름다운 용모와 천품이 뛰어나 8살에 「광한전백옥루상량문(廣寒殿白玉樓上梁文)」을 지어서 신동이라는 말을 들었으며, 허씨 가문과 친교가 있었던 삼당시인(三唐詩人)이라 불리는 이달(李達)에게서 시를 배웠다.

15세 무렵에 안동 김씨 성립(誠立)과 혼인하였으나 원만한 부부가 되지 못하였다. 남편은 늦게 급제한 후 관직에 나갔으나 가정보다는 노류장화(路柳墻花)의 풍류를 즐겼다. 거기에다가 고부간에 불화하여 시어머니의 학대와 질시 속에 살았다고 전해진다. 사랑하던 남매를 잃은 뒤에 설상가상으로 뱃속 아이까지 잃는 아픔을 겪었으며, 친정집에는 옥사(獄事)가 있었고, 동생 균마저 귀양을 가는 등의 비극이 연속되었다.

이런 절망의 현실 앞에서 결국 삶의 의욕을 잃고, 책과 먹으로 시름을 달래다가, 봄날 같은 27세의 나이로 일생을 마감했다. 동생 균이 난설헌의 작품 일부를 명나라 시인 주지번(朱之蕃)에게 주어 이국(異國)에서 『난설헌집』이 간행되어 격찬을 받았다고 전해진다.

春雨暗西池 (춘우암서지)
經寒襲羅幕 (경한습나막)
愁依小屏風 (수의소병풍)
墻頭杏花落 (장두행화락)

보슬보슬 봄비는 못에 내리고
찬바람이 장막 속 스며들 제
뜬시름 못내 이겨 병풍에 기대니
송이송이 살구꽃 담 위에 지네

— 허난설헌의 시 「춘우(春雨)」 전문

조선 봉건사회의 모순과 계속되는 가정의 참화 속에서 만일 시가 없었다면 난설헌은 어떻게 그 힘든 세월 동안 숨 쉬며 살았을까. 남편보다 뛰어난 지식을 지니고 살았던 조선 여인의 삶은 그 당시의 사회 인습 속에서 수많은 편견을 낳았을 것이고, 그 속에서 질식할 수밖에 없는 상황이 연출되었을 것이라는 것은 상상을 하고도 남음이 있다.

여자가 남자보다 앞서면 가문에 해를 끼친다고 생각했던 시대 상황이 한 천재를 요절시킨 것이다. 난설헌의 시 「춘우(春雨)」에는 현실에 처한 슬픔과 남편 없이 홀로 지내는 쓸쓸함을 병풍에 기대어 의지하면서, 시들어가는 젊음을 혼자서 감내하고 있다. 추적추적 비가 오는 봄날, 홀로 지내는 쓸쓸함에다 규방의 적막함이 어우러져 애상적이고, 고독한 정서를 한없이 더해 주고 있는 것이다.

근심처럼 내리는 봄비를 처연히 바라보는 젊은 여인의 모습에서 덧없이 지나가는 계절의 무정함과 함께 짙은 고독과 우수를 느끼게 한다. 심지어 그 정도가 지나쳐 시를 읽는 독자들의 마음을 아리게 할 뿐 아니라 연민마저 들게 한다. 시대를 잘못 만나 당대와 불화할 수밖에 없었던 불운한 천재, 여류 시인의 삶이 너무 안타까울 뿐이다. 가냘픈 여인이 험난한 세상을 살면서 기대야 할 것은 남편도, 자식도 아닌 한 줄의 시였다.

조선의 여인이면서도 조선에서 인정받지 못하고, 명(明)에서 오히려 더 유명했던 허난설헌의 시를 읽으면서 자신의 이상을 마음껏 펼쳐 보지도 못하고, 불우하게 사라진 천재들을 생각해 본다. 왠지 봄비가 그리워지는 날이다.

금정산 농원의 아침

"일어나라, 남희야. 학교 가야지."

이모님의 성화에 덩달아 눈을 뜬 이른 아침 금정산 농원에서 내려다 본 부산 시가지의 모습은 아주 먼 나라에 있는 이국을 연상케 한다.

느릅나무 가지 사이로 조금씩 바라보이는 시가지는 멀고 먼 환상의 나라 같다고나 할까. 마치 저승에서 이승을 내려다보는 것 같은 착각에 빠진다.

콘크리트 고층 건물 사이에서 어둠을 지켜주던 도시의 파수꾼인 가로등만이 이제 제 몫을 다했다는 듯이 서서히 하나, 둘 사라진다. 러닝셔츠에다 고무신을 끌고 정원에 나와 앉아 시가지를 바라보고 있으니 졸음은 점차 사라지고 두 눈에서는 총기가 돈다. 고개 들어 하늘을 바라보니 바람 따라 움직이는 구름이 큰 어미 손을 잡고 가는 새끼 구름인양 시야에 어른댄다.

한바탕 휘젓는 골바람. 초가을 바람에 흔들리는 나무를 바라보며 큰 호흡을 해본다. 금정산 중턱의 새벽공기와 산내음을 가슴 깊숙이 마음껏 들이킨다. 몸속에서는 금방 움틀하는 기운이 느껴진다.

멀리 보이는 산등성이에서 조금씩 솟아오르는 일출을 바라보면서 금정산 골짜기에 고인 물웅덩이 속으로 옷을 벗는 둥 마는 둥 뛰어든다. 시리도

268

록 물이 차다. 두 손으로 물을 가득히 떠서 정수박이에 부어 본다. 으스스 한기가 느껴진다. 물속에 앉아 느릅나무 가지 사이로 하늘을 바라보니 조금씩 떠오르던 태양이 벌써 산위로 올라와 금정산 중턱을 밝게 비춰준다. 찬물 웅덩이에 들어 앉아 두 눈을 지그시 감고 세속에 물들고 찌들었던 내 마음을 한 겹, 두 겹씩 씻어 내면서 차분히 사색에 잠긴다.

일전에 만나 얘기를 나누었던 노시인의 이야기가 개울물을 따라 떠내려 가는 낙엽소리처럼 가만히 다가온다.

"웃고만 살기에도 부족한 시간인데 짜증내기엔 너무나 아까운 시간이다."

"착한 일, 좋은 일 하기에도 부족한 시간인데 나쁘고 사악한 일을 할 시간이 없다."

새삼스레 노시인의 이야기가 가슴에 강하게 부딪쳐옴은 왜일까. 나도 노시인의 말처럼 그렇게 살아가야 하지 않을까. 그렇게 살도록 노력은 했던가. 수없는 질문을 반복하면서 그동안의 생활을 반성해 본다.

아침인가 하면 밤이 되고 밤인가 하고 보면 아침이 다가오고 시간의 연속이 계속되듯이 시간만 가면 무엇이든 되겠지 하는 마음으로 인생을 살아오지 않았던가. 시간의 연속과 같은 우리의 삶. 새로운 것 같아 보인 것도 잠시 후면 지나간 것이 되고 새롭게 발견한 것인 양 좋아하다 보면 예전에 이미 있었던 것. 하지만 어떠한 마음가짐으로 사람을 대하고, 바라보며, 접촉하며 생활하느냐가 중요하지 않을까.

낙엽 한 잎이 나무 아래로 소리도 없이 떨어진다.

"맴…… 맴…… 맴……" 매미의 합창이 무더위를 식혀주는가 했더니 벌써 신선한 바람이 부는 가을의 문턱이다.

지금 떨어진 한 잎의 낙엽은 가을이 깊어 갈수록 다른 낙엽 속에 쌓여 마지막 자신의 일을 다 할 것이리라.

이듬해 다시 피어나서 제 몫을 다시 한 번 해보리라는 마음으로, 지나간 시간들을 추억으로 생각하면서.

찬물 속에 앉아 있는 내 모습을 느릅나무가 보는 것 같아 문득 부끄러움을 느끼며 주섬주섬 옷을 주워 입는다. 햇빛이 빗살처럼 다가온다.

세월 앞에서

겨울이었다. 숙직을 하고서 이른 새벽 창문을 열려고 커튼을 젖히다가 무심코 창밖을 내다보았다. 밤새 함박눈이 내려 온 대지가 하얗게 변해 있었다. 소복이 쌓인 흰 눈이 제법 발목까지 덮을 만큼 많이 쌓여 있었다. 창문 커튼을 모두 젖히고 난 후 나는 평소 하던 대로 조간신문을 들고 사무실 문을 밀치고 밖으로 나오니 다시 함박눈이 펑펑 쏟아지기 시작했다.

눈을 맞으면서 하얗게 덮인 대지 위에 최초로 눈을 밟으니 쌓인 눈 속으로 발목까지 푹푹 빠졌다. 화장실로 가는 내 발자국은 눈 위에 선연히 남아 있었다. 아무도 밟지 않은 흰 눈 위를 걸어가는 내 마음은 그렇게 기쁠 수가 없었다. 큰 소리로 혼자 고함도 치며 어린 아이처럼 즐겁고 너무 기뻐서 마음을 걷잡을 수가 없었다.

비단 나뿐만 아니더라도 흰 눈을 펑펑 머리 위에 맞으며 눈 위를 걸어 가본 사람이면 어린 동심의 세계로 빠져들지 않은 사람이 과연, 몇 사람이나 되겠는가. 아마 고함 지르고 싶고 눈 위를 데굴데굴 구르고 싶고, 친한 친구에게나 사랑하는 연인에게도 눈을 맞으며 걷는 이 기쁨을 전하고 싶은 마음은 유독 나만의 마음은 아닐 것이리라.

화장실에서 십여 분간 정도 신문을 대충 읽어 보고서는 화장실 문을 열고 나와 보니 조금 전에 선명히 드러나 있던 발자국이 펑펑 쏟아지는 흰 눈에 의해 지워지고 있는 것이었다. 사무실 쪽으로 가까이 오면 가까이 올수록 내리는 함박눈에 덮여 발자국은 차츰차츰 지워지고 발자국의 형태가 전혀 나타나 있지 않았다.

이때 나의 가슴에는 뭔가 왈칵 와 닿는 것이 있었다. 이것이 바로 세월이라는 것이구나. 내 나이가 어리고 살아온 흔적은 짧지만 아마, 이런 것을 두고 세월이라 하지 않을까? 하고 내 나름대로 세월을 생각해 보다가 이때의 느낌을 즉흥적으로 이미지를 잡고서 써내려간 시가 「눈 내리는 날」이란 작품이다.

세월이 어떤 것인지 / 눈 내리는 날에서야 / 비로소 알았네 // 발자국을 남기고 떠나간 사람 / 눈 속에 덮인 / 제 발자국은 알지 못하네 // 가다가 되돌아 온 사람은 알지만 / 오지 않은 사람은 모른다네 / 인생도 가다가 돌아보면 알겠지만 / 한 번 간 길 돌아오긴 어렵다네 // 세월을 알고 가는 사람 / 얼마나 되는지는 모르지만 // 눈 위를 걸어간 사람의 발자국을 / 보고서야 비로소 알 것 같네 / 세월이 어떤 것인지//

−「눈 내리는 날」 전문

사람은 살아가면서 무수한 사람들과 만나고 헤어지며 살아간다. 열렬히 사랑했던 연인과의 만남도 있었을 것이고 또한 가슴 아픈 이별도 있을 것이다. 결혼이란 이름으로 만나서 살아가도 이혼 또는 예기치 못한 불의의 사고로 인하여 사별할 수도 있을 것이다. 또한 어릴 적 소꿉친구나 학창시절에 절친했던 친구가 서로의 생활을 위해 만나지 못하고 서로 떨어져 있을 때 서로가 멀어지는 것은 흔히 볼 수 있는 일이다.

사랑하는 부모형제와도 혈연으로 만났지만 언젠가는 세월 앞에 이별해야만 하는 날이 올 것이다. 항시 사람은 평소에 친하게 지내다가도 떨어져 있게 되면 멀어지게 되고 별로 가깝게 지내지 않았던 사람도 서로 만나서 대화하고 주위에서 같이 생활하다 보면 친해지고 가까워지는 것이 인지상정일 것이다.

그래서 이웃사촌이란 말도 있지 않은가. 소복이 쌓인 흰 눈 위를 걸어갈 때에는 두 발자국이 선연히 남아있었지만 갔던 길을 되돌아올 때에는 내리는 눈에 덮혀 발자국을 알지 못하듯 세월도 한 번 가면 돌이킬 수 없는 것이 아닐까? 인생도 매한가지일 것이리라.

나와 평소에 친하게 지내는 모 시인은 불혹의 나이를 훨씬 넘기고서야 이제 비로소 세월을 조금 알 것 같다고 하는 말을 종종 듣는다. 가는 세월은 어찌 할 수가 없다며 술이 거나하게 취하면 세월과 연관된 고시조 두어 수 구성지게 읊은 후에 늘 하는 말이 '나는 언제나 세월 앞에는 어린 아이이고 싶다'라는 말을 자주 하곤 한다. 정말 실감나지 않는 말일 수 없다. 이보다 더 실감나게 세월을 표현한 말이 있을 수 있겠는가?

　겨울이라는 계절을 채 느끼기도 전에 겨울은 혼자서 줄달음질치며 가고 벌써 봄 날씨가 겨울을 내몰아 낸 듯 다가와서 '이것이 세월이요'라고 말하는 것 같지만 세월 앞에서는 어쩔 수 없이 또 봄을 맞아야 하는가 보다.

겨울, 구룡포에서

　차창 밖으로 흰 눈이 마구 흩날린다. 길 잃은 새 한 마리가 둥지를 찾지 못하고 날아가야 할 방향을 잃은 채 위 아래로 떠돈다.

　태고의 신비에 도취되어 오늘도 아무 생각 없이 시내버스에 몸을 싣는다. 피로한 일상을 실은 구룡포행 버스는 방향 감각을 잡은 듯 무거운 걸음을 조심스럽게 옮긴다.

　형산강을 가로지른 육중한 철교를 지나고 공단지대의 거대한 울타리를 지나서 신호등의 붉은 빛에 억눌려 잠시 섰다가는 다시 목적지를 향해 내달린다.

　흩어지는 눈발과 공장에서 뿜어내는 연기로 잠시 시야가 흐려진다. 산업의 오염 속에서 내쉬는 공장 폐부의 찌든 찌꺼기를 높고 커다란 굴뚝 위로 마구 날려 보내고 연기는 흰 눈 속으로 사정없이 파고들어 용해된다.

　떡갈나무 산과 채석장을 지나 후동이라는 마을 안내판이 눈앞에 들어온다. 산 아래로 들어가는 변전소 옆 농로와 농로 옆의 전봇대가 줄지어 아름답게 서 있다.

　'구룡포(九龍浦)'라고 쓰인 이정표가 눈앞에 와 닿는다.

구룡포. 아홉 마리의 용이 웅지를 트며 여의주를 물고 있는 신비의 포구처럼 조그마한 구룡포 읍내는 무수히 많은 이야기를 품고 길 하나를 사이에 두고 산과 바다로 양분되어 있다. 산 아래 살고 있는 어부의 넉넉한 인심과 아낌없이 내어 주는 바다는 상호공존하며 살고 있고 과거 현재, 미래에도 그렇게 공생하며 살아갈 것이다.

　시끌벅적한 어촌의 포구와는 대조적으로 항상 고요함을 간직하며 어부들을 이해하고 넓은 마음으로 무한정 포용하는 바다의 양분 속에서 구룡포 어부들은 항시 고마움을 느끼며 살아가고 있다. 멀리 은빛파도를 헤치며 만선의 꿈을 향해 나아가는 고댕구리 뱃전에 갈매기 떼들이 우글거리며 난다.

　갑판에 안으려는 놈, 갑판 위로 살짝 앉았다가 나는 놈, 수를 헤아려 수백 마리 남짓하다.

　영포호의 선주는 뱃고동소리를 점차 가까이 들려주며 뱃전 밖으로 잡다 남은 미끼를 마구 내던진다. 갈매기 떼들은 모처럼의 풍성한 먹이를 발견하고는 목쉰 울음소리로 동료들을 부른다.

　죽은 듯 말이 없는, 영원한 무덤처럼 깊숙한 투명한 겨울 바다 속에서 갓 잡아 올린 청어와 삼치의 은빛비늘이 겨울햇살에 반사되어 푸른 하늘에 분수처럼 흩어진다.

　흩날리던 흰 눈도 이제 햇볕에 쫓기어 서서히 시야에서 사라진지고, 포구에 닻을 내리고 출어하지 못한 오징어배의 다닥다닥한 집어등은 햇빛에 반사되어 엷은 빛을 발한다.

　오징어배 조업의 표시를 알리는 신호등불인 빨간 등은 마스코트에 작게

276

달려 있다. 이 신호등불은 항상 어두운 밤의 조업시간에만 켜진다. 오늘같이 눈이 내렸다가 햇빛이 나는 날은 오징어가 잡히는 경우가 드물다. 배 위에 매달아 둔 빨강, 노랑, 초록의 깃발만 의미 없이 바람 부는 대로 나부낀다. 고댕구리 영포호는 내항으로 제법 큰 소리의 기적을 울리며 다가온다.

내항 깊숙이 갈매기들이 뒤따른다. 배를 뒤따르는 갈매기는 바다를 가르는 물보라와 뱃길에 앉았다 날았다 하면서 바짝 달라붙는다. 날기를 잘해서 바다의 제왕이라 불리는 아호도리(신천옹)와는 달리 갈매기란 놈은 뱃전에 앞서는 법이 드물다.

항시, 배의 뒤를 따르며 끼룩끼룩 울어댄다. 구룡포 어부들과는 이제 오랜 친구가 된 것이다. 목쉰 갈매기의 울음 사이로 보이는 출렁이는 햇살과 저 멀리서 들리는 뱃고동 소리가 겨울 나그네의 여윈 가슴에 부딪혀 바다 한복판을 지나간다. 드디어 바다는 수만 송이 은빛 물결로 출렁대다 환희의 꽃으로 피어난다.

후미진 구룡포 포구 모퉁이에 있는 커피자판기에 동전 두 냥을 넣고 커피를 뽑아든다. 비릿한 해조음에 커피 맛이 동화되어 버린다. 커피 맛 대신 동화되어 버린 해조음을 마신다. 겨울, 구룡포에서 나도 서서히 해조음으로 동화되어 버린다.

첫눈(初雪)

십이월 첫날. 내가 사는 포항에도 첫눈이 내렸다. 비록 잠깐 내린 초설이었지만, 풀풀 날리는 함박눈을 맞으면서 걸어가는 사람들의 모습이 그저 좋았다. 나는 고전 공부를 하러 집을 나서면서 바로 아내에게 전화로 첫눈 소식을 알렸다. 고전연구실에 '맹자(孟子)' 공부를 하려고 모인 회원들은 모두 강의에 집중하고 있는데, 나는 공부에 대한 관심보다는 창밖에서 떨어지는 첫눈에 더 눈길이 쏠려 있었다.

고교시절에 9명이 모여 만든 모임이 있었다. 고교를 졸업하면서 진학 또는 취업으로 인해 뿔뿔이 흩어지게 되면서 자동적으로 까까머리들의 행복했던 모임은 해체되고 말았다. 모임이 해체되는 그날은 마침 첫눈이 왔다. 친구들은 '20년 후 첫눈이 오는 날, 학교 교정에서 만나자'는 굳은 언약을 하고 교정을 떠났다.

그러고 나서 20년 후의 첫눈이 언제 내렸는지 나는 기억하지 못한다. 교정에도 물론 가지 못했다. 누가 약속을 지키기 위해, 교정을 찾았는지는 알

278

수 없지만, 그 날의 언약만은 첫눈이 올 때마다 생각난다. 고교 시절의 그 친구들, 지금은 어느 하늘 아래서 살아가고 있을까? 첫눈이 오는 날은 젊은 날의 아름다웠던 첫사랑이 문득 떠오르는 사람들도 있을 것이고, 나처럼 순수했던 학창 시절의 친구들이 떠오르는 사람도 있을 것이다.

창밖에 내리는 첫눈을 보며 잠시 지난날의 생각에 젖어있는데, 마침 선생님께서 즉흥적으로 초설(初雪)에 대한 한시(漢詩)를 한 편 지었다. 회원들과 함께 시를 감상하면서 첫눈 오는 순간의 감흥을 누렸다.

天作六花飛散空 (천작육화비산공)
日寒冬節起春風 (일한동절기춘풍)
心思恍惚尋深處 (심사황홀심심처)
雪裏丹楓一葉紅 (설이단풍일엽홍)

하늘이 눈꽃을 만들어 공중에 날리니
날씨 차가운 겨울철에 봄바람 일고
마음이 황홀해 깊은 곳 찾아갔더니
눈 속에서도 단풍 한 잎 붉게 피어 있구나

         – 목천 이희특의 시 「초설(初雪)」 전문

첫눈 오는 날은 가슴에 조용히 파문처럼 번지는 설렘이 찾아온다. 그 설렘은 가고 싶은 곳 또는 떠오르는 사람을 기억하게 한다. 첫눈에 마음이 홀려 찾아간 곳에서 황홀하게 핀 붉은 단풍 한 잎을 만나는 순간, 시인은 절정의 순간을 맛보게 되지 않았을까.

내가 문학동인지에 발표한 첫 산문은 눈 펑펑 쏟아지는 날에 쓴 것으로 「그대를 생각하며」라는 편지글이었다. 그 당시 아내와 나는 열애 중에 있었다. 외투 깃을 한껏 올리고서, 눈을 펑펑 맞으며, 동해 바닷가를 거닐며, 떨어져 있는 연인과 꽃 같은 이십대의 나이에 세상을 떠난 친구를 떠올리며 그 순간의 생각을 담담히 적었다. 그날은 유난히 눈이 많이 내렸고, 파도의 너울은 거세게 높았다.

온 천지는 백설로 덮여 사방을 분간할 수 없을 정도의 외경의 세계였다. 지금도 눈이 오는 날이면 설화(雪花)로 뒤덮인 백사장 너머 한 점씩 수평선 위로 투신하던 눈꽃의 처절한 아름다움이 클로즈업 되어 나타난다. 나이만큼이나 미숙했던 그때의 편지글을 다시 꺼내 보면, 25년이란 오랜 세월이 지났지만 그때의 감흥이 순식간에 일어나 20대의 청년으로 돌아가는 기분이 든다.

첫눈 오는 날, 지나간 추억을 되돌아보거나, 평소에 간절히 원했던 소망을 빌어보는 것도 자신만이 간직할 수 있는 아름다운 추억이 될 수 있지 않을까 하는 생각을 가져본다.

비구니 스님의 첫사랑 이야기

흘러간 가수 김추자의 노래 〈눈이 내리네〉를 듣고 있으면 얼마 전에 들었던 비구니 스님의 첫사랑 이야기가 생각난다. 1960년대 스님이 초등학교 다녔을 때 한 동리에 중학교에 다니는 오빠가 한 명 있었다. 그 오빠는 어릴 때 엄마를 여의고, 외갓집에서 신세를 지며 갖은 구박을 견디며 학교에 다니고 있었다.

하루는 대문 앞에 쭈그리고 앉아 울고 있는 오빠를 보았다. 가까이 가서 보니 온몸에 핏자국과 매 맞은 상처가 흉하게 드러나 있어 마음이 아파 손을 잡고 함께 울었다고 한다. 제대로 먹지도 못한 불쌍한 오빠를 위해 집에 와서 삶은 감자 몇 알을 갖다 손에 쥐어주며 달랬다고도 했다.

고등학생이 되어 한 번은 학교에 가지 않고 집에 있는 오빠에게 왜 학교에 안 가는지를 물었더니 등록금을 낼 수 없어 못 간다고 했다. 중학생이었던 스님은 아버지의 소판 돈 중에서 삼천 원을 훔쳐 오빠에게 몰래 갖다주면서 등록금을 내라고 해놓고, 아버지께 혼날 생각에 겁이 나서 짐을 싸서 부산 이모 집으로 가출을 했다고 했다.

집 지나간 딸을 찾기 위해 홀아버지는 온갖 고생을 하셨다고 했다. 어렵게 수소문해서 이모 집에 있는 딸을 찾으러 오신 아버지는 모든 것을 용서한다면서 집에 돌아가자고 해서 집에 돌아왔다고 한다.

동네 오빠는 중학교를 마치고 낮에는 일하고, 밤에는 야간상고를 다니면서 일하는 곳에서 먹고 자면서 생활을 했다고 한다. 그때는 스님도 중학생어서 오빠가 있던 도시의 여중학교에 다녔단다.

크리스마스 전날 오빠와 스님은 사전에 만나기로 약속을 했다. 오빠 자취방에 놀러 가기로 한 것이다. 눈이 가득 내리던 크리스마스 전날 밤, 기대에 부푼 스님은 오빠에게 줄 크리스마스 선물을 사서 오빠 자취방으로 향했다. 집에 도착해서 보니 오빠는 외출하고 없었고, 여학생은 오빠가 돌아오기를 밖에서 기다렸다.

얼마간의 시간이 지나자 오빠가 여학생 한 명을 데리고 집으로 들어갔다. 오빠 눈에 띌까봐 재빨리 집 안의 연탄 창고에 숨었던 스님은 하얀색 외투가 검정 투성이가 되었다. 두 사람이 방으로 들어간 뒤 두근거리는 마음을 달래고 나서, 조금 있다가 창고에서 나와 오빠가 있는 부엌방으로 살그머니 들어서는 순간, 방 안에서 들려오는 두 사람의 이상한 신음에 귀를 기울이게 되었다. 나이는 어렸지만 직감으로 느껴지는 무엇인가가 있었단다.

그곳을 뛰쳐나온 스님은 펑펑 쏟아지는 눈을 맞으면서 미친 듯이 거리를 걸었다고 했다. 세월이 지나 여고를 마치고, 교대를 졸업한 후 초등학교 교사로 재직하고 있던 어느 날이었다. 한 동네에 살던 그 오빠가 군에 입대한다면서 터미널 근처에서 만나자고 했다.

다방에서 커피를 마시고 계단을 내려오던 중 갑자기 오빠가 입고 있던 바지가 터져 그 사이로 붉은 속살을 보는 순간. 오랫동안 잊고 있었던 어렸을 때 크리스마스 전날의 기억이 떠올라 더 이상 만나지 않기로 결심하고서 그날로 이별을 고했다고 했다. 이후 학교 교사로 몇 년 동안 아이들을 가르치다가 홀아버지마저 세상으로 떠나시자 너무 외롭고 쓸쓸해서 교사생활을 청산하고, 스님이 되었다고 한다.

어린 시절, 첫사랑의 상처를 입고 나서 대학에 다닐 때도 그 흔한 미팅한 번도 못했다고 하시면서 쓸쓸히 웃었다.

남자들은 첫사랑을 소중히 생각하고, 여자들은 마지막 사랑을 소중히 여긴다는 말을 들은 적이 있지만, 그 말의 사실 여부는 나도 모르는 일이다.

입춘이 지나고, 2월의 첫 주가 또 지나간다. 며칠 동안 봄날처럼 따뜻하더니 오늘은 진눈깨비가 내리면서 날씨가 제법 쌀쌀하다. 문학회 카페에서 흘러나오는 가수 김추자의 〈눈이 내리네〉를 들으면서 혼자서 따뜻한 커피 한 잔을 마시다보니, 나에게도 첫사랑의 기억이 있었는지 생각하게 된다.

첫사랑은 아픈 기억이든, 미숙했던 기억이든 간에 각자의 가슴 속에 오랫동안 기억하는 것만으로도 충분히 아름답다. 내가 비구니 스님의 첫사랑을 편안하고, 담담하게 이야기로 옮길 수 있는 것도 첫사랑에 대한 아름다움을 이제는 누구에게도 이야기해도 될 나이가 되었기 때문일 것이다.

추운 겨울에는 가끔씩 따스했던 첫사랑의 시들을 읽으면서, 첫사랑을 떠올려 보는 것도 행복한 시간을 만드는 것이 아닐까 싶다.

고속도로를 달리면서

버스를 타고 고속도로를 달리면 즐겁기 그지없다. 가도 가도 끝없이 펼쳐지는 건 지도처럼 푸른 평야의 모습뿐이다. 꾸불꾸불한 산과 계곡을 몇 구비 지나다보면 어느 새 버스는 넓은 대지의 젖가슴 같은 들판을 달린다. 병사의 제복을 닮아가는 연초록색의 초원 같은 벌판이 꽤나 정답다.

의자에 기대어 살풋 잠이 들었는가 싶었는데, '승객 여러분, 다음은 ○○ 휴게소입니다'라는 기사 아저씨의 안내방송을 꿈결처럼 들으며 눈을 떴다. 창밖을 내다보니 회색빛 구름이 둥실둥실 버스를 따라오고 있었고, 차내의 승객들은 대부분 졸고 있는 모습이다. 휴게소에서 잠시 내려 화장실에 가려다가 껌 한 통을 샀다. 잠시 후 버스는 서서히 출발했다.

얼마 후 옆에 앉은 사람에게 껌 한 개를 내밀었더니 고맙다는 말을 하면서 공손하게 그 껌을 받았다. 나이가 스물 안팎쯤 되어 보이는 소녀는 내가 보기에도 마음씨가 참 착해 보였다. 나의 생각은 꼬리를 물고, 버스는 끝없이 들판을 가로 지르며 달려간다.

옛날 우리나라의 삼대 장(場)이 섰다는 그 안성 곡창지대의 드넓은 벌판을 뒤로 하고 버스는 자꾸 달리기만 한다. 차창 밖으로 쏜살같이 밀려가는 들판이 중산 화백의 그림만치나 푸르다. 젊은 여인의 넓은 젖가슴 같은 푸른 들판을 바라보는 것은 어린 시절 초등학교 때 소풍 가던 일이 연상될 만큼이나 유쾌하고 기쁘다. 우뚝 솟은 산, 광활한 들판, 가냘픈 실개천, 길가에 늘어선 느티나무 등 모두 하나처럼 진한 청보라의 일색이다.

이 세상이 온통 푸름 속에 싸여 있는 기분이다. 이러다가는 짐승이나 사람마저 저 푸른 색깔로 변해 버리는 것이나 아닐까 하는 엉뚱한 상상까지 해본다.

그런데, 시골 마을 어귀에 우뚝 서 있는 느티나무들이 일제히 고개를 숙이고 기도하는 자세이니 웬일일까. 무슨 신기한 축제나 향연이 펼쳐지는 듯하다.

차창 밖의 맑고 푸른 하늘에는 회색빛 구름이 두둥실 떠가고 있는데 하늘이 푸른 목장처럼 변해지기를 바라는 마음이 드는 것은 무슨 이유일까. 필경 나는 꿈을 먹고사는 동경의 소년인가 보다. 갑자기 차내의 낯선 승객들도 그렇고, 심지어는 상냥하게 생긴 옆 좌석의 소녀까지도 사뭇 액자 속에 자리 잡은 풍경처럼 생소하기 만한 것은 왜일까.

이런 고정된 정물은 움직이는 도시와는 판이하게 대조를 이룬다. 어설픈 생각은 연거푸 꼬리를 물고 일어났다가 연기처럼 아련히 사라진다. 버스를 타고 고속도로를 마냥 끝없이 달리다보면 나중에는 내 마음 속에도 한없이 고속도로가 열린다. 차내의 승객들도 저마다의 생각들을 한 가지씩 안고 어디론가 갈 것이다. 그러면 버스 안은 하나의 생각하는 세계를 이루고 마침내 움직이는 도시와 같은 역할을 하게 되는 것이다.

그들은 모두가 함께 동승한 채 이상하게도 서로가 다른 생각을 지니고 있음에 틀림없다. 파도처럼 밀리는 무수한 생각과 떼 지어 밀려가는 생각들이 엉켜 갈피를 잡을 수조차 없을지도 모른다. 나는 어렸을 때부터 버스 타는 것을 좋아했다. 특히 달리는 버스의 창 쪽에 앉아 바깥 풍경을 바라볼 때면 많은 상상을 하게 되고, 우리의 삶이 정겹고 아름답게 느껴진다. 그래서 버스를 타고 다니기를 좋아한다.

사람은 누구든지 현실을 떠나서 살아갈 수는 없다. 그러나 현실에 매몰되어 있거나 갇혀있으면 자신도 모르게 현실에 안주하게 된다. 가끔씩은 현실에서 탈피하여 현실 너머의 또 다른 세상을 보고 느끼며 새로운 꿈을 찾아야 한다. 그리고 그 꿈이 몽상이 아닌 현실에서 이루어지는 꿈이 되도록 해야 한다. 꿈은 자신이 만들어 나가는 것이다.

1970년 수학의 노벨상이라는 필드상을 받은 일본의 대학교수 히로나카 헤이스케는 그의 저서 『학문의 즐거움』에서 이렇게 말했다. '어떤 문제에 부딪치면 나는 남보다 시간을 두세 곱절 더 투자할 각오를 한다. 그것이야말로 평범한 두뇌를 지닌 내가 할 수 있는 최선의 방법이다.' 일본 수학자의 말을 떠올리며 이런저런 생각을 하며 창을 내다본다.

이윽고, 고속버스는 유행가 가사에 나오는 그 추풍령을 넘는다. 너무 높아 하늘의 구름도 잠시 쉬어간다는 추풍령엔 고속도로 기념비가 우뚝 솟아 있다. 그런데 웬일인지 버스는 추풍령이 원망스러운 듯 재빨리 스쳐 지나간다. 앞 휴게소에서 머문 탓인가 보다.

빨리 달리는 버스를 보면 가끔은 짜증이 나기도 한다. 좀 천천히 갈 수 없을까. 다른 사람들과는 달리 나 혼자 천천히 갔으면 하고, 생각의 나래를 계속 펼치다보면 곧 내 고향 영일만 입구에 다다르게 되겠지. 형산강 상류까지 올라와 싱싱한 물고기를 잡아먹는 갈매기 떼들과 뜨거운 햇볕에 반짝이는 모래톱을 지나 고속버스터미널에 도착하면 활기가 넘치는 도시, 내 고향을 만나게 되리라.

봄비에 관한 단상

간밤에 봄비가 제법 내렸다. 봄비가 조금 일찍 내렸더라면 산불로 많은 사람들이 고통을 겪지는 않았을 텐데 하는 생각을 해보지만, 인간이 마음대로 할 수 없는 것이 자연의 섭리이고 보면 그런 생각조차도 부질없다고 할 수 있다.

오늘도 오후 내내 창밖에는 봄비가 꽃잎처럼 떨어진다. 헝클어진 머릿속을 맑게 헹구기 위해 지난 가을 시골길에서 따온 들국화로 차를 우려 마셔 본다. 그리고 나서는 어제 읽다만 『퇴계 문집』을 펼쳐 선인들의 지혜를 배워보지만 머릿속은 여전히 남상(濫想)에 빠져 있다.

손님처럼 다소곳이 봄비가 찾아오는, 오늘 같은 날은 봄꿈처럼 짧았던 지난날의 아름다운 추억이 떠올라 그 시절을 향한 그리움에 목이 멘다. 그리움은 한순간에 수십 년을 뛰어 넘어 이렇게 목마름으로 찾아오는 것이다. 그리움에 대한 갈증을 해소하고자 책을 덮고 자리에서 일어나 집에서 가까운 형산강에 나가본다.

봄 강물은 소리 없이 숨을 죽이고 물결조차 자는 듯 고요했다. 청동오리들은 봄비를 맞으면서도 쉬지 않고 머리를 물속으로 처박고 있다. 새끼 갈매기들은 수심에 닿을 듯 말듯 일렬종대로 저공비행을 하다가, 제일 앞선 갈매기가 공중으로 몸을 솟구치자 일제히 포물선을 이루며 따라 오른다. 강 건너 편에서 웅얼거리는 제철소의 거대한 소리도 하늘을 향해 남근처럼 솟은 굴뚝을 따라 조금씩 사라지고 있다. 봄비가 내리는 형산강의 오후는 벽화처럼 정지된 흑백사진 한 장 같다.

봄비를 생각하면 왠지 따뜻할 거라는 느낌이 든다. 강남 갔던 제비가 봄이면 다시 돌아오듯 헤어졌던 연인이 봄비를 맞으면서 올 것만 같고, 멀리 떨어져 있는 가족이나 친구한테서도 좋은 소식이 있을 것만 같은 생각이 드는 것은 나만의 생각일까. 봄비를 보면서 다시 돌아갈 수 없는 꽃 같은 시절을 그리워하는 나 같은 사람처럼, 사람들은 누구나 계절에 상관없이 꽃으로 살고 싶어 한다.

하지만 열흘 붉은 꽃이 없다는 말이 있듯이 인생에서 꽃으로 살 수 있는 시간은 사실 얼마 되지 않는다. 인생의 봄날은 그만큼 짧다. 자연의 조화에 따라 봄이면 꽃은 해를 거르지 않고 피지만, 인생은 계절이 자주 바뀌다 보면 어느새 소설 같은 각자의 삶은 저절로 마무리된다. 우리네 인생도 들판에 지천으로 피어난 이름 모를 들꽃과 다를 바 없다. 문효치 시인은 '들꽃'을 짧은 세 줄로 모두 묘사했다.

누가 보거나 말거나 피네

누가 보거나 말거나 지네

한마디 말없이 피고지네

　작은 우주로 태어난 각자의 인생은 나름대로 소설 같은 삶을 살았겠지
만, 넓은 우주에서 볼 때 개인의 삶은 보잘 것 없는 들꽃과 같은 존재가 아
닐까. 잠시 세상에 바람 쐬러 나왔다가 자연으로 돌아가는 삶에서 달팽이
가 뿔을 세우듯이 서로 제 잘났다고 다투어 보았자 무슨 의미가 있을까.

　당(唐) 유우석(劉禹錫)의 「죽지자(竹枝詞)」에는 시들어 버린 남자의 애정에
속 태우는 여인의 애절한 노래가 나온다. 노래가사가 처절하다 못해 아름
답고 황홀하기까지 하다.

　　산 복숭아 붉은 꽃 산 위에 가득할 때 / 촉(蜀)강의 봄 강물 산을 치며
　　흘렀지요 / 피었다가 쉬 시드는 꽃 그대 마음 닮았고요 / 끝없이 흐르
　　는 강물 내 시름 닮았어요//

　자기를 배반한 남자 때문에 속이 까맣게 타들어 가는 여인은 꽃이 쉬 시
드는 것만 봐도 변심한 애인이 떠오르고, 흐르는 강만 봐도 한없이 이어
지는 시름만 확인할 뿐이다. 뼛속까지 파고드는 이 여인의 가슴앓이를 어
떻게 해야 할까? 도와주지 못해 너무 안타깝고, 걱정이 되어 내 가슴이 저
리다.

그리스 철학자 헤라클레이토스는 '우리는 같은 강물에 두 번 발을 담글 수 없다'고 했다. 이는 시간의 일회성과 불가역성(不可逆性)을 표현하는 말의 비유로 인간 존재의 유한함을 명료하게 요약한 말이라 할 수 있을 것이다.

애인을 사모하는 마음이 강보다 깊고, 바다보다도 깊음을 몰라주는 남자가 괘씸하기도 하지만 한편으로는 이런 여인이 우리 곁에 있어왔다는 그 사실만으로도 나는 행복하다. 현대를 살아가는 여인들은 사랑하는 남자가 변심한다면 어떻게 할까 하는 의구심을 나 스스로 가져 보면서 말이다.

돌아갈 수 없는 아름다웠던 시절을 늘 그리워하며 사는 나 같은 사람들이 살아있는 동안, 잠시만이라도 이런 여인을 만날 수 있다면 하루를 살다가 죽어도 좋으리라. 우리가 진정으로 산다는 것은 순간을 위한 것이 아닌가?

각자에게 주어진 인연에 따라 한 세월 살다가 가는 것이 인생이다. 살다 보면 인연 또한 세월이란 체에 걸러지게 되는 것이다. 사는 동안만이라도 인생의 오솔길을 같이 걸을 수 있는 동행자와 함께 따스한 봄비를 맞으면서 한 곳을 바라볼 수만 있어도 진정 행복한 인생이 아닐까 싶다.

뜨거운 여름밤에

올 여름은 유별나게 무덥다. 태어나서 '열대야'라는 말은 들었지만 '초열 대야'라는 말은 처음 들어보는 말이다. 초열대야는 '전날 저녁 오후 6시 1 분부터 당일 오전 9시까지 최저기온이 30도 이상인 날'을 의미하며, 국내 에선 1951년 8월 20일 광주에서 29.8도를 기록한 이래 단 한 번도 30도 를 넘은 적이 없어 '초열대야'라는 용어 자체를 사용하지 않았다고 한다.

낮에 태양복사로부터 받은 열이 지구 밖으로 방출되지 않고 대기 중에 그대로 남아 밤에 대기의 온도가 내려가지 않기 때문에 발생하는 현상이 라고 하니, 지구온난화 문제가 얼마나 심각한지 두말 할 필요도 없을 것 같다.

최근 노르웨이 스발바르 제도에서는 16살 정도로 추정되는 북극곰이 가 죽과 뼈만 남은 아사 상태로 발견됐다. 세계자연보전연맹은 기후변화로 북극해의 얼음이 빠른 속도로 감소하면서 북극곰이 45년 안에 절반 가까 이 사라질 것으로 전망했다. 우리나라 뿐 아니라 기후변화는 지구 곳곳에서 일어나고 있다.

실내에 가만히 있어도 숨이 턱턱 막히고, 한낮에 노상을 걸으면 아스팔트의 열기로 쓰러질 것 같은 현기증을 느낀 것이 한 달은 되어가는 것 같다. 이같이 무더운 삼복더위에 나는 왕복 1시간 30분 정도를 걸어서 출퇴근 하고 있다.

폭염특보가 발령된 경북, 경남, 대구, 울산지역의 뉴스는 무더위 속에서 일하다가 소중한 목숨을 잃은 사건과 함께 가축과 양식어류들이 집단 폐사하는 일이 연일 보도되고 있다. 정부에서도 대책 마련에 고심하면서, 기업과 국민에게 절전과 폭염 예방에 동참토록 호소하고 있다.

난리가 따로 없다. 농부들은 가뭄 때문에 농작물이 다 말라가고, 어민들은 적조 때문에 어류들이 모두 떼죽음을 당하고, 이런 광경을 바라보는 농어민의 가슴은 바싹바싹 타들어간다. 농어민들의 아픔을 생각하니, 내가 나서서 기우제라도 올리고 싶은 심정이다. 재래시장에서는 상인들이 울상이다. 날씨가 덥다보니 손님들의 발걸음이 뚝 끊겼다고 힘들어 한다.

사람들의 정신도 살짝 궤도를 이탈하여 생각지도 못한 일들이 벌어지고 있다. 열대야 현상 때문에 잠을 제대로 못 잔 운전자들은 졸음과 싸우며 운전을 하다가 교통사고로 낸다. 게다가 사소한 일로 벌어진 말다툼이 폭행과 살인으로 번지는 웃지 못할 경우까지 생기고 있다. 그야말로 무더위가 사람을 잡는 형국이다.

무더위에서 벗어나기 위해 냉방기를 틀어야 하고, 냉방기는 프레온 가스를 방출함으로써 지구온난화현상과 같은 자연재앙을 일으키는 모순된 일들이 반복되고 있다. 냉방기가 없었던 과거에 선인들은 무더위를 어떻게 식혔던가.

고려 때 문인 이인로는 「탁족부(濯足賦)」에서 '돌 위에 앉아 / 두 다리 드러내고 발을 담그니 / 불같은 더위가 저 멀리 가네'라며 시원함을 노래했다. 개천에서 천렵으로 잡은 물고기로 어죽을 끓여 먹으며 이열치열로 보내며, 밤이 되면 죽부인을 끌어안고 무더위를 물리쳤다.

다산(茶山) 정약용은 무더위를 식히는 방법, 「소서팔사(消暑八事)」라는 시를 지었다. 소나무 숲에서 활쏘기, 느티나무 아래에서 그네타기, 빈 누각에서 투호놀이 하기, 대자리에서 바둑 두기, 서쪽 연못의 연꽃 구경하기, 동쪽 숲에서 매미 소리 듣기, 비 오는 날 시 짓기, 달밤에 발 씻기가 무더위를 보내는 피서였다. 일상에서 자연을 즐기면서 더위를 식혔다. 여유와 멋이 넘치는 멋진 피서법이라 부럽기만 하다.

무더위가 다가기 전인 지금부터라도 다산의 피서법인 소서팔사(消暑八事)나 실천에 옮겨볼까? 그런데 '느티나무 그늘에서 그네 타기'나 '대자리에서 바둑 두기'는 상대가 있어야 하는 데 어떡하나. 이런 생각을 하다 보니 뜨거운 밤이 잠시 달아나서 더운 줄 모르겠다.

전력대란 막기에 동참하여 선풍기 한 대로 보내는 나는 '열대야'에 매일 밤을 새우고, 한낮이면 빨래더미처럼 축 쳐져서 보내는 날들이 계속 된다. 하지만 살아있는 동안 이런 무더위를 겪어보는 것도 후일 두고두고 이야 기 거리가 되지 않을까 싶다. 후일담이야 어떻든 간에 무더위가 눈앞에서 당장 사라져, 생업에 고통 받는 사람들이 없었으면 좋겠다.

시간은 계속 흐르지만,
인생은 한 번이다

짙은 녹색물결이 온 누리에 넘실대는 푸르른 5월. 그동안 나를 아껴주고 사랑했던 사람 몇이 내 곁을 떠났다. 우리는 각자 조금씩의 차이는 있겠지만, 언젠가는 모든 것을 내려놓고 하늘나라로 떠나야 한다. 아름다운 이 대지의 신록 속에서 살아 있는 모든 것들은 저마다 고유한 소리를 낸다.

푸른 하늘을 나는 새들, 꽃 사이를 날아다니는 꿀벌들, 밭둑에서 한가롭게 풀을 뜯는 염소, 수레를 끌며 힘에 겨워하는 황소의 울음 등. 이 모든 소리는 살아있는 것들이 내는 기척이다. 소리를 멈춘다는 것은 살아 있는 것들이 누군가의 곁에서 사라진다는 것을 의미한다.

깊은 병을 앓고 있는 환자의 통증소리, 악몽에 시달리며 지르는 고함도 살아있는 기척이다. 그런 기척이 사라진 곁에 남는 것은 허무와 공허함뿐이다.

일찍이 서산대사는 푸른 하늘에 떠가는 구름을 보고 인생무상을 노래했다. '사람이 태어남은 한 조각 뜬 구름이 일어남과 같고, 죽는다는 것은 한 조각 뜬 구름이 없어짐과 같다. 뜬 구름 그 자체가 본시 실속 없는 것이니 사람이 태어나고, 죽고, 가고, 오는 것이 또한 그와 같다.'라고.

그의 시에는 아홉 살에 어머니를 여의고, 열 살 되던 해에 아버지를 잃은 고아로서 느꼈던 그의 심정이 절절하게 드러나 있다. 어린나이에 세상에 대한 즐거움보다 슬픔을 먼저 깨달아 버린 그가 인생의 허무함을 느끼고 속세를 떠난 것은 어찌 보면 당연했다고 생각할 수도 있다.

인간은 누구나 예외 없이 빈손으로 와서 빈손으로 떠난다. 속절없이 흐르는 강물처럼 세월이 가면 우리네 인생도 자연의 순리에 의해 떠난다는 사실을 서산대사는 일찍 깨달았기에 부질없는 삶에 연연하지 않았다. 뛰어난 머리로 부귀공명을 누릴 수 있는 재능을 타고났지만 모두를 마다하고 뜬구름처럼 명산대천을 두루 유람하며 자연과 벗하며 보냈다.

사람은 누구나 세 가지 의문 속에서 살다가 하늘 길로 가거나 자연으로 돌아간다. 먼저, 어디서 왔는가의 문제다. 두 번째는 어떻게 살아야 하는가이다. 세 번째는 어디로 갈 것인가이다. 이 세 가지 의문에 대한 답을 끝내 찾지 못하고 온 길로 되돌아가는 것이 인생이 아닐까, 하는 생각을 가져본다.

오월 첫 주 내 곁을 먼저 떠난 분의 발인예배에 참석했더니, 목사님께서는 교인들이 돌아갈 고향은 하늘나라라고 했다. 괴로운 인생길에서 몸을 평안히 쉬도록 구원하신 주와 함께 성도들을 만나 그곳에서 영원한 영광을 누린다고 했다. 또 한 분의 발인장례에서는 험난한 인생의 고해에서 벗어나 자유로운 영혼으로 바람처럼 살라고 했다.

그동안 서로 소통을 나누었고, 희로애락을 함께 했던 분들의 기척이 사라진 내 곁에 남아있는 것은 허무함 외에 또 무엇이 남아 있는가. 보이지 않는 가르침, 생전에 나누었던 대화, 소중했던 추억, 약간의 나눔…….

우리는 어려운 인생의 의문 세 가지 중 한 가지는 분명하게 느낄 수 있다고 본다. 지나간 날과 다가올 날을 생각하며 지금의 중요성을 인식하며 값진 삶을 살아야 한다는 것.
하지만 우리는 가족이나 주위에서 아껴주는 분들이 곁에 있을 때는 그 고마움과 소중함을 느끼지 못하다가 떠나보낸 후에 늘 후회한다.

사람이라면 누구나 예외 없이 시간이 흐르면 사랑하는 사람의 곁을 떠나 어딘가로 가야 한다는 것을. 살아있을 때 탐욕을 내려놓고 서로 나누고, 도와주고, 아껴주어야 한다. 기척을 낼 수 있을 때, 가족과 이웃들을 위해 양보하고, 희생하며 많은 대화를 나누며 사랑해야 한다.

후회하지 않는 삶을 살려면, 바쁜 일상이지만 푸른 하늘을 보며 왜 사느냐를 잠시라도 생각해보자. 잠시지만 내가 지금 하는 일이 과연 대단한 일일까. 지금 대단하다고 생각하는 일도 실은 하찮은 일에 지나지 않는다는 사실을 깨닫기에는 충분한 시간일 것이다.

시간은 쉬지 않고 계속해서 흘러가지만, 인생은 한 번이다. 한 번 주어진 인생, 내가 가진 것 모두를 사랑하는 사람들을 위해 아낌없이 주고 떠날 수 있는 삶을 살기 위해서는 가까운 곳에서 들리는 작은 기적 소리에도 늘 관심을 가지고 살아야겠다. 🐟

이의역지(以意逆志) 시간이 되기를

오랫동안 나의 일부였던 소중한 기억들을 한 권의 책으로 묶어 세상에 내보낸다는 생각에 홀가분하기 보다는 왠지 조심스럽다. 20여 년간의 공직생활을 과감하게 정리하고, 좋은 글을 쓰기 위해 노력했다. 하지만 시간이 지날수록 그 빛은 바래지고 미래의 동량을 키우는 논술학원 강사로 16년 일하면서 또 다른 보람을 느꼈다.

한 나라의 지도자가 바뀔 때마다 입시정책도 덩달아 바뀌는 바람에 한동안 지역일간 신문사의 선임기자, 논설위원, 편집국장 일을 하면서 늦은 시간과 주말에 학원 강의를 병행했다. 심신은 피로했지만 즐거운 마음으로 나날을 보냈다. 이는 사랑하는 두 아들이 제 몫을 다하면서 격려해 주었기에 가능한 일이었다.

학생들을 가르치면서 수업 외 또래들만이 갖고 있는 고민을 해결하기 위해 많은 소통의 시간을 같이했다. 그런 시간을 통해 아픔과 기쁨을 함께 나누었다.

또한 오랜 시간은 아니었지만 언론인으로 일하면서 이론과 현실 사이의 극명한 괴리를 직접 온몸으로 느끼면서 세상을 보는 객관적 안목과 다양한 시각을 확보할 수 있었던 것도 소중한 자산이 되었다.

중학생 시절 '글 쓰면 밥 빌어먹는다'며, 학교 간 사이 아궁이에 던져 일기장을 모두 태워버린 아버지 생각이 몹시 난다. 아버지의 바람에 따라 일찍 공무원 생활을 시작했다. 지금까지 그대로 남아있었다면 고위공직자가 되었겠지만, 후회는 하지 않는다. 내가 하고 싶은 일을 하면서 살고 있기에 지금 이대로 충분히 행복하다.

책의 목차에 특별한 의미를 두지 않았다. 시간적으로 다소 차이는 나겠지만 20대 후반부터 50대 초반까지 쓴 글이 골고루 있어서다. 그동안 책을 내자는 출판사의 제의는 여러 차례 있었지만 미숙한 원고로 책을 내면 안 된다는 생각으로 차일피일 미루다보니 많이 늦었다.

필자의 개인적 체험을 주로 쓴 글이지만, 살다가 힘들 때 읽어본다면 글 속에 담겨있는 위로의 말이 영혼을 어루만지며, 용기와 희망을 줄 것이라고 생각한다.

반 고흐는 훌륭한 그림을 발견하는 것은 다이아몬드를 찾아내는 것만큼이나 어렵다고 말하면서, 한 점의 그림을 완성하기 위해 화가는 너무 많은 고통과 시련을 감내해야 한다고 탄식했다. 한 권의 책도 예외는 아닐 것이다.

유한한 시간 속에 주어진 길지 않은 한 번뿐인 인생. 어제와 다른 오늘을 살아야 물질적·정신적 성장이 가능할 것이라고 본다. 책은 위대해지는 지름길이자, 인생을 송두리째 바꾸는 가장 쉬운 실천이다. 이 책을 읽는 모든 독자는 '내 뜻으로 저자의 뜻을 거슬러 올라가 구해본다'는 이의역지(以意逆志) 시간이 되었으면 좋겠다.